HEYNE <

Das Buch

»Ich bin ein frisch verlassener Single-Mann, also so etwas Ähnliches wie ein Albatros-Junges, das von seiner Mutter eine Steilwand hinuntergeschubst wurde, damit es endlich fliegen lernt. Ob es überlebt, ist unklar. Und wenn nicht, trauert ihm auch keiner nach.« (Stefan, 37 Jahre)

Der Autor

Philip Tamm, Autor des Erfolgsromans *Billigflieger*, geboren 1967, heißt eigentlich Daniel Bielenstein und ist unter diesem Namen als Autor und Journalist bekannt. Als Journalist schreibt er über Wirtschaft, Gesellschaft, Lifestyle, interkulturelle Themen. 2003 erschien sein Debütroman *Die Frau fürs Leben*. Daniel Bielenstein lebt in Hamburg.

PHILIP TAMM

HERRENGEDECK

Roman

WILHELM HEYNE VERLAG
MÜNCHEN

FSC
Mix
Produktgruppe aus vorbildlich
bewirtschafteten Wäldern und
anderen kontrollierten Herkünften

Zert.-Nr. SGS-COC-1940
www.fsc.org
© 1996 Forest Stewardship Council

Verlagsgruppe Random House FSC-DEU-0100
Das für dieses Buch verwendete FSC-zertifizierte Papier *Holmen Book Cream*
liefert Holmen Paper, Hallstavik, Schweden.

Originalausgabe 04/2010

Printed in Germany 2010
Redaktion: Eva Philippon
Umschlaggestaltung: © Eisele-Grafik Design, München
Satz: Greiner & Reichel, Köln
Druck und Bindung: GGP Media GmbH, Pößneck
ISBN 978-3-453-40591-2

www.heyne.de

Sie ist dann mal weg

Rummmmsss!

Das Letzte, was ich von Katja höre, ist das Geräusch, mit dem sie die Wohnungstür ins Schloss wirft. Ich stehe da und fühle mich wie ein Organspender, der gerade sein Herz verschenkt hat. Ich brauch's ja nicht mehr. Es ist nämlich vorbei. Katja und Stefan, Hasenzähnchen und Schmusetiger, Wonnemaus und Kuschelbär – das war einmal. Schluss, aus, Ende.

Obwohl, in den zurückliegenden Tagen war von Hase und Tiger sowieso keine Rede mehr. Eher von Nervzicke und Kotzbär. Douglas-Monster und Playstation-Junkie. Trotzdem. Alles besser, als dass sie geht.

Dann höre ich doch wieder ihre Schritte auf der Treppe. Wahrscheinlich kommt sie zurück, um mir noch ein paar Tipps für mein künftiges Singledasein zu geben: Staubsaugen und Blumengießen nicht vergessen, nicht zu viel Fleisch, nicht zu viel Fernsehen, nicht zu viel Internetsex. Vielen Dank auch.

Bevor sie wütend gegen die Tür hämmern kann, öffne ich schwungvoll, woraufhin sie mehr oder weniger in die Wohnung fällt. Ich ringe mir ein entspanntes Lächeln ab. »Na, schon zurück?«

»Idiot.«

»Bist du gekommen, um mir das zu sagen?«

»Quatsch. Ich wollte nur … Ich habe meinen …«

»Autoschlüssel vergessen. Ich weiß«, sage ich und halte zwischen Daumen und Zeigefinger den Schlüssel in die Höhe. Ich weiß nicht, wie oft wir diese Szene in den zurückliegenden Jahren erlebt haben. Hundert Mal? Tausend Mal?

Sie greift nach dem Schlüssel. Im selben Moment begegnen sich unsere Blicke und es ist nicht weniger dramatisch als die Szene, in der Neo zum letzten Mal Trinity in die Augen blickt, bevor er in die *Matrix* zurückkehrt, um Agent Smith die Computerviren aus dem Cyberleib zu prügeln. Es liegt daran, dass ich einen feuchten Tränenglanz in ihren Augen entdecke, und ich weiß, ihr fällt das Ganze auch nicht so einfach, wie sie tut.

Dann aber löst Katja die magische Blickverbindung zwischen uns und sagt: »Also. Ich bin dann mal weg.«

»Tschüss«, sage ich.

»Tschüss? Das ist alles?«

»*Ich bin dann mal weg* ist besser oder was?«

Sie zuckt mit den Schultern, und aus mir bricht es nun heraus: »Verdammt, du bist hier diejenige, die geht, und jetzt beschwerst du dich über mein *Tschüss* und weil ich dich nicht gebührend verabschiede?«

Sie will etwas erwidern, dreht sich dann aber kopfschüttelnd um und geht ein paar Schritte in den Flur hinaus. Ich überlege fieberhaft, ob ich die Sache nicht irgendwie doch noch umbiegen könnte. Indem ich ihr zum Beispiel verspreche, mich zu ändern. Ich würde für sie abnehmen, einmal in der Woche die Wohnung putzen und sogar gelegentlich die magischen drei Worte sagen, die einem Mann schwerer über die Lippen kommen als ein *Schuldig, Euer Ehren*. Selbst wenn ihm dafür die Todesstrafe droht. Würde ich machen. Weil es stimmt. Aber andererseits, es bringt ja doch nichts.

»Und ruf mich nicht an, okay?«, sagt Katja. »Wir sehen uns in vier Wochen auf der Hochzeit von Simon und Simone. Und nicht vorher. Vorher ist Funkstille. Ist besser so.«

»Ja, bestimmt.«

Sie steht an der Treppe und meine letzte Hoffnung ist, dass sie runterfällt, sich beide Beine bricht und ich sie wenigstens noch ein paar Wochen pflegen darf.

Wird leider nix draus. Sie dreht mir den Rücken zu und stapft die Stufen hinunter.

1. Tag: Samstag

14:48 Uhr: Was macht ein Mann, der gerade von seiner Freundin verlassen worden ist? Er liegt gut gelaunt auf dem Sofa und träumt von den ganzen anderen Frauen, mit denen er jetzt zusammen sein kann. Anstatt Trübsal zu blasen, sollte ich die ganze Sache einfach positiv sehen. Katja ist vor einer guten halben Stunde ausgezogen? Ist doch super!

Ich hole mir ein Bier aus dem Kühlschrank, nehme einen tiefen Schluck und versuche, mich zu fühlen wie ein Indianer, dessen gesamter Stamm gerade ausgerottet wurde. Ich bin allein und ein wenig verstört – aber ich bin frei und kann tun und lassen, was ich will. Die Prärie gehört mir.

Was das heißt, ist klar: endlose Nächte vor der *9Live*-Rate-Nacht, eine ausgewogene Ernährung dank unzähliger Pizzalieferdienste und kein Kopfzerbrechen mehr, wann, verdammt noch mal, unser Kennenlernjubiläum war.

14:59 Uhr: Katja und ich waren seit acht Jahren ein Paar und ich finde, dass wir eine Bilderbuchbeziehung geführt haben. Wir konnten zusammen lachen, wir hatten guten Sex (das heißt, wir hatten überhaupt noch Sex – und das nach acht Jahren!), wir verstanden uns ohne viele Worte. Es spielte keine Rolle, dass wir bei ein paar Dingen verschiedener Meinung waren: ich DVD, sie Kino; ich Pizza, sie Pilates; ich Daniel Craig, sie Sean Connery. Dafür hatten wir schließlich jede Menge Gemeinsamkeiten: Wir lieben beide faule Nachmittage am Baggersee, machen gerne Urlaub in der Türkei, mögen Grillpartys auf dem Balkon und mit Freunden Formel 1 gucken (zugegeben, mit *meinen* Freunden). Auf einer Skala von hundert möglichen Beziehungspunkten hätten wir satte fünfundneunzig bekommen.

Vor ungefähr drei Monaten aber lernte Katja einen anderen Mann kennen. Und auf einmal war alles anders. Das muss man sich mal vorstellen! Acht Jahre lang war ich ihr Kuschelbär, der Mann, dem sie alles anvertraut hat und der ihr sogar die Slipeinlagen im Supermarkt kaufen durfte. Und dann sagt sie eines Tages: »Es tut mir leid, Stefan. Er heißt Raimund und er hat eine ganze Menge, was du nicht hast.«

»Was denn?«

»Okay. Ich korrigiere mich. Er hat eine Menge *nicht*, was du hast. Einen Bauch zum Beispiel. Oder das Phlegma eines Faultiers. Oder eine Jahreskarte für den FC Köln.«

Sie sagte noch eine ganze Reihe weiterer Dinge, an die ich mich nicht mehr so genau erinnere. Es ging in die Richtung, dass dieser Raimund Ziele im Leben hätte, kultiviert wäre und wüsste, was er wollte. Ich fand das unfair. Zugegeben, ich war nicht der Motor in Katjas Leben. Aber ich war der Airbag. Ich habe sie beschützt. Sie konnte sich auf mich verlassen. Und auf einmal soll das alles nichts mehr wert sein?

15:24 Uhr: Meine Euphorie ist verflogen und die erste Flasche Bier ist leer. Und ich genauso.

15:29 Uhr: Gehe in die Küche und mache mir ein dreifach belegtes Sandwich mit Schinken, Scheiblettenkäse, Mayo und Ketchup. Essen ist der Sex des Alters. Und ich bin jetzt alt. Fühle mich jedenfalls so. Siebenunddreißig Jahre alt und Single.

17:47 Uhr: Liege seit zwei Stunden vor dem Fernseher. Da Samstagnachmittag ist, laufen ausschließlich amerikanische Teenagerserien, die vom Styling der Hauptpersonen her kaum von den Werbespots zwischendurch zu unterscheiden sind. Passenderweise geht es in allen Sendungen ausschließlich darum, dass irgendwer von irgendwem verlassen wird. Allerdings ist das bei den Betroffenen nicht wirklich ein Problem, weil sie alle unglaublich gut aussehen und dazu smart und stinkreich sind. Sie finden darum noch in derselben Folge jemand Neues, den sie dann höchstwahrscheinlich in der nächsten Woche ihrerseits stehen lassen werden.

Das ist der Unterschied. Ich bin eben nicht unglaublich gut aussehend, gebildet und stinkreich, sondern eher Durchschnitt: einigermaßen ansehnlich, nicht dumm und auch nicht Hartz IV. Aber das ist eben auch schon alles. Die Chancen, dass ich in der nächsten Folge meines ganz persönlichen Lebens jemanden kennenlerne, stehen nicht gut. Weil ich, wenn ich ehrlich bin, niemand anderes kennenlernen will. Ich will Katja.

18:03 Uhr: Das Telefon klingelt. Ich hechte mit Überlichtgeschwindigkeit an den Apparat. »Katja? Bist du es? Natürlich verzeihe ich dir. Du kannst jederzeit wiederkommen. Nein, wir müssen nicht drüber reden. Aber beeil dich!«

In der Leitung entsteht eine kurze Pause und dann sagt eine mir wohlbekannte Stimme: »Was ist los, Alter? Hast du letzte Nacht deine letzten Gehirnzellen beim Onlinepokern verzockt? Was soll der Spruch?«

»Hallo, Andy!«, sage ich und räuspere mich verlegen.

»Also sag schon, was sollte das gerade?«

Andy ist das penetranteste Lebewesen seit Erfindung der Filzlaus, eine Mischung aus Michel Friedman, Ingo Appelt und Jürgen Milski aus dem Big-Brother-Container. Ach ja, und ganz nebenbei ist Andy auch noch mein bester Freund. »Katja ist weg. Sie hat endgültig Schluss gemacht.«

»Mann, Alter, kein Scheiß?!«

»Nein.«

Für ein paar Sekunden wird es still in der Leitung, und ich denke überrascht, dass Andy doch zu so etwas wie Mitgefühl in der Lage ist. Dann aber sagt er: »Das ist ja total geil, Alter! Dann können wir heute Abend losziehen und dir was Neues suchen! Super. Ich bin gegen acht Uhr bei dir. Mann, Stefan. Endlich können wir wieder so richtig auf die Kacke hauen. Du und ich! So wie früher. Das wird eine Fiesta!«

»Lass stecken, Andy. Ich will einfach meine Ruhe haben.«

»Ich sag Bernd Bescheid. Der kommt garantiert auch mit.«

»Andy! Rede ich Chinesisch?«

Aufgelegt.

20:28 Uhr: Andy und Bernd kommen in meine Wohnung und sehen mich ähnlich besorgt an wie die Crew von *Emergency Room* einen halb ausgebluteten Patienten mit epileptischem Schlaganfall-Infarkt-Blutsturz. Andy legt mir die Hände ans Gesicht, zieht mir mit den Daumen die Haut unter den Augen nach unten und sagt kopfschüttelnd: »Mann, Mann, Mann, bist du fertig, Alter. Und das nur, weil sie dich sitzen hat lassen? Übertreibst du nicht?«

Ich kann nicht anders, ich muss lachen. »Hast Recht, Andy. Ich muss ja nur mein komplettes Leben umkrempeln. Kein Grund für schlechte Laune!«

Bernd knufft mich in die Seite und sagt: »Kopf hoch, Stefan! Du wirst schon wieder jemanden kennenlernen. Vielleicht nicht dieses Jahr und nicht nächstes. Aber irgendwann bestimmt.«

Ich sehe die beiden überrascht an. Gerade dachte ich noch, dass das Schlimmste in meinem Leben die Tatsache ist, dass ich keine Freundin mehr habe. Stimmt aber nicht. Ich habe Freunde wie die beiden. Das ist noch schlimmer …

Andy, Bernd und ich kennen uns seit Jugendtagen, was bedeutet, dass wir so ziemlich alles miteinander durchgemacht haben, was einem im Leben so zustoßen kann. Auto, kein Auto; Arbeit, keine Arbeit; Geld, kein Geld. Und jetzt eben auch: Freundin und KEINE FREUNDIN.

Unsere Geschichte schweißt uns einfach zusammen. Darum fällt es auch nicht weiter ins Gewicht, dass wir eigentlich ziemlich unterschiedliche Typen sind. Wenn es so etwas wie ein *Männer-Bestimmungsbuch* gäbe – so wie es Bücher für Bäume, Schmetterlinge, Blumen oder Heilkräuter gibt –, würde bei Andy Folgendes stehen:

Der Berufs-Single

Äußere Kennzeichen: Achtzigerjahre-Sakko, Armani-Jeans, Slipper, Sonnenbrille (Tag und Nacht).

Innere Einstellung: Let's talk about sex.

Verhältnis zu Frauen: Jaaaaaa!

Vorwiegender Aufenthaltsort: In coolen Bars, hinterm Steuer seines Cabrios, im Bett von Frauen, deren Vornamen er nicht kennt.

Warnhinweis: Ist unreif nicht zu genießen – wird aber leider niemals reif.

Bernds Beschreibung dagegen würde sich wie folgt anhören:

Der Solide

Äußere Kennzeichen: Poloshirt, Bundfaltenhose, Ehering (Tag und Nacht).

Innere Einstellung: Von nichts kommt nichts.

Verhältnis zu Frauen: »Etwas Besseres als meine Frau Ulrike hätte mir nicht passieren können.«

Vorwiegender Aufenthaltsort: An der Seite seiner Frau.

Warnhinweis: Bellt nur, beißt aber nicht.

Und bei mir könnte der entsprechende Eintrag so klingen:

Der nette Typ von nebenan

Äußere Kennzeichen: T-Shirt, Jeans, Turnschuhe, Handy in der Hand (weil seine Ex anrufen könnte, um ihm mitzuteilen, dass sie zu ihm zurückkehrt).

Innere Einstellung: Lieber heute zufrieden als morgen glücklich.

Verhältnis zu Frauen: Man hat mit allen die gleichen Probleme, also kann man auch bei einer bleiben.

Vorwiegender Aufenthaltsort: Auf dem Sofa, auf dem Strandlaken, in einem Loungesessel.

Warnhinweis: Kann verdammt treu sein – wenn man ihn lässt.

20:34 Uhr: Wir hauen uns ins Wohnzimmer, und ich erzähle erst einmal in Kurzform, was passiert ist: die Sache mit Raimund, Katjas Auszug, meine Fressattacke. Der ganze große Mist halt, in den sich mein Leben schlagartig verwandelt hat. Andy zieht daraufhin eine Literflasche Gorbatschow-Wodka aus einer Plastiktüte, füllt drei Kölschgläser bis zum Rand, stellt eines vor mich hin und sagt: »Trink.«

»Ich will nix.«

»Trink. Das ist Medizin.«

Ich gehorche und stelle augenblicklich fest, dass Andy Recht hat. Das Zeug tut gut. Sehr gut sogar. »Gib mir noch einen«, sage ich und meine Stimme klingt schon ein paar Nuancen fröhlicher.

»Siehst du. Du musst nur Doktor Andy fragen.«

Dann zündet er sich eine Lucky an – selbstverständlich für ihn, dass er jetzt, wo Katja weg ist, in der Wohnung rauchen darf – und beginnt damit, die Situation auseinanderzunehmen. »Katja hat dich also sitzen lassen. Ich meine, klar, kann man ihr auch nicht verdenken, oder? Bist halt nicht mehr der Alte, Stefan. Sieh dich an. Als du Katja kennengelernt hast, warst du ein cooler, sportlicher Endzwanziger-Hecht mit beruflichem Ehrgeiz und einer strahlenden Zukunft. Du hattest noch Feuer unterm Arsch. Jetzt bist du eine träge, fernsehsüchtige Couchkartoffel ohne großartige Karrierechancen und mit zwanzig Kilo zuviel auf den Rippen. Ist einfach nichts mehr los mit dir, Alter. Keine Frau würde sich das auf Dauer antun.«

Ich sehe Bernd an, aber der zuckt nur mit den Schultern. Dann setze ich mich auf, blicke vorwurfsvoll von einem zum anderen und sage empört: »Erstens liebe ich Katja, zweitens war ich schon immer so, und drittens könnte ich Trost brauchen, statt einer Tracht Prügel.«

Andy grinst und legt dann seine Füße samt Schuhen auf meinen Sofatisch – genauer gesagt, auf den Teller mit den Chips, der auf dem Tisch steht. Dann grinst er so bibermäßig wie der Komiker Thomas Hermanns. »Das war ein Wi-itz, Stefan. Entspann dich.«

»Echt lustig, Andy. Wie wäre es denn, wenn du mir stattdessen sagst, was ich tun soll.«

»Kommt drauf an, was du willst.«

»Wie?«

»Na ja – willst du zurück in den Käfig? Oder raus in den Dschungel? Sprich: Willst du Katja zurück? Oder bist du bereit für etwas Neues?«

Wundert mich nicht, dass Andy die Sache so sieht. Er hat mir erst neulich mal wieder seine Einstellung zum Thema Beziehungen dargelegt. Er hätte nichts gegen eine solide Partnerschaft, findet aber, dass sie nicht länger als vierundzwanzig Stunden dauern sollte. Warum auch? Für die Ordnung in seiner Wohnung hätte er eine Putzfrau, für gelegentliche Streitigkeiten seine Mutter, für tiefsinnige Gespräche seine Freunde. Und nur für das bisschen Sex sich eine Kugel ans Bein binden? Niemals.

Hinzu kommt, dass er und Katja ein ähnliches Verhältnis haben wie die Taliban und die US-Armee. Er fand sie spaßbefreit, und sie meinte, dass er mich immer nur zu Aktionen verleiten würde, die vielleicht mit achtzehn oder zwanzig cool wären, aber nicht als erwachsener Mann. Als Beispiel diente ihr dieser eigentlich superlustige Tag, an dem Andy mit einem gemieteten BMW Z4 vorfuhr, mir einen Nadelstreifenanzug in die Hand drückte und mich dazu anstiftete, einen Geschäftsmann im Im- und Export zu spielen. Er wollte irgendwelchen russischen Halbweltstypen eine Tonne illegalen Kaviar abkaufen, was allerdings nicht so ganz funktionierte. Der Kaviar entpuppte sich als gefärbter Heringsrogen, der Z4 wurde von den Russen als Präsent einbehalten, und ich bekam einen mächtigen Schwinger auf die Nase. Was nicht so lustig war, weil ich erstens drei Wochen einen Nasenverband tragen musste, und Katja sich außerdem weigerte, mich auch nur für zehn Sekunden zu bemitleiden. Weil ich ja selber schuld wäre. Nicht an dem Schwinger. Aber an meinen Freunden.

Umso überraschter bin ich, dass Andy auf einmal ziemlich nachdenklich ist. Er legt die Stirn in Falten und sagt mit grüblerischer Stimme: »Ich sehe schon, Alter, du bist wirklich traurig, dass Katja weg ist. Und dir wäre es tatsächlich lieber, wenn sie wieder zurückkäme, was?«

»Ob mir das *lieber* wäre? Verdammt, ich würde mir einen Arm abhacken, damit es passiert.«

»Musst du nicht, Alter. Geht auch einfacher«, sagt Andy lächelnd.

Und dann erklärt er mir mit einer sachlichen Stimme, als würde er ein Referat über die Verwendung von Karbonfaserstoffen im modernen Flugzeugbau halten, was ich anstellen muss, um Katja zurückzugewinnen. »Du musst dir nur die Natur der Frauen vor Augen führen, Stefan. Und die sieht nun einmal so aus: Frauen wollen Dinge, hinter denen auch andere Frauen her sind. Denk an Schmuck, Handtaschen, Klamotten. Hat die eine etwas, was die andere nicht hat, wird diese andere alles dransetzen, es auch zu ergattern. Klar soweit?«

»Absolut.«

»In Bezug auf Männer ticken Frauen ganz genauso. Wenn du deine Katja also wiederbekommen willst, musst du ihr das Gefühl geben, dass eine andere das hat, was sie nicht hat. Soll heißen: Du musst Katja hölleeifersüchtig machen. Und zwar so, dass sie endlich wieder checkt, was sie eigentlich an dir hat. Daraufhin wird sie diesen Raimund zum Mond schießen und augenblicklich wieder an deiner Tür kratzen.«

Okay, ich fühle mich zwar wie ein Schiffbrüchiger – aber vielleicht ist das, was Andy da sagt, mehr als ein Strohhalm. Zum Beispiel eine komplette Rettungsinsel mit Funkgerät, Außenbordmotor und einer Kabinenstewardess, die einem Gesellschaft leistet, bis man von der Küstenwache aufgefischt wird.

Mit einer zum Leben erwachten Stimme frage ich: »Und wie soll ich das machen? Soll ich mir ein Escort-Girl mieten und damit vor ihr hin und her stolzieren?«

»So einfach ist es nicht«, sagt Andy kopfschüttelnd. »Du musst es schon ernst meinen, Alter. Du musst dich verknallen! Und zwar so richtig. Du musst dir eine Frau suchen, mit der du dir ebenfalls vorstellen kannst, noch in zwanzig Jahren auf dem Sofa zu sitzen.«

»Moment mal? Ich soll nicht einfach eine heiße Affäre anfangen? Sondern mich verlieben? So richtig mit Gefühlen und so?«

Andy nickt. »Exakt. Weil es sonst nicht funktioniert. Katja

muss *spüren*, dass es dir mit dieser anderen ernst ist. Sie muss die Gefahr wittern. Nur dann zwingen sie ihre Instinkte, zu dir zurückzukehren. Verstehst du?«

Ich starre Andy erstaunt an. Natürlich! Warum bin ich nicht längst selbst draufgekommen? Der Plan ist einfach, praktisch, und vor allem ist er realistisch. Weil Andy Recht hat. Man muss die Natur der Dinge berücksichtigen. Also eben auch die Natur der Frauen.

»Andy«, sage ich feierlich. »Das ist das erste Mal seit Langem, dass du etwas wirklich Vernünftiges sagst.«

»Du bist also einverstanden?«

»Hundertprozentig.«

»Sehr gut«, sagt Andy zufrieden. »Dann lass uns loslegen.«

23:24 Uhr: Drei Stunden später ist die Flasche Gorbatschow leer und ich voll. Ich stehe mit Andy und Bernd in einer Kölner Edeldisco, um eine Frau zu erobern, mit der ich Katja zurückerobere. Genug Auswahl ist zum Glück da. Auf der Tanzfläche winden und schlängeln sich jede Menge Klassefrauen rhythmisch zur Musik und werden dabei von roten, blauen und grünen Disco-Spots angestrahlt.

Schade nur, dass die Konkurrenz auch da ist. Außer den hochgetunten Spitzenfrauen tanzen da genauso viele Typen, und die meisten von ihnen haben Gesichter wie aus der Gilette-Werbung, Frisuren wie fürs Cover von *Men's Health* und Körper, mit denen sie ohne Probleme als Doubles von Hugh Jackman arbeiten könnten.

Da kann ich leider nicht mithalten, denn meine Frisur reicht gerade mal fürs Cover der Kölner Obdachlosenzeitung, mein T-Shirt spannt nicht am Bizeps, sondern am Bauch, und ich könnte vielleicht als Körperdouble von Dirk Bach arbeiten. Na gut, das ist jetzt übertrieben. Bin etwas größer als er.

Ich merke, dass ich noch nicht genug auf Touren bin, um das Projekt Frau in Angriff zu nehmen. Ist ja auch kein Wunder. Ich war acht Jahre nicht im Rennen. Meine Flirt-Antennen sind total eingerostet. Ziehe mich darum an die Bar zurück, um den Rost mit ein paar weiteren doppelten Wodkas abzuschmirgeln.

00:25 Uhr: Grrrr! Fühle mich wie der Puschkin-Bär, auch wenn ich nicht mehr gerade stehen kann! Egal. Bin bereit, den Dancefloor zu stürmen. Will gerade loslegen, als Andy sich von hinten an mich heranschiebt. »Was ist los, Stefan? Hast du schon vergessen, warum wir hier sind? Also mach schon, geh raus da! Sprich sie an, die Frau, die dein Leben wieder in Ordnung bringt. Schließlich hast du keine Zeit zu verlieren!«

»Musste mich erst warm machen, Andy.«

»Mann, Alter, das kannst du tun, wenn eine neben dir im Bett liegt und *Ja, ich will es auch* sagt.«

»Bin halt nicht mehr in Übung.«

»Kein Problem. Ich helfe dir.«

Mit diesen Worten schubst er mich zu zwei dauergewellten, bunt bepinselten und an Nase, Ohren und wer weiß wo sonst noch gepiercten Prosecco-Drosseln, die am Rand der Tanzfläche stehen. Ich versuche zwar, etwas abzubremsen, kann aber nicht verhindern, voll in die beiden Püppis reinzuschlittern. Die Drinks, mit denen sie gerade anstoßen wollten, landen zu einem nicht unwesentlichen Teil auf dem

Fußboden und zu einem etwas kleineren Teil auf ihren Klamotten.

»Ey, kannst du nicht aufpassen?!«, keift mich die Blonde an.

»Idiot! Jetzt ist mein ganzes Kleid versaut. Das darf doch wohl nicht wahr sein! Verdammte Kacke!«, motzt die andere, die dunkelhaarig ist und in ihren Lippen mehr Silikon hat, als man zum Abdichten eines Panoramafensters von Velux bräuchte.

Wie hat Andy das nur ahnen können? Ich bin nämlich verliebt! Weiß nur noch nicht, in welche von den beiden. Hauptsache, ich biege schnellstmöglich die schräge Stimmung wieder gerade. Muss irgendetwas Nettes sagen. Weiß leider nur nicht, was. Lächele erst einmal, was mir nach dem ganzen Wodka leider nur so gut gelingt wie einem zahnlosen russischen Spätaussiedler, der in der Fußgängerzone Ukulele spielt und von der Taiga träumt. Aber schließlich fällt mir doch etwas ein: »Na, seid ihr auch hier?«

Die beiden Piercing-Tussis sehen mich kopfschüttelnd an. »Mann, ist der gestört«, sagt die eine.

»Komm, lass uns abhauen«, sagt die andere.

Sie wollen gerade in Richtung Tanzfläche verschwinden, als Andy zu uns stößt. Er legt seine Arme um die beiden Frauen und ertränkt unseren kleinen Zwist mit einer Riesenwoge aus guter Laune. »Ladys, nicht so eilig. Mein kleiner, ungeschickter Freund hier hat eure Drinks verschüttet? Kein Problem. Ich habe gerade an der Bar eine Flasche Champagner für uns geordert. Und den werdet ihr doch nicht ausschlagen, oder?«

Jeder andere Typ würde für so einen bescheuerten Spruch

nur Gelächter ernten. Nicht Andy. Die gerade noch ultrafrostigen Blicke der Sekretärinnen tauen auf, ihre Mundwinkel heben sich wieder vom Fußboden in Richtung Decke und ihre nach vorne eingesunkenen Schultern werden wieder stramm nach hinten gezogen, um die Titten – auch aus dem Hause Velux – in Stellung zu bringen. Andy hat zwar eine Ausstrahlung wie ein Billigzuhälter mit Nylonhemd und Goldkettchen, aber in guten Momenten ist er nun einmal ungeheuer einnehmend.

0:44 Uhr: Sitze mit Andy und den beiden Silikonlawinen, Jessica und Sandy, in einer schummrigen Polsterecke im hinteren Bereich der Disco, schlürfe Champagner und höre Andy dabei zu, wie er Geschichten über mich erzählt. Geschichten, bei denen ich mich glatt in mich selbst verlieben könnte. Stefan, also ich, ist ein Börsenhai, der nicht nur ein paar Millionen auf dem Konto hat, nein, er besitzt außerdem einen Porsche (der leider gerade in der Werkstatt ist), eine Villa im Bergischen Land (die leider gerade renoviert wird) und außerdem ein Anwesen auf Malle, das ich schon an Boris Becker, Marius Müller-Westernhagen und Iris Berben vermietet habe. »Stimmt's nicht, Stefan?«, fragt Andy nach jedem dritten Satz.

»Doch, klar«, antworte ich begeistert. »Du vergisst, dass ich außerdem der Besitzer eines Luxushotels bin, und wenn Jessy und Sandy Lust haben, würde ich ihnen gerne mal die Suite zeigen, wo wir dann in kleinerem Rahmen weiterfeiern können.«

Ich finde meinen Spruch ziemlich gelungen, zumal er auch nicht unglaubwürdiger ist als der Senf, den Andy erzählt.

Aber dennoch ist die Wirkung nicht die erhoffte, weil die beiden Mädchen mich kopfschüttelnd ansehen und irgendetwas von billiger Anmache murmeln. Andy gießt ihnen Champagner nach, lehnt sich dann zu mir herüber und raunt: »Übertreib nicht gleich, alter Junge. Eine Frau rumzukriegen ist wie einen Safe zu knacken. Da muss man ganz feinfühlig rangehen. Mit Fingerspitzengefühl.«

»Mir fehlt halt ein wenig die Übung, Andy. Ich war zu lange vom Markt.«

»Entspann dich einfach und beobachte mich dabei, wie man es macht.« Mit diesen Worten beugt Andy sich vor, legt Jessi eine Hand aufs Knie und steckt ihr dann die Zunge in den Hals. Offenbar weiß ich wirklich nicht mehr, wie es geht, denn wenn das, was Andy da tut, Fingerspitzengefühl ist, weiß ich nicht, was er tut, wenn er mal richtig rangeht.

Immerhin führt es dazu, dass ich mich auf einmal in einem vertraulichen Zweiergespräch mit Sandy wiederfinde, wobei mir ein wenig die Konzentration fehlt, um etwas wirklich Sinnvolles von mir zu geben. Liegt wohl am Alkohol. Unter anderem. Denke kurz nach, wie ich unsere Konversation in Gang bringen könnte, und stelle ihr dann die einigermaßen kluge Frage: »Und was machst du so?«

Meine Worte haben die gleiche Wirkung, die der Startschuss bei der Weltmeisterschaft im Schnellsprechen hat. Sandy legt los, und zu Beginn versuche ich noch, die Worte *Douglas, Mannequin, Stylistin* und *Heidi Klum* in einen sinnvollen Zusammenhang zu bringen, gebe dann aber schnell auf. Ich tue so, als würde ich zuhören und ballere mir nebenbei jede Menge Wodka-Redbull rein. Das ist an sich ein Getränk, das eine Wirkung wie eine Elektroschockbehandlung hat und mit dem man selbst Ötzi aus seinem zehntausendjährigen Schlaf erwecken könnte.

Man sollte es nur nicht übertreiben. Ungefähr beim achten Glas kippt das chemische Gleichgewicht in meinem Körper schlagartig in den roten Bereich. Wobei ich das Ganze zunächst sogar lustig finde, denn auf einmal nehme ich meine Umgebung wahr wie einen auf Slowmotion gestellten Film in Super-HD-Auflösung. Sandys ohnehin riesige Lippen wirken noch viel größer und bewegen sich langsam auf und zu wie der Mund eines Koikarpfen beim Luftschnappen. Ihre Stimme sinkt in einen Frequenzbereich, der dem Signalhorn eines Ozeandampfers gleicht, so dass ich einige Mühe habe, sie zu verstehen: »Stefaaaaaaan? Iiiiiissssstttt aaaaallllleeeesss iiiiiiinnnnn Ooooorrrrrdddddnuuuuunnnnng miiiiiiiitttttt diiiiiiiiiir?«

Ich versuche etwas zu antworten, was mir aber nicht so richtig gelingt. Muss auch nicht. Was sagte Andy vorhin doch gleich über Frauen und Safes? Ich glaube, mir ist gerade die richtige Kombination eingefallen, um die Tür zu öffnen! Ohne noch so recht zu wissen, was ich eigentlich tue, beuge ich mich nach vorne, um an den kleinen Rädchen von Sandy zu drehen, die sich deutlich unter ihrem Kleid abzeichnen. Gleichzeitig versuche ich meinen Kopf an die Tür zu legen, um das leise Klicken des verborgenen Schließmechanismus besser hören zu können. Dreimal rechts, viermal links, dann wieder rechts …

Da bewegt sich irgendetwas, das man glatt für die aufwendig manikürte Hand eines der Mädchen halten könnte, ziemlich schnell auf mich zu und landet mit einem lauten Knall auf meiner Wange. Könnte ich wohl noch einmal die

Wiederholung sehen? Tatsächlich scheint die Hand meiner Bitte nachzukommen und rauscht erneut auf mich zu – seltsamerweise landet sie diesmal auf der anderen Wange. Wieder höre ich verzerrte Stimmen im Niedrigfrequenzbereich, die irgendetwas von wegen *Antatschen, Security* und *Anzeige* schreien.

Daraufhin antwortet Andys ebenfalls zu einem tiefen Bass gedehnte Stimme, und ich höre Vokabeln, die nach *Missverständnis* und *Er will doch nur spielen* klingen.

Dann weiß ich nur noch, dass ich nichts mehr weiß. Der Film ist zu Ende und der Vorhang geht zu. Absolute Dunkelheit macht sich breit.

2. Tag: Sonntag

10:38 Uhr: Könnte mal bitte jemand die Schlagbohrmaschine von meiner Schläfe nehmen? Und die Magensonde mit dem elektrischen Quirl dran ist auch nicht so angenehm.

10:42 Uhr: Liege in meinem Bett. Aber wieso falsch rum und komplett angezogen und mit Schuhen? Und wieso habe ich diesen komischen Geschmack im Mund, der an eine Mischung aus Ammoniak, Gammelfleisch-Döner und Blumenerde erinnert?

10:44 Uhr: Und wo, verdammt noch mal, ist Katja?

11:26 Uhr: Meine erste Nahrung an diesem Tag besteht aus einem Glas Wasser und fünf Aspirin, von denen ich drei gleich wieder in die Kloschüssel kotze. Aber immerhin, die beiden übrig gebliebenen wirken.

11:37 Uhr: Eigentlich müsste jetzt Katjas Stimme wie eine Fliegersirene durch die Wohnung dröhnen und mich beschimpfen. Weil sie das immer getan hat, wenn ich zuviel getrunken habe. Etwas später dann, wenn sie sich beruhigt hat, würde sie so etwas sagen wie: »Ach, Bär. Du hast es gut. Du kannst dich mal wieder an nichts erinnern. Ich aber schon – das ist gar nicht gut.«

Ich hätte vermutlich geantwortet: »Sei nicht böse, Maus. Ich liebe dich.«

»Ach, Stefan. Ich dich doch auch. Obwohl du so bist, wie du bist.«

Stattdessen: nichts. In der Wohnung herrscht nur eine lähmende Stille, sieht man mal von meinen eigenen Stöhngeräuschen ab.

13:35 Uhr: Sollte besser nicht an Katja denken. Bekommt mir nicht. Das Problem ist nämlich, dass sie immer noch mein Mädchen Nummer eins ist. Daran hat sich seit dem Tag, an dem ich sie zum ersten Mal gesehen habe, nichts geändert. Trotz der ganzen Unstimmigkeiten in letzter Zeit. Und der Trennung. Ich erinnere mich an unsere erste Begegnung, als wäre es gestern gewesen. Katja stand auf einem Depeche-Mode-Konzert hinter mir und tippte mir mehrmals auf die Schulter, weil sie nichts sehen konnte. Ich ignorierte sie, schließlich wollte ich mich nicht von einer Unbekannten nerven lassen, solange die Musik lief. Irgendwann habe ich mich umgedreht, um sie zu fragen, ob sie nicht einfach mal still sein könnte. Wir haben uns in die Augen gesehen und es war um uns beide geschehen. Wir sagten gar nichts und starrten uns nur an, während Dave Gahan vorne *Enjoy the silence* sang. Sie hat dann die restlichen anderthalb Stunden des Konzerts auf meinen Schultern gesessen. Danach sind wir etwas trinken gegangen und sie sagte: »Hey, das war das schönste Konzert, auf dem ich jemals gewesen bin.«

»Und du warst das schönste Gepäck, das ich jemals auf den Schultern hatte.«

»Und? Sitzt da normalerweise eine andere Frau?«

»Im Moment nicht.«

»Dann ist der Platz also frei?«

»Nein, er ist reserviert.«

»Oh.«

»Für dich«, sagte ich lächelnd.

Unsere erste gemeinsame Nacht folgte nur ein paar Tage später. Am Morgen danach legte Katja ihren Kopf auf meine Schulter und meinte: »Ich habe das Gefühl, als würde ich dich seit langem kennen. Als würde ich irgendwie … ankommen. Verrückt, oder?«

»Ja, ziemlich«, sagte ich. »Aber soll ich dir was verraten? Mir geht's genauso.«

Uns war beiden klar, dass das zwischen uns etwas Besonderes ist. Etwas, das keiner von uns leichtfertig aufs Spiel setzen darf. Etwas, an dem wir festhalten müssen. Schade nur, dass sie jetzt losgelassen hat.

13:45 Uhr: Was ich damit sagen möchte, ist, dass ich mit Katja verdammt glücklich war. Sie war mein Sechser im Lotto. Mit Zusatzzahl. Und jetzt fühle ich mich wie der berühmte Idiot, der vergessen hat, den Schein abzugeben.

Klar hatte auch unsere Beziehung ein paar Macken. Katja zum Beispiel hat die üble Angewohnheit, mir wegen allem Möglichen Vorschriften zu machen. Und ich war bestimmt auch nicht gerade Mr. Perfect. Weil ich nun einmal gerne esse und mich weniger gerne bewege und insgesamt vielleicht nicht gerade vor Tatendrang berste. Aber das wussten wir doch alles von Anfang an. Und es hat uns nie wirklich gestört. Im Gegenteil, ich würde viel dafür geben, mich baldmöglichst wieder über ihre Fehler ärgern zu dürfen. Ich will sie zurück, mit allen guten und auch mit allen schlechten Seiten. Ich bin mir ganz sicher, dass das auch klappen wird. Schließlich hat sie noch eine Menge Dinge hier in der Wohnung gelassen. Ihre Möbel, einen Teil ihrer Klamotten, und sogar Anton, ihren Kuschelhasen. Das ist doch ein Signal, dass sie mich noch nicht total aufgegeben hat!

15:16 Uhr: Ich stelle mich unter die Dusche – und zwar nicht für fünf Minuten, die mir Katja immer zugebilligt hat, sondern für eine halbe Stunde (»Eines Tages wird Wasser kostbarer als Öl sein.« »Dann kann ich mich ja gleich mit Öl duschen.« »Ist nicht witzig.« »Aber bestimmt gut für die Haut.«). Am Ende sogar kalt. Und dann doch lieber wieder warm.

Also gut, die halbe Stunde hat vierzig Minuten, aber warum auch nicht? Es ist fast vier Uhr am Nachmittag, als ich schließlich im Morgenmantel in der Küche stehe und auf den Knopf unserer *Nespresso*-Maschine drücke, um mir einen schönen starken Kaffee zu kochen. Dazu schiebe ich mir drei oder vier dick bestrichene Nutellabrote rein. Was für die Fußballnationalmannschaft gut ist, kann für mich nicht verkehrt sein.

16:08 Uhr: Muss an das denken, was Andy mir gestern erzählt hat. Die Methode, mit der ich Katja zurückerobere. Das Problem ist, dass ich Katja erst einmal gar nicht wiedersehen werde, um sie mit einer neuen Frau rasend zu machen. Weil sie uns eine totale Funkstille verordnet hat. Wir werden uns frühestens in vier Wochen wiedersehen, auf der Hochzeit von Simon und Simone. Die beiden sind alte Freunde von uns, und dass Katja ausgerechnet diesen Termin als Gelegenheit zum Zusammentreffen bestimmt hat, bedeutet nur, dass sie die beiden nicht enttäuschen will.

Andererseits heißt das ja für mich, dass ich vier Wochen Zeit habe, um den Plan in die Wirklichkeit umzusetzen. Vier Wochen. Das sind achtundzwanzig Tage oder … mal nachrechnen … sechshundertzweiundsiebzig Stunden. Das sollte doch genügen, um eine Frau zu finden, in die ich mich verlieben kann und die sich in mich verliebt.

16:17 Uhr: Ich stelle es mir großartig vor. Ein Triumphzug. Ich komme auf die Hochzeit von Simon und Simone, aber eben nicht alleine, sondern in Begleitung einer Frau. Und der werde ich dann vor den Augen aller Gäste die Hand auf den Hintern legen. Katja wird vor Schreck schockgefrieren und dann vor lauter glühender Eifersucht allmählich wieder auftauen. Sie wird einsehen, welchen Fehler sie begangen hat, als sie mich verlassen hat. Und dann wird sie mich heulend um Verzeihung bitten. Alles wird wieder gut! Guter Plan. Fantastischer Plan. Hätte wirklich glatt von mir selbst sein können.

16:24 Uhr: Blättere das elektronische Nummernverzeichnis meines Handys durch. Mindestens die Hälfte der abgespeicherten Nummern gehören Frauen. Und selbst wenn ich die meiner Mutter, meiner Schwester, meiner Schwägerin, meiner Steuerberaterin und meiner Zahnärztin abziehe, bleiben immer noch genug Kandidatinnen übrig, bei denen ich mein Glück versuchen könnte.

Obwohl, wieso eigentlich nicht bei meiner Zahnärztin? Sie ist gerade mal knackige Anfang dreißig, schlank, hübsch, und vor allem der lebendige Gegenbeweis für die These, dass Zahnärzte nicht mehr so viel verdienen wie früher.

Oder wie wäre es mit Bettina, meiner guten alten Freundin Betty! Sie ist die Frau, mit der ich vor Suse zusammen war, die die Frau ist, mit der ich vor Katja zusammen war.

Das Problem ist allerdings, dass Betty seit unserer Trennung nicht mehr mit mir redet. Kann ich sogar verstehen. Ihre Nachfolgerin, Suse, war ganz zufällig ihre beste Freundin.

Allerdings konnte ich damals wirklich nichts dafür. Das Ganze ist jetzt fast zehn Jahre her. Suse und Betty wollten ein gemeinsames Wochenende in einem Luxushotel auf Sylt verbringen. Betty hatte das komplette Arrangement bei einem Preisausschreiben einer Frauenzeitschrift gewonnen. Dann aber wurde sie am Abend vor der Abfahrt plötzlich krank, und die Buchung ließ sich nicht mehr rückgängig machen. Sie rief spontan bei mir an und fragte mich, ob ich nicht einfach an ihrer Stelle fahren wolle.

»Du meinst, ich soll mit Suse in ein Hotel fahren, am Strand spazieren gehen und zum Dinner Austern schlürfen, obwohl ich die gar nicht mag?«, fragte ich ungläubig zurück.

»Klar. Und dazu gibt es Champagner. Ist alles im Gewinn inbegriffen.«

»Ich trinke aber lieber Bier.«

»Ich weiß, aber es würde dir guttun, wenn du einfach mal drauf verzichtest. Und Spazierengehen am Strand wäre auch nicht schlecht. Glaub mir. Nach so einem Wochenende fühlst du dich wie neugeboren.«

»Und was ist mit Suse? Was sagt die dazu?«

»Für sie wäre es in Ordnung. Wieso auch nicht? Ihr versteht euch doch gut.«

»Aber ich müsste mit ihr in einem Zimmer übernachten.«

Bettina lachte, als hätte ich etwas Superalbernes gesagt. »Wo ist das Problem? Oder glaubst du, dass Suse dir an die Wäsche geht? Da mach dir mal keine Sorgen. Ich weiß zufällig, dass du überhaupt nicht ihr Typ bist. Und solltest du derjenige sein, der auf dumme Gedanken kommt, wird sie dir schon gehörig auf die Finger klopfen.«

Ich war wohl doch ihr Typ, was sie schon in der ersten Nacht deutlich machte. Sie rollte auf meine Seite des Bettes und sagte: »Betrachte das einfach nicht als Sex, sondern als eine Art Sport.«

Da lag sie auch schon mehr oder weniger auf mir drauf, und ich muss zugeben, dass ich in diesem Moment eine ganz neue Einstellung zum Thema Sport gewonnen habe.

Leider dauerte es nur drei Tage, bis Betty von der ganzen Sache erfuhr (weil Suse nichts Besseres zu tun hatte, als es ihr brühwarm zu erzählen). Jedenfalls ist es wohl besser, wenn ich sie nicht anrufe.

16:56 Uhr: Will gerade weitere Kandidatinnen checken, als mein Handy klingelt. Ich sehe die Nummer meiner Schwester im Display. Ich gehe dran und das Erste, was ich zu hören bekomme, ist: »Wo verdammt nochmal steckst du?«

»Wo schon? Zu Hause.«

»Ich weiß, du hast zurzeit andere Sorgen, Stefan. Akzeptiert. Aber wir würden uns dennoch freuen, wenn du kommst. Immerhin hast du zugesagt.«

In diesem Augenblick fällt es mir wieder ein. Meine Eltern! Wir sind – oder besser gesagt, ich bin – heute Nachmittag bei ihnen zum Grillen eingeladen!

Ausgerechnet heute!

17:35 Uhr: Ich erwarte eine Katastrophe und nach fünf Minuten weiß ich, dass ich nicht enttäuscht werde. Das grillende Inferno.

Es geht damit los, dass mein Vater mich an der Tür abpasst, mich komisch ansieht und sagt: »Deine Mutter ist nicht begeistert. Du weißt, wie sehr sie Katja gemocht hat.«

»Komisch, Pap, ich bin vor Freude ganz aus dem Häuschen.«

Er rollt mit den Augen, womit er mir wohl zu verstehen geben möchte, dass er auf meiner Seite steht. Als mein Blick auf den Esstisch fällt, sehe ich ein zusätzliches Gedeck neben meinem Platz. »Es ist für Katja«, erklärt meine Mutter mit tränenfeuchten Augen. »Ich möchte, dass wir diesen Platz für sie freihalten. Es fällt mir dann leichter, über ihren Verlust hinwegzukommen.«

»Verdammt, Mama«, sage ich. »Katja ist nicht tot. Sie hat mir den Laufpass gegeben und hockt jetzt irgendwo, wo es ihr vermutlich besser geht als mir.«

»Rede nicht so abfällig über sie! Und jetzt möchte ich nichts mehr davon hören.«

»Danke für den Trost. Ich kann ihn gut gebrauchen«, sage ich grummelnd und bediene mich erst einmal an der Bar meiner Eltern. Ich mixe mir einen Cognac-Campari-Whiskey, der wie Lauge schmeckt, aber zusammengezählt, und wenn ich richtig rechne, an die hundert Prozent Alkohol hat.

Ich wollte heute zwar eigentlich nichts trinken, aber jetzt brauche ich doch eine kleine Stärkung, um die Sache hier mit der nötigen Lockerheit anzugehen.

Mein kleiner Bruder Georg, der sich schon immer wie mein großer Bruder benommen hat, kommt zu mir und sagt: »Lass deine schlechte Laune nicht an uns aus. Wir können schließlich nichts dafür.«

»Ich auch nicht. Das ist doch das Gemeine.«

»Hey, du musst selber wissen, was du mit deinem Leben anstellst. Du kennst meine Meinung.«

»Ja, klar. *Ein Mann ohne Familie kann nicht glücklich werden*«, gebe ich das wieder, was er mir seit Jahren predigt und werfe vieldeutig einen Blick zu meiner Schwägerin, die wie ein überfahrener Igel auf einer Gartenliege liegt und sich hoch konzentriert einen Pickel am Oberschenkel ausdrückt.

Weiter hinten im Garten ist mein Neffe Lukas, elf Jahre alt, damit beschäftigt, die Katze meiner Eltern in die Regenwassertonne zu werfen, während Moritz, neun Jahre, einen Eisenrost zum oben Drauflegen bereithält. Haha, echt witzig. Als Nächstes werden sie vermutlich dem Hund eine Stange Dynamit in den Hintern schieben und danach im Taubenschlag der Nachbarn Rattengift ausstreuen.

»Ach, Georg«, sage ich versöhnlich. »Du hast Recht. Mit einer Familie wäre ich bestimmt besser dran.«

Keine Missverständnisse jetzt. Ich habe nichts gegen Familien, und erst recht nichts gegen meine eigene. An der schätze ich zum Beispiel die klare Rollenverteilung ihrer Mitglieder:

Mein Vater weiß alles.

Meine Mutter stört alles.

Meine kleine Schwester darf alles.

Mein kleiner Bruder kann alles.

Und ich, ich sollte alles einmal besser machen.

Ich bin halt das älteste von uns Kindern, und damit bin ich derjenige, der alles als Erster gemacht hat – laufen, sprechen, komasaufen. Und ich war darum auch der Erste, der alles *falsch* gemacht hat. So sieht es jedenfalls meine Mutter. Und ich habe es ja gerade mal wieder bewiesen.

Katja meinte vor längerer Zeit einmal zu mir, ich wäre genau wie mein Vater.

»Das ist Unsinn«, protestierte ich.

»Doch. Du bekommst Angst, wenn man mit dir über etwas wirklich offen reden möchte.«

»Ich habe keine Angst davor. Ich mag es einfach nur nicht.«

»Das ist das Gleiche.«

»Dinge nicht zu mögen heißt also, Angst vor ihnen zu haben? Dann habe ich also Angst vor Rucola-Salat, Kohlrabi und Pizza mit Gorgonzola?«

»Siehst du, genau das meine ich. Kaum wird es ernst, weichst du aus.«

Der Lichtblick in unserer Familie ist meine Schwester Bea. Sie ist siebenundzwanzig, also zehn Jahre jünger als ich, und genießt als Nesthäkchen unsere besondere Fürsorge. Dabei ist sie eigentlich die Coolste von uns. Sie arbeitet für eine Plattenfirma und kennt eine ganze Menge berühmter Leute.

Ich finde Bea hinten im Garten bei der alten Laube. Sie drückt mir einen Kuss auf die Wange und sagt: »Ganz schöner Mist, das mit Katja, was?«

»Ach, ich werde es schon aushalten«, sage ich tapfer. »Außerdem betrachte ich es nur als eine Art Beziehungsurlaub. Sie kommt zu mir zurück. Da bin ich mir ganz sicher.«

Sie lacht. Ich lege meinen Arm um ihre Schultern, und gemeinsam setzen wir uns auf die Gartenbank. Ich erzähle Bea von Katjas Auszug und von Andys tollkühnem Plan. Sie hört mir mit offenem Mund zu, lacht dann laut auf und sagt: »Andy ist wirklich der verrückteste Typ, den ich kenne. Aber vielleicht hat er ja Recht mit dem, was er sagt.«

»Du glaubst, dass es hinhauen könnte?«

»Klar, schließlich fußt das Ganze auf einer soliden psychologischen Grundlage. Außerdem kann ich mir vorstellen, dass Katja dich nur einer Art Test unterziehen möchte. Immerhin seid ihr seit acht Jahren zusammen, und niemand, auch sie nicht, wird daran zweifeln, dass ihr eigentlich gut zueinanderpasst!«

»Willst du ihr das nicht auch noch einmal erzählen?«

»Klar, wenn du willst, rufe ich sie an.«

Ich winke ab und dann plaudern wir noch über alles Mögliche andere. Nebenbei muss ich daran denken, dass es eigentlich gar keinen Grund dafür gibt, schlecht drauf zu sein. Schließlich habe ich nicht gelogen, als ich gegenüber Bea von Beziehungsurlaub gesprochen habe. Genau das ist es nämlich. Ich bin mir wirklich zu hundert Prozent sicher, dass Katja zu mir zurückkehren wird. Vermutlich sogar ohne Andys Plan. Der beschleunigt das Ganze nur ein wenig, aber das ist ja auch nicht verkehrt.

Bea und ich kehren zu den anderen zurück. Wir setzen uns an den Tisch, wo mein Bruder gerade seinen Söhnen erklärt, dass Schneckengift zwar für den Salat ist – aber nicht für den Salat, der bereits mariniert und servierbereit auf dem Tisch steht. Mein Vater trägt eine riesige Platte mit Grillgut auf. Dank einiger Kölsch und einem konstanten Strom beschwichtigender Worte von meiner Schwester verbringe ich einen entspannten Abend.

Sogar der Abschied ist versöhnlich. Mein Bruder ist so nett, mir die Nummer eines Psychiaters rauszuschreiben, meine Schwägerin empfiehlt mir mit scheinheiligem Grinsen die Einschläferung, meine Mutter fragt, ob es mich stören würde, wenn sie beim nächsten Grillen Katja einlädt (und mich dann natürlich nicht) und mein Vater steckt mir hundert Euro zu, damit ich mir einfach mal etwas Gutes gönne. Als Trost. Als ich ihn frage, ob er damit einen Besuch im Puff meint, beginnt meine Mutter einen Nervenzusammenbruch zu simulieren, und ich mache mich lieber aus dem Staub.

3. Tag: Montag

8:15 Uhr: Im Badezimmer. Ich wollte als Jugendlicher immer etwas besitzen, das in weniger als zehn Sekunden von null auf hundert beschleunigt. Jetzt habe ich so etwas. Eine Personenwaage.

8:16 Uhr: Whopper-Ich.

8:21 Uhr: Bevor jetzt Missverständnisse aufkommen: Ich stehe zu mir und meinem Äußeren. Ich weiß nur nicht, ob mein Äußeres mir steht.

Andererseits besteht kein Grund zur Panik. Ich habe zwar wirklich ein paar Kilo zu viel auf den Rippen, aber ich bin jetzt auch nicht so ein monströser Typ, der nur noch quer durch die Tür passt und zum Star einer RTL-II-Doku über Superfette werden könnte. Ich bin kräftig. Gut, sagen wir: sehr kräftig.

Tatsache ist aber auch, dass laut den neuesten Studien leichtes Übergewicht gesund ist und die Lebenserwartung verlängert. Ist ja auch kein Wunder. Wer sich täglich von Kalorien bedroht, von Fett verfolgt und von Kohlenhydraten belagert fühlt, kann ja nur einen Herzinfarkt bekommen.

Und wer sich immer wieder mit Nahrungsentzug, Saftkuren und ekelhafter *Du-Darfst*-Salami quält, sollte sich nicht wundern, wenn der Körper irgendwann keine Lust mehr hat und den Betrieb einstellt.

Ich will andererseits nicht abstreiten, dass es eine Menge Kerle gibt, die besser auf den dritten, vierten oder fünften Burger verzichten sollten, selbst wenn sie dann hungrig aus dem Lokal gehen müssen. Und genauso bin ich bereit einzugestehen, dass Typen, die T-Shirts tragen, auf denen *Dieser Bauch wurde hart erarbeitet* steht, einfach lächerlich sind und dass sie lieber T-Shirts mit der Aufschrift *Diese Birne wurde weich gefuttert* tragen sollten.

8:26 Uhr: Sollte nicht so viel herumgrübeln. Schließlich habe ich heute noch einiges vor, zum Beispiel eine Frau kennenlernen und mich in sie verlieben.

8:48 Uhr: Ich, Stefan Trautmann, Hundert-Kilo-Mann und frisch verlassener Single, verlasse das Haus zum ersten Mal seit Jahren ohne Frühstück! Mein neues Leben hat soeben begonnen.

9:33 Uhr: Ich bin froh, wenn mich niemand nach meinem Beruf fragt. Was ich so mache? Kommt nicht viel in Frage, oder? Bulle, Controller und, richtig, Makler. Ja, es stimmt, ich verdiene mein Geld damit, Menschen ein Dach über dem Kopf zu verschaffen. Ich weiß, dass unser Berufszweig einen ähnlich guten Ruf genießt wie Kindergärtner bei einer afrikanischen Privatarmee oder Chef der Deutschen Bahn. Und ich weiß auch, dass das nicht einmal falsch ist. Wir erschießen zwar niemanden und sind in der Regel sogar pünktlich, aber wenn es um die eigenen vier Wände geht, verstehen die Leute halt keinen Spaß.

Trotzdem mag ich meinen Job. Ich kann Menschen dabei helfen, ihren Traum vom eigenen Zuhause zu verwirklichen. Das ist doch mehr, als so manch anderer behaupten könnte!

9:36 Uhr: Unser großzügiges Büro liegt in einem modernen Bürogebäude in der Innenstadt von Köln. An der Fassade hängt ein großes Schild mit dem in Schwarz und Rot gehaltenen Firmenlogo: *Peters & Gabriel*, benannt nach den beiden Firmeninhabern Gideon Peters und Laurenz Gabriel. Unter dem Firmennamen steht in kleinerer Schrift *Köln – Mailand – London*. Wir Angestellten rätseln seit Jahren, was es damit eigentlich auf sich hat, denn keiner von uns ist jemals in der Mailänder oder gar Londoner Niederlassung gewesen. Aber egal. Wer mir Häusern und Wohnungen zu tun hat, weiß, dass es in erster Linie auf die Fassade ankommt. Solange die schön und funkelnd ist, macht es gar nichts, wenn dahinter der Putz bröckelt und die Leitungen durchrosten.

9:38 Uhr: Unten in der Halle begrüßt mich Frau Solinger, unsere Empfangsdame. Sie ist Mitte fünfzig und so etwas wie die gute Seele der Firma. »Guten Morgen, Herr Trautmann, was ist denn mit Ihnen passiert?«, begrüßt sie mich.

»Mit mir? Wieso?« Habe ich vielleicht ein Schild an der Stirn, auf dem steht: *Frisch verlassen*? Oder ein großes *S* am Hintern für *Single*?

Frau Solinger winkt ab und fragt mit einem spitzbübischen Lächeln: »Oder machen Sie auf *Casual Monday*? Ich finde ja, dass Ihnen der Stoppelbart gut steht. So verwegen …« An dieser Stelle legt sie den Kopf schief und gibt ein mädchenhaftes Kichern von sich. »Allerdings Ihre Garderobe … Na ja, freuen Sie sich, dass Herr Gabriel nicht im Haus ist. Ich bin mir nicht sicher, ob er damit einverstanden wäre.«

Was Frau Solinger meint, ist die Tatsache, dass ich heute nicht, wie von der Geschäftsführung verlangt, Anzug und Krawatte trage. Sondern Jeans und Mokassins. Aber immerhin habe ich dazu ein Markenhemd von Signum an, das bestimmt gut aussehen würde, wenn es gebügelt wäre und ich es in die Hose stecken würde.

Aber das ist mir egal. Ich bin ein frisch verlassener Single-Mann, also so etwas Ähnliches wie ein Albatros-Junges, das von seiner Mutter eine Steilwand hinuntergeschubst wurde, damit es endlich fliegen lernt. Ob es überlebt, ist unklar. Und wenn nicht, trauert ihm auch keiner nach. Angesichts solcher Umstände bin ich stolz darauf, rumzulaufen wie Captain Jack Sparrow nach fehlgeschlagener Kapertour durch die Karibik. Und wenn das Laurenz Gabriel nicht gefällt, dann kann er mich gerne über die Planke schicken.

9:44 Uhr: Oben im dritten Stock schleiche ich so unauffällig zu meinem Schreibtisch, als wäre ich ein amerikanischer Elitesoldat bei einem Undercover-Einsatz in Afghanistan. Ich habe einfach keine Lust, blöde Fragen meiner Kollegen zu beantworten.

So richtig unbemerkt bleibe ich natürlich nicht. Wie denn auch? Ich arbeite in einem Großraumbüro und darum stolpere ich alle drei Meter über einen freundlich grüßenden Kollegen oder eine charmant lächelnde Kollegin, und alle fragen mich mit einem entspannten Gesichtsausdruck, wie denn mein Wochenende so war.

Nach dem dritten Mal reicht's mir. Ich setze ein Lächeln auf wie ein Kamikaze-Pilot vor dem Take-off, stelle mich mitten in die Gasse zwischen den Schreibtischen und brülle so laut, dass es jeder, wirklich jeder auf der Etage und im ganzen Gebäude noch hören kann: »Ob ich am Wochenende etwas Schönes erlebt habe? Aber hallo! Ich war zum ersten Mal seit langem wieder in der Disco. Ich habe fünf Liter Wodka getrunken, zwei hübsche Frauen angegraben und mit meiner Familie gegrillt. Ach ja, und meine langjährige Freundin hat mich verlassen. Wirklich, ein rundum gelungenes Wochenende.«

Okay, das alles sage ich natürlich nicht. War nur eine finstere Fantasie. In Wahrheit brummele ich etwas vor mich hin, das man mit viel Wohlwollen als *Guten Morgen* durchgehen lassen könnte. Dann verziehe ich mich an meinen Schreibtisch und hoffe inständig, für den Rest des Tages in Ruhe gelassen zu werden. Pro forma nehme ich mir ein paar Unterlagen vor, kann mich aber kaum konzentrieren. Es ist gerade Viertel vor zehn am Montagmorgen und ich finde, dass es höchste Zeit fürs nächste Wochenende ist.

10:23 Uhr: Falsche Einstellung! Schließlich habe ich etwas zu tun. Etwas Wichtiges. Nämlich eine Frau kennenzulernen. Und dafür bin ich genau richtig hier im Büro. Gut die Hälfte aller Beziehungen bahnen sich im Job an! Mit anderen Worten: Ich bin gar nicht bei der Arbeit, sondern bei einer Kontaktbörse. Und für meine Anwesenheit werde ich sogar noch bezahlt!

11:58 Uhr: Mache mir immer noch Gedanken darüber, welche meiner Kolleginnen ich angraben könnte, als mich eine glucksend-freundliche Stimme aus den Gedanken reißt: »Stefan? Alles klar? Soll ich den Defibrillator holen? Oder reicht ein normaler Kaffee?«

Ich blicke hoch und sehe einhundertsiebzig Zentimeter Klassefrau: hüftlange blonde Haare, ein zart geschwungenes Schlüsselbein, prächtige Titten, schmale Taille, super Hüfte. Meine Kollegin Birgit Schäfer, die Sorte Frau, bei deren Schöpfung Gott im *Playboy* abgeguckt haben muss.

Blitzartig weiß ich, dass sie es ist, die Frau, die mich von allen Problemen errettet. »Kaffee ist eine super Idee, Birgit. Was hältst du davon, wenn wir einfach rüber zum Italiener gehen? Es ist ein wunderbarer Sommertag, und wir sind zwei junge, hübsche, gut gelaunte Menschen, die wirklich etwas Besseres tun sollten, als hier in der stickigen Büroluft rumzuhängen.«

Birgit wirft mir einen seltsamen Blick zu. »Klingt irgendwie so, als hättest du heute ein kleines Hormonproblem, Stefan. Aber nichts für ungut, ich bestelle dir einfach keinen Kaffee, sondern einen Yogi-Chai und dann kriegen wir das bestimmt wieder in den Griff.«

Sie lacht herzerweichend, ich bin hingerissen. Wir nehmen unsere Jacken und machen uns gemeinsam auf den Weg zum Italiener auf der anderen Straßenseite. Wobei ich die Blicke meiner neidischen Kollegen wie Dolche in meinem Rücken spüre.

12:28 Uhr: Mit einer Frau wie Birgit Schäfer im Café zu sitzen, ist wie mit einem Ferrari vor einer roten Ampel zu stehen. Du musst nichts machen, und trotzdem gucken alle. Das gilt natürlich besonders, wenn man ein Typ ist, bei dem die Leute instinktiv wissen, dass er sich eigentlich keinen Ferrari leisten kann. Was ist also sein Geheimnis?

Ich weiß es nicht. Ich weiß nur, dass ich ein ganz normaler Typ bin – Durchschnitt, der Aufschnitt liebt. Und Birgit ist eine klasse Frau, bei der sich jeder Typ ins Zeug legen würde, um mit ihr ein Date zu bekommen.

Apropos Date. Das ist der einzige Nachteil bei Birgit. Es ist bisher noch keinem von uns Kollegen gelungen, uns mit ihr außerhalb der Bürozeiten zu verabreden. Und alle Kollegen haben es schon öfter versucht. Weil sie nun einmal alle in sie verknallt sind. Wir wissen nicht einmal, woran es liegt, dass sie jedem einen Korb gibt – sprich, ob Birgit eine feste Beziehung hat oder nicht. Sie hält aus irgendeinem Grund ihr Privatleben unter Verschluss, und zwar so sehr, dass wir natürlich den Verdacht haben, dass sie eine Leiche im Keller haben muss. Aber welche?

Birgit schlürft von ihrem Cappuccino und sagt: »Was ist eigentlich mit dir los, Stefan?«

»Mit mir? Wieso? Gar nichts.«

Sie sieht mich an wie eine CSI-Ermittlerin einen Verdächtigen. Fehlt eigentlich nur noch, dass sie ihren Fingerabdruck-Quast herausholt und mir damit im Gesicht herumfuhrwerkt. »Irgendetwas ist anders«, sagt sie dann. »Du hast so einen seltsamen Glanz in den Augen. Aber ich bin mir nicht sicher, ob das was Gutes oder was Schlechtes ist.«

»Birgit, ich bitte dich«, sage ich in einem Tonfall, der so harmlos klingt wie der von Norman Bates, wenn er neue Gäste in seinem Motel begrüßt. »Ich sitze im Café mit der schönsten Mitarbeiterin, die jemals bei *Peters & Gabriel* gearbeitet hat. Was du in meinen Augen siehst, ist einfach Ausdruck meiner tief empfundenen Freude.«

»Hast du was getrunken? Nein? Dann hast du noch Restalkohol vom Wochenende im Blut«, sagt sie lachend. »Aber egal. Ich dachte halt, wir hätten uns vor langer Zeit mal drauf geeinigt, dass zwischen uns kein Süßholz geraspelt wird.«

Nein, nicht *wir* haben das vereinbart, sondern *du*, stelle ich innerlich klar und sage stattdessen: »Stimmt. Aber nett sein darf ich doch trotzdem, oder?«

»Darfst du«, sagt sie und ihr Gesichtsausdruck wird versöhnlich. »Aber glaub nicht, dass das irgendwo hinführt.«

»Keine Sorge, glaube ich auch nicht.«

Tatsache ist, dass ich vorsichtig sein muss. Ich darf mich nicht zu sehr aus der Deckung wagen. Ich weiß nur zu gut, dass eine Spitzenfrau wie sie einen Mann wie mich nicht auf dem Radar hat. Aber genau das ist meine Chance. Macht mich nämlich zu so einer Art sexuellem Stealth-Bomber bei Birgit. Bevor sie mich eben doch auf dem Schirm hat und ihre Flugabwehr Alarm schlägt, bin ich längst im Ziel angelangt und habe meine Bombenlast abgeworfen. In ihrem Schlafzimmer. Hoffentlich.

16:25 Uhr: Am Nachmittag ist meine Laune erheblich besser. Nehme Stift und Papier und beginne etwas, das mein Vorgesetzter aus genügend Abstand glatt für einen Projektplan halten könnte. In Wahrheit notiere ich die Namen aller weiblichen Kollegen, die außer Birgit in Frage kommen.

Da ist zum Beispiel Nadine Schmitz, die den Büroeinkauf macht. Sie ist fünfundzwanzig Jahre alt, gibt geschätzte fünfzig Prozent ihre Gehalts im Nagelstudio aus, hat einen IQ wie ein Ara (ohne den Vögeln jetzt zu nahetreten zu wollen), dafür aber Brüste wie eine Melkkuh. Außerdem wird sie Woche für Woche von einem neuen Freund vom Büro abgeholt. Kann doch nicht so schwer sein, dass ich sie auch mal vom Büro abhole.

Oder Doro Sagner, die oben in der Finanzbuchhaltung arbeitet. Erst letzte Woche haben wir Kollegen uns gemeinsam ihr Dating-Profil auf www.rubens-lover.de angeguckt, was eindeutig beweist, dass sie ebenfalls auf der Suche ist. In ihrem Onlinesteckbrief hat sie übrigens behauptet, selbstständige Immobilienunternehmerin zu sein, auf schnelle Autos und Motorboote zu stehen. Und auf harten Sex mit Männern, *die ihren inneren Hengst noch auszuleben verstünden*. (Dann allerdings wollten wir anderen von unserem Kollegen Manni wissen, wie er eigentlich auf Doros Profil gestoßen ist, und zwar auf einer Internetseite, auf der Frauen mindestens einen Doppelzentner auf die Waage bringen müssen, um überhaupt gelistet zu werden. Und bei der es im Profil eine eigene Kategorie für *Zahl der Rettungsringe* gibt. Manni ist angelaufen wie ein Hummer überm Kochtopf, hat irgendetwas von Zufall und Fehlprogrammierung bei Google gemurmelt und war verschwunden.)

16:34 Uhr: Das Internet! Natürlich, wieso bin ich nicht schon viel früher draufgekommen? Ich werde die Frau meiner Träume natürlich im Netz ausfindig machen. Schließlich ist Onlinedating die beste Erfindung, seit die Urzeit-Männchen ihre Frauen mit der Keule erlegt haben.

Verbringe den ganzen restlichen Arbeitstag damit, mich in

allen möglichen Dating-Plattformen anzumelden, Profile zu erstellen und die ersten Kennenlern-Mails zu verschicken. Und da ich auf einen schnellen Fang aus bin, nehme ich es bei der Auswahl der Kandidatinnen nicht so genau, bin also bei den entscheidenden Kriterien – Haarfarbe, Körbchengröße, Monatseinkommen – sehr großzügig. Ich fische sozusagen nicht mit dem Speer, sondern mit dem Schleppnetz. Da muss man halt mit Beifang rechnen, der dann schleunigst wieder über Bord geworfen wird.

0:35 Uhr: Bilanz des ersten Tages positiv. Habe bei Birgit gute Grundlagen gelegt und außerdem genug Mails verschickt, um die nächsten drei Jahre täglich ein Date zu haben.

4. Tag: Dienstag

8:48 Uhr: Werde wieder ohne Frühstück aus dem Haus gehen. Gut, sagen wir fast ohne Frühstück. Denn so ein klitzekleines Toastbrot mit einer einsamen Scheiblettenscheibe und einem kümmerlichen Stück Salami darauf kann man ja kaum als Frühstück bezeichnen. Genauso wenig wie den Magerquark mit echten Früchten, den ich gleich hinterher verdrücke (Überbleibsel von Katja). Und dass ich mir danach noch eine zweifingerdicke Scheibe Brot mit zweifingerdick Nutella drauf gönne, ist ja nur der Nachtisch und nicht das Frühstück selbst. Zählt also nicht.

9:15 Uhr: Bevor ich auf die Straße trete, um zur Arbeit zu gehen, bleibe ich noch einmal kurz im Hausflur stehen. Ich fühle mich dabei wie Miyamoto Musashi, dieser japanische Obersamurai, der dann Managertrainer geworden ist. *Du musst jederzeit und überall bereit sein zu töten*, lautete seine Philosophie. Bei mir ist es genauso, nur anders: Ich muss jederzeit damit rechnen, der einen, ganz besonderen Frau zu begegnen! Diejenige, in die ich mich verliebe.

Anders als sonst verlasse ich darum nicht einfach das Haus und laufe los. Nein, ich öffne vorsichtig die Tür und spähe hinaus auf die Straße. Frau in Sicht? Negativ. Wiederhole: *Negativ.* Erst jetzt trete ich nach draußen und gehe in Richtung Bus, wobei ich mich umsehe wie ein leicht übergewichtiger Spezialagent auf geheimer Mission. Tatsächlich begegnen mir bald auch die ersten Kandidatinnen. Allerdings muss ich mal wieder feststellen, dass der Begriff Frau ausgesprochen dehnbar ist. Nichts dabei, was mich hinter dem Ofen hervorlockt. Aber egal. Ich habe ja Zeit.

9:25 Uhr: Öffentliche Verkehrsmittel sind an sich schon eine Qual, aber wenn man wie ich eine nicht ganz geringe Raumverdrängung hat, gilt das gleich doppelt. Es ist eng, stickig, und immer stehen ausgerechnet die Leute direkt neben einem, die am Abend vorher Döner, Zaziki oder Knoblauchbrot gegessen haben. Wenn dann auch noch Berufsverkehr herrscht und die Einwohnerzahl von Köln schlagartig auf das Doppelte anzuwachsen scheint, ist es noch viel schlimmer.

Der Bus kommt, niemand steigt aus, aber es wollen jede Menge Leute rein. Ich zucke resigniert mit den Schultern und versuche ebenfalls in den Bus zu gelangen, wobei ich mit einer Meute übernächtigter, Playstation-suchtkranker Schüler konkurriere. Fühle mich wie ein Saalordner bei einem Tokio-Hotel-Konzert, der hysterische Teenager zurückhalten muss, damit sie nicht die Bühne stürmen, um sich von Bill Kaulitz schwängern zu lassen.

Geschafft! Die Türen gehen zu und der Bus fährt an. Ich klemme irgendwo zwischen einem schlecht gelaunten Klempner im Blaumann, der einen Mundgeruch hat, als würde er die verstopften Rohre freisaugen, und einer spindeldürren Officelady, die mich verschämt ansieht, weil uns die

Menschenmenge zu einem Körperkontakt zwingt, den man fast schon intim nennen könnte.

An der nächsten Haltestelle geht die Tür auf und wieder wollen nur ein paar Leute einsteigen, aber niemand will raus. Dann aber ruft irgendwo hinter mir eine Passagierin verzweifelt: »Ich möchte raus! Lassen Sie mich bitte durch.«

Der Klempner meint: »Vergiss es, Mädchen. Du kommst hier nicht durch. Keine Chance. Musst bis zur Endstation warten.«

Die Spindeldürre ergänzt: »Ich wollte schon vor drei Stationen raus.«

Und die übrigen Fahrgäste rufen in Richtung Fahrer: »Weiterfahren! Weiterfahren!«

»Bitte, lassen Sie mich raus, ich komme sonst zu spät zu meinem Vorstellungsgespräch«, ruft die Passagierin, die aussteigen möchte. Ich drehe mich zu ihr um und entdecke sie bei dem verzweifelten Versuch, sich in Richtung Türe zu schieben, was ungefähr so wirkt, als wäre eine Ballerina in ein Rugby-Match geraten. Sie ist vielleicht Ende zwanzig und ein Typ wie Katie Holmes, nur in Blond. Außerdem kullern ihr gerade die ersten Tränen über die Wangen, weil sie wohl schon ahnt, dass sie den Job, für den sie sich beworben hat, vergessen kann, wenn nicht ein Wunder passiert.

Ich beschließe spontan, dieses Wunder zu sein. Denn hier ist sie, meine erste Chance an diesem Tag. Musashi muss nur noch sein Schwert zücken und zuschlagen.

Es gibt prinzipiell zwei Möglichkeiten, alleine eine größere Menschenmenge zu kontrollieren. Entweder man hat eine Schusswaffe oder man droht mit einer ansteckenden Krankheit. Bei der zweiten Möglichkeit gibt es noch eine etwas harmlosere Variante, die ich jetzt anwende. Ich stoße auf einmal würgende Geräusche aus, blähe die Backen auf und sage gepresst: »Ist mir schlecht. Ich muss mich übergeben.«

So schnell war noch nie ein Bus der KVB leer, wie an diesem legendären Dienstagmorgen. *Wetten-dass?*-reif. Vor allem als ich ganz entspannt als Letzter aussteige, die übrigen Passagiere auf der Straße freundlich anlächele und sage: »War wohl doch nur ein Bäuerchen.«

Kurz darauf stehe ich mit der jungen Frau, die zum Bewebungsgespräch muss, an der Haltestelle. Wir sind allein, nachdem die übrigen Fahrgäste fluchend wieder eingestiegen sind und der Bus abgefahren ist. Ich bereite mich mental auf ihren Heiratsantrag vor, den sie mir jetzt bestimmt machen wird. Sie aber schenkt mir nur ein bezauberndes Lächeln, drückt mir einen Kuss auf die Wange und sagt: »Sie haben meinen Tag gerettet. Sie sind mein Held! Wenn ich das heute Abend meinem Freund erzähle, wird der genauso dankbar sein wie ich. Also, vielen Dank noch einmal.«

Dann hüpft sie davon und lässt mich allein an der Haltestelle zurück. Der nächste Bus kommt erst in zehn Minuten, und das heißt, dass ich mächtig zu spät ins Büro komme und der Tag wieder einmal mit einem Anschiss beginnen wird. Aber das ist mir in diesem Augenblick ganz egal. Ich habe jemanden aus einer Notsituation gerettet. Das fühlt sich gut an. Auch wenn es mich keinen Schritt näher zu Katja gebracht hat.

11:05 Uhr: Sortiere eine Flut hoffnungsvoller und hinreißender Dating-Mails aus und beantworte Fragen zu meinen Vorlieben und meinen Wünschen betreffs einer festen Partnerschaft (*Natürlich möchte ich heiraten. Natürlich bin ich an kurzen Bettgeschichten nicht interessiert. Natürlich ist mir das Herz einer Frau wichtiger als ihr Aussehen.*). Arrangiere erste, vielversprechende Verabredungen.

11:50 Uhr: Zwischenkrise wegen Katja. Stelle fest, dass es einfach unfair ist, wie sie sich verhalten hat. Allein die ganzen Vorwürfe, die sie mir gemacht hat, von wegen ich hätte sie doch nur noch mit der gleichen Selbstverständlichkeit wahrgenommen wie das Sofa, den Fernseher oder den Kühlschrank.

»Aber ich liebe den Kühlschrank«, habe ich geantwortet.

»Schön, dann korrigiere ich mich: Du nimmst mich nicht einmal mehr so wahr wie die Möbel.«

Dabei habe ich Katja mehr als einmal bewiesen, wie viel sie mir bedeutet. Zum Beispiel damals, als sie sich beim Langlaufen im Sauerland den Fuß gebrochen hat und ich sie fünf Kilometer durch den Schnee nach Hause getragen habe (dabei habe ich sie höchstens zwei-, dreimal fallen gelassen).

Oder als sie ihren alten Job verloren hat. Ich meinte, dass sie ihr Geld ja auch als Klofrau oder im Carwash oder bei McDonalds verdienen könnte. Sie hat sich so über mich geärgert, dass sie ihre Wut auf ihren Exarbeitgeber glatt vergessen hat.

Oder als ihre Mutter damals verschwunden war und alle schon dachten, sie sei nun endgültig mit Onkel Kurt aus Aachen durchgebrannt. Da habe ich Katjas Vater getröstet, bin mit ihm übers Wochenende nach Hamburg gefahren und habe ihn ins Dollhouse und in die Herbertstraße geführt. Er war dann fast enttäuscht, als seine Frau wieder auftauchte (sie war in Köln-Ehrenfeld falsch abgebogen und dann irgendwo in der Nähe von Antwerpen rausgekommen).

Oder als Katja diese seltsame Pilzerkrankung hatte und wir wochenlang keinen Sex haben konnten. Ich habe ohne jedes Murren meine Erwachsenenfilme aus dem Geheimversteck im Keller geholt, und wir haben uns das, was wir selber nicht tun konnten, einfach auf Video angesehen (Danach waren meine Filme verschwunden. Undankbares Stück ...).

Wenn ich an diese ganzen Geschichten denke, dann glaube ich, dass es gar keine Rolle spielt, ob ich im Laufe unserer Beziehung mehr Plus- als Minuspunkte gesammelt habe. Weil es doch eigentlich nur darauf ankommt, dass wir in diesen Jahren so unglaublich viel zusammen erlebt haben. Und ich gerne noch viel mehr mit ihr erleben möchte.

12:13 Uhr: Trost durch Michi Strunz von den Gewerbeimmobilien und Horst Peffekoven von den Grundstücksverwaltern. Die beiden rollen mit ihren Bürostühlen in meine Richtung und fordern mich zu einem Cart-Wettkampf heraus. Dazu bauen wir zwischen den Schreibtischen auf der Etage eine Art Rundparcours, auf dem wir uns auf unseren Bürostühlen ein Rennen liefern. Alles ist erlaubt, außer aufzustehen. Das Wagenrennen bei Ben Hur ist nichts im Vergleich mit den Duellszenen, denen wir uns hier aussetzen.

Tut gut, mich auszupowern. Laune wieder im grünen Bereich. Alles wird gut.

19:05 Uhr: Mein Wohnzimmer verwandelt sich in einen Schulungsraum für Nachwuchsmanager. Das Thema des Abends lautet *Flirten* und die Lehrer sind Andy und Bernd. Ausgerechnet. Der eine ist ein männlicher Nymphomane, der nicht flirtet, sondern direkt mit jeder Frau ins Bett geht, und der andere hat seit fünfzehn Jahren keine andere Frau angesehen als seine eigene.

Aber sie wollen mir nun einmal helfen. Damit ich nicht doch noch wegen Katja aus dem Fenster springe – nur um ihr zu beweisen, dass ich noch durchs Fenster passe.

Ich lasse mich in meinen Sessel plumpsen und betrachte mir das Chaos, das die beiden angerichtet haben. Überall liegen vollgekritzelte Papiere herum und die freie Wand zwischen Fernseher und Fenster ist mit angehefteten Notizzetteln übersäht. Diese haben sie in drei Kategorien sortiert:

Wo lerne ich eine Frau kennen?

Wie lerne ich sie kennen?

Wann lerne ich sie kennen?

Kurz gefasst lauten die Antworten so:

Überall!

Egal!

Sofort!

Die Langfassung sieht so aus, dass ich mein Leben in den kommenden vier Wochen in eine Art Dating-Stundenplan quetschen soll. Sprich: Ich werde jede freie Minute dazu nutzen, der Frau meiner Träume zu begegnen.

»Übertreibst du es nicht ein bisschen?«, frage ich Andy entgeistert.

»Wieso? Die meisten Männer leben immer so. Außerdem hast du doch nur begrenzt Zeit. Du musst dich also ranhalten, Alter!«

Außerdem rät Andy mir dann, wieder Sport zu treiben. Die Sache mit der neuen Frau sei zwar die halbe Miete in Sachen Katja. Aber für die andere Hälfte könne es nicht schaden, wenn ich mich mal wieder ein wenig in Form bringe.

5. Tag: Mittwoch

6:15 Uhr: Der Fernseher geht an (Timerfunktion!) und noch bevor ich die Augen so richtig aufhabe, höre ich den Schmalzsound einer Telenovela, in der es um eine grenzdebile Blondine geht, die dreihundert Folgen braucht, um zu kapieren, dass ihr smarter Kollege genauso verknallt in sie ist wie sie in ihn.

Katja hat das an manchen Morgen fertiggebracht. Sie stand morgens um halb sieben mit einer Tasse Kaffee und einem Zwieback in der Hand vor dem Fernseher und heulte (wegen der Blondine). Und das, nachdem sie mich am Abend zuvor dafür kritisiert hatte, dass ich mir auf *Das Vierte* die hundertste Wiederholung der hundertsten Folge von *Die Profis* angesehen habe (… und dabei auch geheult habe. Weil Bodie so cool ist, dass es schmerzt).

6:27 Uhr: 100,6 Kilo. Komisch. Obwohl ich seit zwei Tagen kaum gefrühstückt habe, ist kein Fortschritt zu erkennen. Könnte daran liegen, dass ich die fehlenden Kalorien vom Morgen mit Schokocroissants und einer gut gezuckerten Latte macchiato am Vormittag ausgeglichen habe (plus ausgiebigem Lunch beim Italiener, plus Bestellpizza am Abend).

6:31 Uhr: Ich schlüpfe fröhlich pfeifend in meine Jogginghose und mein Asics-Shirt, das übrigens aus einer so dermaßen intelligenten Faser besteht, dass es um diese Uhrzeit vermutlich besser denken kann als ich selbst. Im Flur begrüße ich meine Joggingschuhe wie gute alte Bekannte: »Lange nicht gesehen, Jungs, ihr habt euch gar nicht verändert. Ach, ich schon? Was soll das heißen? Dass ich zugenommen habe und deswegen nicht mehr in euch reinpasse? Blödsinn! Einfach mal die Fresse halten. Sonst kommt ihr in den Schuhcontainer und könnt euch auf einen Lebensabend im Rote-Kreuz-Shop irgendwo in der Dritten Welt einstellen. Also, los geht's!«

6:40 Uhr: Hopse gut gelaunt durch unsere Straße in Richtung Park. Joggen ist einfach großartig! Früher – also vor der Jahrtausendwende – bin ich fast jeden Morgen gelaufen, weil diese halbe Stunde, in der ich nichts anderes tue, als sinnlos ein Bein vor das andere zu werfen, nun einmal das Geilste überhaupt ist. Nur beim Joggen kann ein Mann wirklich noch er selbst sein.

Das kommt daher, dass wir Männer im Grunde immer noch dieselben Wesen sind wie vor dreißigtausend Jahren. Damals sind wir über die große afrikanische Savanne gerannt, um unser Frühstück mit dem Speer zu jagen. Dass wir heute in einer Wüste aus Asphalt leben und unser Frühstück mit einem Fingerschnippen serviert bekommen, war einfach nicht vorgesehen. Vor allem nicht in unserem Kalorienhaushalt.

Schon nach etwa einem Kilometer dämmert mir, dass ich in der afrikanischen Savanne sowieso verhungert wäre. Ich schnaufe so laut, dass jedes Gnu und jede Antilope schon kilometerweit gewarnt gewesen wären. Und noch einmal fünfhundert Meter später frage ich mich, ob die Variante mit dem Fingerschnippen nicht doch viel angenehmer ist.

6:55 Uhr: Keuche wie Darth Vader unter seiner Asthma-Haube, bin rot angelaufen wie eine Eichel unter einer Vakuum-Pussy und schwitze wie ein geborstener Staudamm. Meine Kondition ist ungefähr so gut, als hätte ich die vergangenen zwei Jahre im Koma gelegen. Werde das mit dem Joggen noch einmal überdenken. Und zwar in aller Ruhe und bei einer ausgiebigen Mahlzeit.

Will gerade aufgeben und zu Fuß nach Hause zurückschleichen, als mich zwei Gründe in einigem Abstand vor mir abhalten: Der eine ist ungefähr einen Meter sechzig groß, schlank und hat figurbetonte Leggins an, der andere trägt altmodische Turnshorts, aus denen zwei lange, sportliche, sonnengebräunte Beine ragen.

Auf einmal weiß ich, was ich zu tun habe. Erstens: Katja vergessen! Zweitens: Die beiden Joggerinnen einholen, sie betören und dann mit ihnen in ein Land fliegen, in dem Bigamie erlaubt ist. Drittens: Bis ans Ende meiner Tage glücklich werden.

Jetzt weiß ich auch wieder, warum ich das mit dem Sport überhaupt mache. Nicht um fit zu werden, sondern um jemanden kennenzulernen!

Ich erhöhe meinen Takt und ziehe schwungvoll an den Mädels vorbei, wobei ich mich um einen möglichst lockeren, entspannten Laufstil bemühe. So wie damals, zu meinen besten Zeiten.

Gelingt mir auch ganz gut. Jedenfalls für ungefähr dreißig

Meter. Dann werde ich langsamer, als würde mich ein unsichtbares Gummiband zurückhalten, dessen Widerstand von Schritt zu Schritt zunimmt. Nach nicht einmal fünfzig Metern bleibe ich mehr oder weniger stehen, halte mir die Seiten, die sich anfühlen, als würde eine Straßengang ihre Butterflymesser an mir ausprobieren. Nach weiteren zehn Metern ist es ganz vorbei. Ich sinke auf die Knie. Und dann liege ich auch schon auf einer Wiese neben dem Joggingtrail wie eine überfahrene Wildsau und hyperventiliere. Dumm gelaufen! Und zwar im wörtlichen Sinne.

7:08 Uhr: Immerhin führt mein kleiner Zusammenbruch dazu, dass ich mit den beiden Läuferinnen ins Gespräch komme. Wenn auch nicht ganz so, wie ich es mir vorgestellt habe. Das erste Mädchen (die in den Leggins) beugt sich über mich und sagt betont laut und langsam: »HALLO? KÖNNEN – SIE – MICH – HÖREN?«

Ich schnaufe unverständlich.

»GEHT – ES – IHNEN – GUT?«

Ihre Freundin fügt besorgt hinzu: »Sollen wir besser einen Rettungswagen holen?«

Ich schwitze, ich hechle und drücke mir die Hände auf die Brust. Aber ich bin nicht bereit aufzugeben. Ich sehe nach oben in die Gesichter der beiden Mädels und sage mit einem Lächeln: »Kein Problem, ich habe mich nur hingelegt, um meine Crunches zu machen. Ihr wisst schon: Bodenübungen. Sit-ups, Liegestütze, so etwas in der Richtung. Laufen ist mir zu einseitig.«

Die Mädchen lächeln erleichtert, und die Erste sagt: »Ach so. Dann ist ja gut.«

Und die Zweite sagt mit begeisterter Stimme: »Super Idee. Da machen wir glatt mit!«

Daraufhin lassen sie sich neben mir auf den Boden nieder, um eine Art *Sexy Sport Clip* zu veranstalten. Aber mir geht's verdammt gut dabei!

Bin so hingerissen, dass ich glatt vergesse, meine eigenen Übungen zu machen und nur den beiden Mädels zusehe. Bis es denen zu bunt wird. Die in den Leggins fährt mich auf einmal an: »Vielleicht war das mit dem Rettungswagen wirklich überflüssig. Aber stattdessen können wir ja die Polizei rufen, du Spanner!«

»Bodenübungen? Pah! Du brauchst bestimmt bis heute Mittag, bis du überhaupt wieder aufstehen kannst«, fügt die andere hinzu.

Mit diesen Worten springen sie auf und hüpfen leichtfüßig davon wie zwei gut gebaute Känguru-Damen. Ich bleibe auf der Wiese liegen und fühle mich ziemlich müde. War doch eine schlechte Idee, so früh aufzustehen.

10:25 Uhr: Wer hat eigentlich behauptet, dass Sport gesund wäre? Sitze an meinem Schreibtisch im Büro und habe meine nackten Füße auf die Schreibtischplatte gelegt. Die Haut unter meinen Sohlen sieht aus wie Noppenfolie, weil eine Blase neben der anderen sitzt. Und um den Rest meines Körpers steht es auch nicht besser. Mein Gesicht zeigt noch immer deutliche Spuren von Rötung, meine Schweißdrüsen sind andauernd mit einer Art Nachbrenneffekt beschäftigt und meine Laune ist ungefähr so prächtig wie die eines Orang-Utans im Regenwald, der weiß, dass es bald keinen Regenwald mehr geben wird.

10:34 Uhr: »Hallo, Stefan. Ist das eine stumme Aufforderung zu einer Fußmassage? Oder übst du gerade, mit den Zehen zu tippen, weil das schneller geht als deine übliche Methode mit zwei Fingern und stundenlangem Suchen nach der richtigen Taste?«

Birgit! Sie steht vor mir und sieht mich feixend an, wobei ihr Gesicht dann nach und nach einen eher besorgten Ausdruck annimmt. Ich mache eine wegwerfende Handbewegung. »Das sind nur die Auswirkungen meines frühmorgendlichen Trainings, Birgit. Du weißt doch, wie ehrgeizig ich in Sachen Sport bin. Und heute Morgen wollte ich mal wieder einen Halbmarathon schaffen, hatte aber vergessen, dass Katja alte Zeitungen in meine Laufschuhe gelegt hatte.«

»Wenn ich ehrlich bin, siehst du gar nicht gut aus. Soll ich dir ein Mineralwasser aus der Küche holen? Oder meinst du, das schaffst du selbst?«

»Ich habe alles im Griff. Aber danke für das Angebot.«

Sie sieht mich mit ihrem entwaffnenden Lächeln an und sagt: »Ich wusste übrigens gar nicht, dass du laufen gehst. Ich dachte immer, du hasst Sport.«

»Aber ganz im Gegenteil, Birgit. Ich bin der totale Freak. So einen geshapten Body, wie ich ihn habe, gibt's schließlich nicht umsonst.«

Birgit zuckt mit den Schultern. »Schade. Ich dachte, du wärst anders. Ich kann Typen, denen ihr Bizeps wichtiger ist als ihre Beziehung, nicht leiden.«

Mit diesen Worten dreht sie sich um und wackelt mit ihrem gefährlich kurzen Röckchen in Richtung ihres Schreibtischs davon. Zurück lässt sie mich und ein neues Problem. Jetzt habe ich nicht nur Blasen an den Füßen, sondern auch noch eine seltsame Leere im Kopf, die nur von einer einzigen Frage gefüllt wird: Wie, verdammt noch mal, hat sie das gemeint? Denn wenn ich nicht völlig danebenliege, war das gerade eben eine Art Kompliment. Oder sagen wir: Es wäre eines gewesen, wenn ich mich einfach so gegeben hätte, wie ich wirklich bin.

11:20 Uhr: Der kurze Auftritt von Birgit hat mich daran erinnert, dass ich zum Nichtstun nun wirklich keine Zeit habe. Fußschmerzen hin oder her. Nicht weil ich stattdessen arbeiten möchte, sondern weil ich dringende private Verpflichtungen habe.

16:56 Uhr: Bin gerade online gegangen, um meine Dating-Mails zu bearbeiten, als ein dunkler Schatten auf meinen Schreibtisch fällt. Ich blicke hoch und sehe in ein Gesicht, das ich ungefähr so attraktiv finde wie das von meinem Sachbearbeiter im Finanzamt. Laurenz Gabriel, mein Chef. Im nadelgestreiften Zweireiher und umweht von einer Wolke *Cool Water*.

»Tag, Trautmann. Störe ich?«, fragt er mit einer Stimme, die so ätzend ist, dass sie sich glatt durch Stahl fressen könnte.

»Allerdings, ich wollte gerade ein Onlineangebot rausschicken«, gebe ich zurück.

»Geschäftlich?«

»Selbstverständlich.«

»Dann nur eine kurze Frage.«

»Bitte.«

»Gucken Sie gelegentlich in Ihren Terminkalender?«

»Ja, gelegentlich. Wieso?«

»Weil Sie dann eigentlich wissen sollten, dass Sie vor einer halben Stunde einen Besichtigungstermin für eine Wohnung gehabt haben.«

»Oh.«

»Ich hoffe, Ihnen fällt mehr ein als *Oh*!«

»Klar. Wie wäre es mit: *Wenn ich Sie nicht hätte, Chef.*«

17:24 Uhr: Komme etwas abgehetzt zum vereinbarten Treffpunkt. Das Objekt, um das es heute geht, ist alles andere als sexy. Halb abgerissene Blümchentapete, Linoleumfußboden, Einfachverglasung – und in allen Räumen schwebt der Duft von dreißig Jahren Bratfisch, gepaart mit einer Packung Reval am Tag und einer offenen Kriegsverletzung, die der neunzigjährige Vormieter gepflegt hat, bis er ihr vor kurzem erlegen ist.

Als ich ankomme, stehen vor der Haustür rund hundert Interessenten. Es sind nur noch so wenige, weil die übrigen zweihundert schon frustriert abgehauen sind. Ich habe mir heute fest vorgenommen, berufliche und private Interessen auf angenehme Art zu verquicken. Darum spiele ich erst einmal eine Art Türsteher und sortiere alle Anwesenden aus, die eines der folgenden Kriterien erfüllen:

– männlich (damit ist die Hälfte schon mal weg)
– über 35 Jahre
– Kurzhaarschnitt
– Sandaletten, bei denen der große Zeh hervorsteht
– zu viel Make-up
– zu wenig Make-up
– Brille
– Handy mit baumelndem Teddybär dran

Am Ende bleiben noch genau drei Frauen übrig, und bei allen dreien habe ich ein verdammt gutes Gefühl. Nicht wegen der Wohnung. Sondern wegen *uns*. Sie sind Kandidatinnen für den sogenannten Katja-Plan.

Gemeinsam steigen wir die Treppe zu der Wohnung hoch und ich zeige den Frauen die Räume. Gebe mir große Mühe, die Nachteile der Wohnung abzuschwächen und die Vorteile hervorzuheben: sofort beziehbar; Renovierung nach eigenen Wünschen, da von eigenem Geld zu bezahlen; Blick auf idyllischen Hinterhof, vorausgesetzt man mag Abluftschächte und Müllcontainer. Ja, für so etwas bin ich halt geschult worden.

Die eine Bewerberin (Typ Verona Pooth, aber *mit* angenehmer Stimme) gibt mir schon nach drei Minuten mit einem leicht angewiderten Gesichtsausdruck zu verstehen, dass sie doch kein Interesse an der Wohnung hat, weil sie dann genauso gut in eine Tiefgarage oder einen Altglascontainer ziehen könnte. Schade, denn sie war meine Favoritin.

Bleiben aber immer noch die beiden anderen Interessentinnen, die mir auch beide gut gefallen. Die eine ist eine große Blonde (Typ Veronica Ferres, aber *mit* Ausstrahlung), die andere eine kleine Dunkelhäutige (Typ Coleen Fernandez, aber *mit* Gehirn). Vielleicht könnte ich den beiden vorschlagen, eine WG zu gründen und zusammen einzuziehen – und mir dann auch zusammen die kleine Gefälligkeit eines Dates zu erweisen?

Die Frauen gucken noch ein wenig in den Räumen herum und stellen ein paar Fragen: Werden die Kohleöfen durch eine Heizung ersetzt? Kann man bei der Kettenspülung der

Toilette etwas machen? Werden die Wände auf Kosten des Vermieters verputzt?

Ich setze mich auf den einzigen Stuhl, der noch in der Wohnung steht, und sage möglichst freundlich: »Ich werde mich selbstverständlich für Sie einsetzen. Das herausgebrochene Schloss in der Wohnungstür wird ersetzt. Und es werden Stromleitungen verlegt. Vielleicht. Das kann ich versprechen.«

Für ein paar Sekunden herrscht ein angespanntes Schweigen im Raum. Dann sagen die beiden Frauen gleichzeitig: »Also, ich würde sie nehmen.«

»Ich würde Sie auch nehmen«, erwidere ich.

Die beiden lächeln unsicher. Bei der Blonden fällt zuerst der Groschen und sie kapiert, dass mein *Sie* mit großem *S* gemeint war. Sie legt den Kopf schief und sagt: »Wenn ich die Wohnung kriege, könnten wir uns heute Abend ja zum Abendessen treffen und die Einzelheiten besprechen. Was meinen Sie?«

»Gute Idee. Und vielleicht gibt es dann noch Nachtisch? Bei mir?«

»Vielleicht«, antwortet sie, aber ihr Lächeln heißt eindeutig *Ja* und *Du wirst dich nicht beschweren müssen.*

Die kleine Dunkelhäutige hat unserem Gespräch gelauscht und ihr eigentlich hübsches Gesicht wurde dabei immer verkniffener. Jetzt räuspert sie sich und will etwas sagen. Ich hoffe, ihr ist klar, dass sie das Gebot der Blonden entscheidend toppen muss. »Hören Sie«, sagt sie mit weinerlicher Stimme. »Ich habe einen kleinen Sohn. Und ich brauche die Wohnung. Ich habe mir in den vergangenen Wochen schon über fünfzig Angebote angesehen. Aber nie bin ich zum Zuge gekommen. Nie! Weil ich Ausländerin bin. Weil ich alleinstehend bin. Und weil ich ein Kind habe. Sie müssen mir helfen. Ich stehe in wenigen Tagen auf der Straße.«

Noch während ich über ihre Worte nachdenke, sprüht die Blonde ihre Nebenbuhlerin mit giftigen Blicken ein und sagt: »Hör zu, Schätzchen. Das hier ist nicht die Caritas und unser Vermieter ist nicht der Papst. Also lass diese Tränendrüsentour. Außerdem lügst du doch sowieso. Schlampe.«

Die Blonde sieht mich beifallheischend an wie ein Boxer, der in der Rundenpause triumphierend in die Ecke seines Trainers zurückkehrt, nachdem er den Gegner gerade mit einem verbotenen Tiefschlag in die Knie gezwungen hat.

Der Dunkelhäutigen treten die Tränen in die Augen. Sie zittert und sagt mit schwacher Stimme: »Ich lüge nicht, das schwöre ich. Was soll ich nur machen? Soll ich denn mit meinem Kind auf der Straße schlafen? Bitte helfen Sie mir.«

Was soll ich tun? Den Ruf der deutschen Makler ein wenig aufbessern und Coleen Fernandez und ihrem Kind ein Dach über dem Kopf verschaffen? Oder das blonde Gift glücklich machen und mich selbst gleich noch dazu? Ich hasse solche Situationen.

Ich stehe auf und sage mit getragener Stimme: »Tja, meine Damen. Sie machen es mir wirklich nicht einfach. Aber dennoch muss ich mich jetzt von einer von Ihnen beiden verabschieden.«

Die Blicke der beiden Frauen kleben an meinen Lippen. Ach, Makler ist doch ein geiler Beruf. Weil man der Herr über Glück und Unglück ist, über menschliche Schicksale, über Lebensgeschichten. Fast wie die Jury bei DSDS.

1:35 Uhr: Liege im Bett und glühe immer noch vor Stolz auf mich selbst. Muss an das Rendezvous mit der Wohnungsblondine vorhin denken. Sie hieß Patricia, und wir entschieden uns für ein italienisches Lokal der gehobenen Kategorie. Alles war perfekt. Ich saß einer Frau gegenüber, die wirklich etwas hermachte, die mir nicht unsympathisch war und die zudem davon überzeugt war, mir einen Gefallen zu schulden.

Patricia hob ihr Proseccoglas, glimmte mich aus ihren bunt betuschten Augen an und sagte: »Ich stoße auf uns an, mein lieber Stefan. Auf unser Kennenlernen, und natürlich auf mein neues Zuhause.«

»Auf unser Kennenlernen.«

Unsere Gläser klirrten dezent und wir tranken einen Schluck, während unsere Blicke ineinander versanken wie die Titanic im Nordatlantik. Was dann folgte, war eine nette, lockere Konversation, die durch hervorragende Antipasti und noch bessere Spaghetti Vongole gekrönt wurde.

Leider wusste ich nach zwei Flaschen Prosecco und mehreren Gläsern Pinot Grigio, dass Patricia doch nicht diejenige sein würde, mit der ich Katja umstimmen würde. Weil sie sich als die Sorte Frau herausstellte, bei der ich, wenn wir wirklich auf der Titanic wären, lieber selbst ins Rettungsboot steigen würde, als ihr den Platz zu überlassen. Sie würde sowieso nicht ertrinken. Denn sogar der Nordatlantik hat so etwas wie Geschmack und nimmt nicht alles, was ihm angeboten wird. Patricia entpuppte sich immer mehr als hochnäsige, kaltschnäuzige, engstirnige Zicke, mit der ich es nicht einen einzigen Tag aushalten könnte. Von vier Wochen bis zu meinem Wiedersehen mit Katja gar nicht zu reden.

Darum machte es mir auch nichts, dass der Abend während der Nachspeise eine unromantische Wendung nahm. Während ich eine hervorragende Crème brulée löffelte, kam Patricia noch einmal auf das Thema Wohnung zu sprechen. Sie setzte eine geschäftsmäßige Miene auf und fragte: »Sag mal, Stefan, wie machen wir das eigentlich mit dem Mietvertrag? Unterschreibe ich den bei dir? Oder muss ich mich mit dem Vermieter treffen?«

»Mietvertrag? Wieso?«

»Na, du weißt doch. Die Wohnung vorhin, am Barbarossaplatz!«

Ich hob die Hände in einer Geste des Erstaunens und sagte: »Da haben wir uns wohl missverstanden, liebe Patricia. Die Wohnung bekommt die arme Kleine mit dem Kind und den Geldsorgen. Ich habe ihr vorhin schon fest zugesagt. Darum sind wir doch zusammen essen gegangen. Als Entschädigung sozusagen. Sag bloß, das hast du anders verstanden?!«

Der letzte Prosecco des Abends landete nicht in meinem Mund, sondern auf meinem Hemd. Und ich musste auch die gesamte Rechnung bezahlen, da Patricia kommentarlos aus dem Lokal rausrauschte. Aber was soll's. Das sind Spesen, die ich bei der Firma einreichen kann.

Insofern bin ich froh, dass ich jetzt im Bett liege. Und zwar allein. Eine Frau zu suchen, ist eine Sache. Aber sich selbst treu zu bleiben, ist mindestens genauso wichtig.

6. Tag: Donnerstag

8:23 Uhr: Wache auf und fühle mich krank. Sollte zum Arzt gehen, wobei ich mir schon vorstellen kann, wie das abliefe.

»Was fehlt Ihnen denn?«, würde der Mediziner fragen.

»Katja.«

»Tut es sehr weh?«

»Mmh.«

»Wie sieht es mit der Nachtruhe aus?«

»Tagsüber hervorragend.«

»Stuhlgang?«

»Läuft wie geschmiert.«

Der Arzt würde daraufhin ein paar lateinische Fremdwörter brummeln, sich ein paar Notizen machen und mich dann gelassen und zuversichtlich ansehen. »Machen Sie sich keine Sorgen. Ich verschreibe Ihnen etwas, wonach es Ihnen sofort besser gehen wird. *Katjanosan*. Ist ein neues hochwirksames Mittel. Ist zwar noch unerprobt, aber der Pharmavertreter hat mir einen dreiwöchigen Karibikurlaub versprochen, wenn ich es an meinen Patienten ausprobiere.«

»Kein Problem, Doc. Immer her damit. Wenn ich an den Nebenwirkungen eingehe, macht das nichts. Es würde mir besser gehen als zuvor.«

9:35 Uhr: Rufe in der Firma an und sage, dass ich nicht komme, unpässlich bin.

11:55 Uhr: Laune sehr viel besser. Habe die Antwort nach dem Sinn meines Daseins wiedergefunden und kann daher auch aufstehen. Die Antwort lautet: Mittagessen.

12:30 Uhr: Treffe mich mit meinem Kumpel Florian zum Mittagessen beim Griechen. Er ist Partner bei *Matthiesen, Arnold & Friends,* was nicht der Name einer Rockband ist, sondern einer Anwaltskanzlei, deren Klienten ihren Erstwohnsitz in London, Dubai oder auf den Bahamas haben. Florian trägt Anzüge, die ich mir von einem Monatsgehalt nicht leisten könnte, hat eine Armbanduhr, die ich mir von einem Jahresgehalt nicht leisten könnte und wohnt in einer gesamten Luxusloftetage, die ich mir mit meinem Lebenseinkommen nicht leisten könnte. Dafür hat Florian eine Frau, Katharina-Sophia, die *er* sich nicht leisten kann. Weil Katharina-Sophia a) nicht daran denkt, zu arbeiten, b) sich zu Tode langweilt und c) die Leere in ihrem Leben mit Shoppen füllt, wofür sie d) Florians Kreditkarte benutzt.

Das Leben ist eben doch gerecht.

Wir sitzen über unseren Souflaki, und er quirlt mir mal wieder die Ohren mit seinen Eheproblemen voll. Ich kontere, indem ich ihm von der Sache mit Katja erzähle. Ich bin mir todsicher, dass ich ihn diesmal in Sachen *Pech mit Frauen* ausstechen werde. Seine Antwort aber lautet: »Kannst du dir das vorstellen, Stefan? Sophia fliegt nach New York und kauft für dreißigtausend Dollar Kleider bei Macy's. Zugegeben, sie war in letzter Zeit ein wenig niedergeschlagen, und ich habe ihr geraten, sich was Gutes zu tun. Aber so was …«

»Wenn Katja für dreißigtausend Dollar zu mir zurückkehren würde, würde ich sogar eine Bank dafür überfallen.«

»Und dann die Sache mit dem Sex. Wenn ich mich abends an sie anschmiege, benimmt sie sich wie ein Tiefkühlfisch. Sie ist nur noch in Stimmung, wenn sie was von mir möchte, Klamotten, Schmuck, ein Dior-Handy.«

»Beim Sex hatten Katja und ich nie Probleme. Im Bett hat's funktioniert. Okay, es war jetzt nicht mehr gerade wie ein heißer Spielfilm, sondern eher wie 'ne Serie. Aber die haben schließlich auch ihre Höhepunkte.«

Offenbar dringt meine Story immer noch nicht in Florians Bewusstsein vor. Denn trotz meiner Offenbarung sagt er: »Weißt du, was ich letzte Woche dann getan habe? Ich habe alle unsere Karten sperren lassen. Aber das war wohl ein Fehler. Katharina-Sophia ist explodiert. Du kennst sie ja. Eigentlich sieht sie aus wie ein aus dem Ei geschlüpftes Supermodel. Aber als sie am Montag nach Hause kam – und zwar seit Jahren mal ohne Einkaufstüten –, ist sie total ausgeflippt. Sah aus wie Gisele Bündchen auf Speed. Knallrotes Gesicht, Schaum vor dem Mund, und in der Hand ihre Highheels, um damit auf mich loszugehen. Sie meinte, sie wäre noch nie so gedemütigt worden in ihrem Leben wie in dem Moment, als sie bei Cartier stand und das verdammte Collier nicht bezahlen konnte.«

»Gedemütigt, das trifft es ganz gut. Geht mir auch so. Vor allem bei der Vorstellung, dass Katja vielleicht genau in diesem Augenblick mit diesem Raimund zusammen ist und sie kurzen, heftigen Sex in der Mittagspause haben.«

Zum ersten Mal stockt Florian. Er macht ein nachdenkliches Gesicht, als hörte er irgendwo tief in sich drin das Echo meiner Worte, das aber schon zu undeutlich ist, um es wirklich zu verstehen. »Und bei euch ist so weit alles in Ordnung? Mit Katja und dir?«, fragt er.

Ich winke ab. »Ja, ja, alles wie immer. Alles in Butter. Mach dir keine Gedanken.«

»Ich beneide dich, Stefan. Echt. Ich habe das viele Geld, die Superwohnung, eine Freundin, die granatenmäßig aussieht. Aber was nützt mir das? Gar nichts. Du dagegen hast dein kleines, überschaubares Leben, aber dafür eine Beziehung, bei der alles stimmt. Würde am liebsten tauschen.«

Ich lächele wie Günther Jauch, wenn er bei einer Fünfhunderttausend-Euro-Frage um einen Lösungshinweis angebettelt wird. »Ich glaube, das lässt sich einrichten, Florian. Ich kriege deinen Wagen, die Wohnung, die Kohle und deine Katharina-Sophia. Und du kriegst dafür meinen Maklerjob und Katja. Kein Thema. Ich bin dabei.«

0:46 Uhr: Bilanz des Tages durchwachsen. War nach dem Essen mit Florian nicht ganz so gut drauf. Musste darüber nachdenken, ob man als Mann nicht ohne Frau viel glücklicher wäre. Habe dann mit einem alten Freund telefoniert. Joachim. Der meinte, dass er sich das früher auch gefragt hätte und ihm dann ein Freund eine gute Antwort gegeben hätte: »Klar ist ein Mann ohne Frau glücklicher. Aber wenn er keine hätte, wüsste er das nicht.« Ich habe ihm daraufhin geantwortet, dass er vermutlich Recht hätte, aber dass mir das auch nicht weiterhelfe.

Hatte am Abend dann noch zwei Dates mit Onlinekandidatinnen, von denen mir eins vielversprechend erschien, sich aber als Reinfall herausstellte. Bei dem anderen war es umgekehrt. Ich hatte keine hohen Erwartungen und war dann positiv überrascht. Bis die Frau mir beichtete, dass sie gar nicht für sich selbst auf der Suche wäre, sondern für ihre Freundin. Als die dann dazukam, wiederholte sich die Erfahrung von Date eins: hohe Erwartung, tiefer Fall.

7. Tag: Freitag

7:44 Uhr: Habe gerade geschätzte zwanzig Gramm abgenommen! Wow, bin stolz auf mich. Wie ich das geschafft habe? Ganz einfach, ich habe mich rasiert.

Damit meine ich nicht, dass ich mir mit meinem NASA-geprüften, fünfklingigen High-Tech-Turbo-Gillette-Nassrasierer die allmorgendlichen Stoppeln von den Wangen gekratzt habe, um eben nicht auszusehen wie ein schiffbrüchiger Pirat. Nein, ich rede davon, dass ich mir meine Kevin-Kurányi-mäßige Kinnfrisur entfernt habe, und zwar radikal und unwiderruflich. Ab sofort gehe ich wieder mit nacktem Kinn durch die Welt!

Das will wirklich etwas heißen, denn wenn ich richtig rechne, trage ich seit genau zweiundzwanzig Jahren so etwas wie einen Bart, also seit ich fünfzehn Jahre alt bin. Okay, damals war es eher ein zarter Flaum über meiner Oberlippe, den man zunächst nur bei Sonnenschein und mit Vergrößerungsglas erkennen konnte. Aber das war egal, denn auch diese paar Härchen erfüllten damals ihren Zweck: Sie beendeten meine Kindheit und machten mich zum MANN!

Damals mit fünfzehn war das überlebenswichtig. Ich wuchs in einer Nachbarschaft auf, in der wir uns auf dem

Schulhof mit dem Klappmesser begrüßten, unsere Mofas mit dem Leben verteidigten (jedenfalls die, die eins hatten), und unser Taschengeld möglichst schnell verprassten, bevor es uns einer der älteren Jungs als zinslosen und nicht rückzahlbaren Kredit abnahm.

In einem solchen Klima ist ein angehendes Bärtchen dasselbe, was für einen Indianerjungen seine erste Medizin ist, für einen US-Teenager die erste halbautomatische Waffe oder für einen russischen Jugendlichen die erste klinische Ausnüchterung. Einen Bart zu haben hieß, dass ich mit den wichtigen Jungs am Spielplatz-Verschlag stehen und rauchen durfte, dass ich eine Freundin haben und jedem auf die Fresse hauen durfte, der sie mir abspenstig zu machen versuchte. Und ich bekam einen Spitznamen, was bedeutete, dass ich ab sofort vollwertiges Mitglied der Clique war. Kurz gesagt: Ein Bart war die Lizenz zum Cool-Sein.

Besonders das mit der Freundin war wichtig. Denn wer ein Bärtchen hatte – und sei es nur das Oberlippending, das ich vorweisen konnte, dem traute man auch Sex zu. Und zwar ganz egal, ob man ihn wirklich hatte oder nicht.

In Wahrheit war es bei mir erst ein Jahr später so weit, mit sechzehn. Sie hieß Renate, und wir machten es in einer seltsam verrenkten Position auf einer Kneipentoilette. Nach dem eigentlich Akt, der so schnell ging, dass ich Renates Stöhnen mit einem einzigen Spülvorgang übertönen konnte, sah sie mich stirnrunzelnd an und sagte: »Ich glaube, du siehst älter aus als du bist. Aber ich mag dich.«

Seitdem weiß ich, dass Mädchen oder Frauen auf Männer mit Bart stehen.

Tja, und jetzt habe ich es getan, ich habe mich rasiert, und zwar komplett. Ich kann es selbst kaum glauben. Ich blicke in den Spiegel und sehe nichts als Haut. Keine Haare, weder in den Ohren noch in der Nase noch rund um den Mund oder an den Wangen. Alles weg.

Und das ist auch gut so. Bin nämlich nicht mehr derselbe wie früher. Denn ganz egal, ob Katja zu mir zurückkehrt oder nicht, es wird nicht mehr so sein wie früher. Und das habe ich jetzt mit Hilfe des Gillette ein für alle Mal deutlich gemacht.

Tagsüber: Keine besonderen Vorkommnisse. Mittagspause mit Birgit, die von meinem neuen Look total begeistert ist (»Jetzt weiß ich endlich, wie du aussiehst«). Ich versuche, unsere Konversation ganz dezent auf private Themen zu lenken, zum Beispiel Vorlieben beim Sex, Seitensprünge, Häufigkeit der Orgasmen bei Mann und Frau. Scheitere an Birgits seltsam verstockter Art, etwas über ihr Leben nach Feierabend zu verraten.

Dafür andere Erfolge: Blickkontakt mit einer Verkäuferin in einer Bäckerei, Telefonnummerntausch mit meiner Lieblingskellnerin im Bistro, Plausch mit der Tochter von Frau Solinger, die genauso ein Schmuckstück ist wie ihre Mutter, nur dreißig Jahre jünger (muss da am Ball bleiben).

Außerdem: erfolgreiche E-Mail-Konversation mit einer Onlinedaterin namens Tanja, die von Anfang an meine Favoritin war. Will mich heute Abend kennenlernen! Na, wer sagt's denn!

19:02 Uhr: Mache mich auf den Weg zum vereinbarten Treffpunkt. Bin nervös und habe trotz der intensiven Vorbereitung das Gefühl, dass mein Look noch nicht perfekt ist.

Irgendetwas fehlt. Dann habe ich die zündende Idee. Ich mache Station am nächsten Kiosk und kaufe mir ein Big Pack *West*. Ganz Deutschland hört auf zu rauchen, da kann ich ja wieder damit anfangen. Außerdem passt das zu meinem neuen Lebensgefühl als Flatrate-Gigolo.

19:22 Uhr: Sitze im Café und stelle Hochrechnungen an, wie der Abend mit Tanja verlaufen wird. Sie hatte mir per Mail verraten, dass sie seit drei Jahren solo ist und sich nichts sehnlicher wünscht, als endlich wieder mit einem attraktiven, sympathischen, warmherzigen Mann eine Nacht zu verbringen. Habe ihr daraufhin geantwortet, dass ich alle diese Kriterien erfülle und dass ich auch seit drei Jahren solo wäre und genauso empfinden würde. Meine hervorstechendste Charaktereigenschaft sei außerdem meine Ehrlichkeit.

Als Treffpunkt habe ich übrigens ein Café vorgeschlagen, das direkt neben einem Hotel liegt. Nach drei Jahren Enthaltsamkeit will man schließlich nicht erst durch die halbe Stadt fahren, um ins nächste Bett zu gelangen.

19:38 Uhr: Wir waren um halb acht verabredet, aber Tanja ist noch nicht da. Das ist in Ordnung. Zeigt mir nur, dass sie es ernst meint und sich Mühe gibt und daher aus strategischen Gründen ein wenig zu spät kommt. Schlürfe genüsslich von meiner Latte macchiato. Habe auf ein Kölsch verzichtet, weil mir Kaffee einfach kultivierter vorkommt. Dazu rauche ich auf der Terrasse des Cafés die zweite *West* des Tages.

Ich erkenne Tanja sofort, weil sie genau so aussieht, wie auf dem ins Netz gestellten Foto. Sie ist vielleicht einen Meter siebzig groß, schlank (aber nicht klapprig), hat eine Oberweite wie eine Schaufensterpuppe (nicht zu viel, nicht zu wenig), blonde Locken und einen leichten Schmollmund.

Sie bleibt auf dem Bordstein vor den Cafétischen stehen und ist sich offenbar nicht ganz sicher, ob ich es wirklich bin. Kann ich ihr nicht übelnehmen. Man muss schon in seinem Kopf dieses Alterungs-Beschleunigungsprogramm durchlaufen lassen, um von meinem Onlinefoto auf mich zu schließen.

Nachdem sie mein Gesicht ausführlich studiert hat und die Rechenoperation offensichtlich beendet ist, stockt sie und das hoffnungsvolle Lächeln verschwindet aus ihrem Gesicht.

Ich stehe auf, will sie begrüßen und direkt auf das Thema mit dem Sex nach drei Jahren Enthaltsamkeit zu sprechen kommen, aber sie unterbricht mich und sagt: »Du rauchst.«

»Was?«

»Du rauchst.«

»Willst du eine? Setz dich doch.«

»Du Schwein, das hast du nicht angegeben. Du hast das Kreuzchen bei Nichtraucher gemacht.«

Ich brauche ein paar Sekunden, um zu verstehen, was sie meint. »Hör zu, Tanja. Als ich mein Profil gemacht habe, war ich noch Nichtraucher. Ich habe vorhin erst wieder angefangen. Wirklich. Ich war nervös wegen unserem Date und …«

»Ich glaube dir kein Wort. Wie kannst du nur bei so einem entscheidenden Detail lügen. Rauchen! Ich hätte mir den Weg sparen können.«

»Aber, Tanja, sieh mich an! Alles andere war doch auch gelogen. Und einen Bart habe ich auch nicht mehr. Du kannst doch nicht nur wegen so einer Lappalie unser Date platzen lassen.«

Erst jetzt scheint sie zu merken, dass in der Tat auch ein paar andere Details an mir nicht so ganz mit meinem Profil übereinstimmen. Seltsamerweise bringt diese Erkenntnis aber das Lächeln in ihr Gesicht zurück. »Um ehrlich zu sein, finde ich das eher eine positive Überraschung«, sagt sie. »Wirklich, du bist viel sympathischer als der Typ, als den du dich im Internet ausgibst.«

»Also verzeihst du mir?«

»Tut mir leid, aber ein Raucher kommt für mich eben echt nicht in Frage. Ich verlieb mich doch nicht in einen Mann, der Lungenkrebs bekommt, wenn ich mich nach zehn oder zwanzig Jahren gerade an ihn gewöhnt habe. AUSGESCHLOSSEN.«

Damit dreht sie sich um und stapft davon. Ich rufe noch einmal hinter ihr her und beteuere, dass das alles gar nicht stimmen würde. Aber es ist zu spät. Sie verschwindet im Strom der Passanten. Ich winke der Kellnerin und bestelle mir ein Kölsch. In den folgenden zwei Stunden rauche ich die ganze Packung *West* leer.

23:16 Uhr: Manöverkritik mit Andy bei mir zu Hause (nachdem er mir erst einmal ebenfalls zu meinem neuen bartlosen Look gratuliert hat). Wir sitzen vor meinem PC und er checkt mein Onlineprofil. Anschließend sieht er mich an, als müsste man mich augenblicklich in Sicherheitsverwahrung nehmen, und zwar in der Hannibal-Lecter-Stufe: Ganzkörperfessel, Fußketten und Beißschutz. »Ich würde sagen, die Verwandlung von Clark Kent in *Superman* ist nichts gegen die Verwandlung, die du hier durchgemacht hast, Alter.«

»Keine Ahnung, wovon du redest, Andy. Ich habe doch

einfach nur meine positiven Seiten hervorgehoben. Das soll man im Internet so machen. Steht in den Richtlinien.«

Tatsache ist, ich habe ein paar meiner persönlichen Daten geringfügig nach unten gerundet: mein Alter auf vierunddreißig Jahre, mein Gewicht auf vierundachtzig Kilo und meinen Taillenumfang auf zweiundneunzig.

Zum Ausgleich habe ich bei ein paar anderen Größen etwas draufgeschlagen: bei meiner Körpergröße acht Zentimeter, bei meiner Karriere ein paar Stufen und bei der Kategorie Heiratswunsch ein *Ja*.

Ansonsten bin ich voll bei der Wahrheit geblieben. Ich bin drahtig (weil die Metallklammer meines gebrochenen Schienbeines nie entfernt wurde), unternehmungslustig (essen gehen), naturliebend (grille gerne im Park), kulturbegeistert (Kino, DVD), weltgewandt (spreche fließend Kölsch) und charmant (kann nett sein, wenn ich will). Ich betreibe Motorsport (Grand Theft Auto am Computer) und Free Climbing.

Ausgerechnet da hat Andy Probleme.

»Free Climbing, Stefan? Findest du das nicht doch ein wenig übertrieben?«

»Wieso denn? Ich kann den ganzen Abend an einer Theke abhängen und mich dabei mit nur zwei Fingern an einer Stange Kölsch festhalten. Das muss mir erst mal einer nachmachen.«

Andy seufzt erschöpft. »Alles klar, Alter«, sagt er und winkt lachend ab. »Lass uns einfach in die nächste Kneipe gehen. Zum Freeclimben.«

8. Tag: Samstag

14:56 Uhr: Liege bis nachmittags im Bett und fühle mich pudelwohl dabei. Und das, obwohl draußen ein wunderschöner Sommertag ist. Katja hat mich immer schon um meinen guten Schlaf beneidet. Sie meinte einmal, ich müsste eine angeborene Valiumdrüse im Körper haben. Um mich herum könnte die Welt in Trümmern versinken, ohne dass ich mich deswegen um den Schlaf bringen ließe. Als Beispiel diente ihr immer unser Türkei-Urlaub, der nicht gerade so ablief, wie der Katalog es versprochen hatte. Erst fiel der Shuttle-Flieger von Istanbul nach Antalya aus, dann blieb der Bus, der uns stattdessen transportieren sollte, auf der Autobahn liegen. Der versprochene Ersatz-Ersatzbus kam erst gar nicht, und unser Vorschlag, auf Taxis umzusteigen, wurde von der Reiseleitung abgelehnt. Unsere Anreise dauerte am Ende dann nicht sechs Sunden wie geplant, sondern achtundvierzig Stunden – achtundvierzig Stunden, während der Katja kein Auge zumachte. Achtundvierzig Stunden, an die ich mich kaum erinnere, weil ich mehr oder weniger die ganze Zeit schlief und darum alles nicht so schlimm fand.

Das ist der Punkt. Die Trennung von Katja ist eben nicht gleichbedeutend mit einem Türkei-Urlaub. Ich finde sie schlimm. Fühle mich, als wenn mir jemand mein Lieblingskopfkissen weggenommen hätte. Seitdem ist mein ganzes Leben irgendwie … unbequem.

Mir muss niemand sagen, dass es dämlich klingt, wenn man seine Freundin mit einem Kopfkissen vergleicht. So als wenn sie nur dazu da gewesen wäre, damit ich schön weich ruhen kann. Und wenn es mal nicht weich war, reichte es, es ordentlich durchzuschütteln, bis die Federn flogen.

Was ich eigentlich damit sagen möchte, ist, dass Katja einfach zu meinem Leben gehörte. Dass ich ein gutes Gefühl hatte. Dass die Dinge so waren, wie sie von mir aus bleiben konnten. Und das ist doch mehr als viele andere behaupten können, oder? Katja und ich haben einfach so viel Tolles miteinander erlebt. Ihre Beförderung, meinen neuen Job, der Umzug in die gemeinsame Wohnung, viele Urlaube, Partys, Abende zu zweit, Abende mit Freunden. Aber genauso gehören weniger schöne Dinge zu unserer gemeinsamen Geschichte.

Zum Beispiel als Katja diese Augen-OP hatte und danach eine Woche lang einen Verband tragen musste und nichts sehen konnte. In dieser Zeit habe ich mich um sie gekümmert, habe sie gefüttert, gewaschen und sogar an- und ausgezogen. Dann hatte ich diesen Autounfall und musste zwei Wochen lang mit eingegipsten Beinen auf dem Sofa liegen (sie kümmerte sich genauso rührend um mich, meinte aber, dass eigentlich alles wie immer wäre.). Oder als ihre beste Freundin Melanie sich von ihrem Mann getrennt hat, und Katja echt mies drauf war. Und, nicht zu vergessen, als ihr Kater Rambo gestorben ist … Wir haben so verdammt viel zusammen erlebt. Und solche Erfahrungen sind nicht irgendetwas. Sie schweißen zusammen. Sie verbinden einen. Auf eine sehr tiefe Art. Ich habe einfach keine Lust, diese Strecke mit einer anderen Frau wieder von ganz vorne zu gehen. Warum auch? Es war doch gut so, wie es war.

Das habe ich Katja gegenüber vielleicht nicht immer so gewürdigt. Aber das werde ich ändern, sobald sie wieder da ist. Versprochen.

19:03 Uhr: Bin frisch geduscht und rasiert, rieche wie ein Teststreifen bei Douglas und habe das weißeste Lächeln seit Erfindung der Zahnarztfrau. Habe mir nämlich nicht nur die vorgeschriebenen drei Minuten die Zähne geputzt, sondern diesmal dauerten die drei Minuten wirklich drei Minuten.

Stehe vor dem großen Spiegel im Flur und begutachte mich selbst. Trage meinen einzigen Sommeranzug, der mich ausgesprochen lässig erscheinen lässt, zumal er meinen Umfang geschickt kaschiert – ich gehe sozusagen bauchfrei.

Habe also genau den richtigen Look für eine Party, auf der so viele Superfrauen herumlaufen werden, als wäre die *Playboy*-Mansion von Los Angeles nach Köln gebeamt worden. Inklusive Bunnys.

Albrecht Sonnenheim, der Sohn eines altehrwürdigen Kölner Industriellen und heimlicher Partykönig der Stadt, feiert heute sein legendäres Sommerfest. Und ich, Stefan Trautmann, Immobilienmakler, unverbesserlicher Optimist und frisch gebackener Übergangssingle, besitze eine Einladung. Es kann also gar nichts mehr schiefgehen.

Auf Albrechts Gästeliste stehe ich übrigens jedes Jahr, und zwar deshalb, weil der Juniormillionär seine luxuriöse Zweitwohnung in der Kölner Innenstadt mir verdankt. Allerdings war die Party seit Jahren ein heftiger Streitpunkt zwischen Katja und mir. Anders als heute wollte ich nie hingehen. Ich fand das Publikum stets aufgeblasen und neureich, während Katja es für spannend und mondän hielt. Ich hatte halt keine Lust, mich mit dekadenten Bankern, New-Economy-Spaßvögeln und, ja, Immobilienhaien zu unterhalten. Katja dagegen rechnete sich Chancen aus, endlich mal auf einer der Klatschseiten in der *Gala* oder der *Bunten* aufzutauchen. Sobald wir dann dort waren, wechselten unsere Rollen. Ich amüsierte mich prächtig, während Katja vor Zorn und Neid bebte. Hatte bei uns beiden den gleichen Grund: die Bunnys. Albrecht weiß halt, wie man feiert.

20:43 Uhr: Da Katjas Platz an meiner Seite zurzeit frei ist, nehme ich Andy als Begleitperson mit. Er holt mich von zu Hause ab und wir fahren zur Sonnenheim-Villa im exklusiven Kölner Stadtteil Hahnwald. Auf dem Weg dorthin führt er mir noch einmal vor Augen, was ich sowieso schon weiß: »Alter, für dich steht heute nur eines auf dem Programm: Auf der Rückfahrt werde nicht ich hier neben dir sitzen, sondern eine heiße Schnitte, die du auf der Party aufgabelst und dann geradewegs in dein Schlafzimmer beförderst. Ist das klar so weit?«

»Glasklar.«

Andy schenkt mir einen prüfenden Seitenblick. »Dann tue es auch. Ich will morgen Vollzug gemeldet bekommen.«

»Werde ich. Verlass dich drauf.«

Ich nicke ihm zackig zu, als wäre er mein Drill-Sergeant und ich ein neuer Rekrut in der US-Armee. Und dann schreie ich gut gelaunt: »Ja, Sir, ja. Ich werde eine Schnitte mit nach Hause nehmen. Sir!«

Andy nickt zufrieden. »Siehst du. Geht doch.«

Wir parken den Wagen ein paar Straßenzüge vor der eigentlichen Location entfernt. Ist einfach uncool, einen alten und mit Rostflecken übersäten Golf zwischen lauter Maseratis und Phaetons abzustellen.

Wir gehen die letzten Meter darum zu Fuß. Vor dem Eingang zum Grundstück der Villa hat sich eine kleine Schlange an Gästen gebildet. Die Männer tragen Smokings und die Frauen tragen fast gar nichts, und über allem liegt ein Hauch von Chanel und großer, weiter Welt. Ein livrierter Diener mit professionell-hochnäsigem Gesichtsausdruck checkt die Einladungen, wobei ihm zwei Security-Gorillas dezent über die Schulter sehen.

Wir reihen uns in der Schlange hinter einem Paar ein, das leise vor sich hinstreitet. Er ist der Typ graumelierter Endfünfziger, der vermutlich mit Waffen, verbotenen Chemikalien oder Plutonium handelt. Sie ist Mitte zwanzig, trägt Sommerkleidchen mit Pelzbesatz und schert sich einen Dreck darum, womit er seine Kohle macht. Solange sie etwas davon abbekommt. Wenn ich es richtig mitbekomme, geht es in dem Streit darum, dass er erwogen hat, nicht seine Begleiterin, sondern seine Ehefrau mit zu der Party zu nehmen, weswegen sie ihm jetzt eine Eifersuchtsszene macht.

Bin das beste Beispiel dafür, dass wir wirklich in einer Neidgesellschaft leben. Bin nämlich ausgesprochen neidisch auf die Probleme, die dieser Typ hat.

21:23 Uhr: Nachdem wir die Villa durchquert und den großzügigen Garten des Anwesens betreten haben, mischen wir uns unter die Gäste. Die stehen in Trauben zusammen, schlürfen Cocktails, bedienen sich an den Cateringzelten und plaudern munter über Aktienkurse, Strände auf Barbados und die Entwicklung der Immobilienpreise in Dubai.

Andy verliere ich schon nach ein paar Minuten. Wenn ich es richtig beobachtet habe, ist er mit der Frau des Gastgebers im ersten Stock der Villa verschwunden. Und das bestimmt nicht, weil er sich von ihr eine Sammlung chinesischer Vasen zeigen lassen möchte. Hoffe nur, dass er nicht auch Probleme bekommt, auf die ich dann neidisch sein könnte.

21:58 Uhr: Beschließe, mir einfach eigene Probleme einzuhandeln. Nicht weit entfernt mache ich eine groß gewachsene, üppige Rothaarige um die dreißig aus, die in einem verboten engen Chinakleid steckt. Sie hat mehr Sommersprossen im Gesicht als Pippi Langstrumpf und dazu Grübchen, aus denen ich genauso gerne Schöfferhofer Weizen trinken würde wie aus ihrem Bauchnabel. Sie steht in einer Gruppe wichtigtuerischer Smoking-Typen, die sich eifrig darum bemühen, sie bei Laune zu halten. Beflügelt von den ganzen Drinks, die ich mir als Erstes genehmigt habe, denke ich nicht lange über eine Strategie nach. Ich gehe zu ihr hin, tippe ihr auf die Schulter und probiere es mit einem Klassiker: »Na, ganz alleine hier?«

Sie sieht mich an, als wäre ich *Rainman* oder irgendein anderer mitleiderregender Autist mit Schildern um den Hals, auf denen Bilder von Papa, Mama und meinem Zuhause sind. Dann lacht sie und macht eine Präsentationsgeste in Richtung der Gruppe, in der sie steht. »Ob ich alleine bin? Nicht ganz. Wenn Sie mal gucken möchten: Das ist mein Freund, das ist eine gute Bekannte, das ist der Bruder des Gastgebers, und die übrigen Herrschaften sind ebenfalls anregende und sympathische Gesprächspartner. Ihnen kann ich daher nur empfehlen, zum Optiker oder wahlweise zu einem Flirtberater zu gehen. Auf Wiedersehen.«

K. o. in der ersten Runde. Oder auch nicht. In ihren Augen entdecke ich ein schwaches Glimmen, das nicht so ganz zu ihren Worten passt. Und das sie krampfhaft zu verbergen versucht. Gut möglich also, dass sie die ganzen Jungs mit ihren blasierten Gesichtern gar nicht so sympathisch findet, wie sie tut.

»Aber nein, ich muss nicht zum Optiker«, erwidere ich. »Ich habe genau gesehen, dass Sie in Wahrheit keine Lust haben, weiter hier herumzustehen und über Wirtschaftspolitik zu reden. Oder über Aktienkurse. Oder über die Warenterminbörse in Chicago. Glauben Sie mir, es würde mehr Spaß machen, mit mir zusammen zum Cocktail-Zelt zu gehen und einen Drink zu nehmen.«

Sie lacht, aber so leise, dass die Typen in ihrer Gruppe es nicht mitbekommen. Dann schüttelt sie den Kopf und sagt mit lauter Stimme: »Vergessen Sie's. Außerdem fangen Sie gerade an, mir auf die Nerven zu gehen. Das brauche ich nicht. Und schon gar keinen Mann, der nicht einmal genug Manieren hat, um sich vorzustellen. Trotzdem hoffe ich, dass Sie sich noch gut amüsieren. Und tschüss.«

Okay, diesmal bin ich wirklich angezählt. Aber auf den Brettern liege ich immer noch nicht, denn eigentlich könnte ich ihre Worte auch als Aufforderung verstehen weiterzubohren. Nicht, dass ich grundsätzlich glaube, dass Frauen *Ja* meinen, wenn sie *Nein* sagen. Aber sie hat schließlich nicht explizit *Nein* gesagt. »Das tut mir natürlich leid und Sie haben vollkommen Recht«, sage ich. »Ich heiße Stefan Trautmann, bin Immobilienmakler, und eigentlich habe ich auf einer Party wie dieser nichts verloren. Aber zufällig bin ich derjenige, der Albrecht Sonnenheim seine Wohnung besorgt hat. Und Ihnen würde ich jetzt gerne einen Drink besorgen.«

Das Ganze ist jetzt wie beim Tennis, wenn der Ball für den Bruchteil einer Sekunde auf der Netzkante balanciert. Schafft er es noch rüber, habe ich gewonnen. Prallt er zurück und fällt auf meine eigene Hälfte, habe ich Satz, Spiel und Match verloren.

Die Rothaarige will gerade zu einer Antwort ansetzen, als sich der Typ, der neben ihr steht, zu mir umdreht. Als sie vorhin meinte, dass er ihr Freund wäre, muss sie sich eindeutig vertan haben. Der Typ ist mindestens sechzig. Er bleckt seine dritten Zähne zu einem bösartigen Grinsen, schiebt sich leicht tattrig nach vorne und mustert mich, als wäre ich eine Bazille und er eine Flasche Sagrotan. Dann senkt er seine Stimme zu einem Flüstern und zischt: »Machen Sie, dass Sie wegkommen. Oder Sie sind schneller vor der Tür, als Sie *Entschuldigung, es war nicht so gemeint* sagen können.«

Ich blicke ihn überrascht an. Wo bitte schön nimmt dieser wandelnde Altersfleck das Selbstbewusstsein her, mir zu drohen? Ich bin ein stämmiger, nicht ganz kleiner Mittdreißiger, den man bei Dunkelheit glatt für gefährlich halten könnte. Und er ist ein grau melierter Greis, Typ Sky Dumont, der sich nicht zwischen Alzheimer und Parkinson entscheiden kann.

Dann aber bemerke ich, wie die Chinakleid-Frau unmerklich den Kopf schüttelt. Sie sieht mich dabei dezent, aber unverkennbar um Entschuldigung heischend an, und es ist klar, dass sie am meisten darunter leiden würde, wenn ich jetzt einen echten Streit vom Zaun breche.

Also gut. Dann halt nicht. Außerdem sind die Zahnarztkosten, die der Typ nach einer Schlägerei mit mir berappen müsste, sogar für Millionäre eine echte Belastung geworden. Schön, ich streiche die Segel. Nächster Versuch.

22:41 Uhr: Gehe einfach alleine zur Cocktailbar, wo ich den kleinen Vorfall schnell vergesse. Das liegt in erster Linie an den beiden Brasilianerinnen, die für die Zubereitung der Drinks zuständig sind. Ich schiebe mich an ein paar anderen Gästen vorbei und probiere es bei einer der Kellnerinnen wieder mit einem Klassiker: »Sag mal, wann hast du eigentlich Feierabend?«

Die Brasilianerin sieht mich kurz und frostig an, und crusht dann ungerührt weiter ihre Eiswürfel. »Wollen Sie was trinken? Dann stellen Sie sich bitte hinten an.«

Das ist noch keine Abfuhr, denke ich trotzig. »Ja, ich will 'nen Drink. Und vielleicht stoßen Sie ja mit mir an?«

»Ich bin hier, um zu arbeiten. Aber selbst wenn das nicht so wäre, würde ich Nein sagen.«

Okay, das ist jetzt eine Abfuhr. Sollte aber dennoch nicht zu schnell aufgeben. Zumal sie ja noch eine Kollegin hat. Will gerade einen weiteren Versuch starten, als aus der kleinen Kammer, in der die Getränkevorräte stehen, ein Mulatte auftaucht, der wohl der Kollege der beiden ist und der die Maßstäbe auf unfaire Art verschiebt. Brasilien ist nämlich nicht nur in Sachen Frauen eine der führenden Nationen. Auch die Typen machen was her. Der hier zum Beispiel hat da, wo andere Kerle einen Oberkörper haben, eine aus dunklem Marmor gemeißelte Landschaft aus Muskeln und Sehnen. Da wo normale Kerle eine Hüfte haben, hat er eine Art

Gummizug, der sich rhythmisch zur Sambamusik im Kreis dreht. Und da wo normale Männer ein freches Grinsen tragen, hat er ein Lächeln, bei dem sogar ich angeturnt werde. Mit anderen Worten: Bei der Konkurrenz brauche ich gar nicht erst zum Wettbewerb anzutreten.

22:58 Uhr: Verlasse die Bar und starte einen weiteren Versuch. Dafür suche ich mir eine gut gewachsene Blondine aus, die in einem eng geschnittenen und hoch geschlitzten Kleid steckt. Schon beim ersten Blick erkläre ich sie zu meinem persönlichen Playmate des Jahres. Gut, sie ist höchstens Anfang zwanzig und damit nicht wirklich meine Zielgruppe. Aber sie strahlt nun einmal mehr Sex aus als andere Frauen während ihres gesamten hundertjährigen Lebens. Kurz und gut, sie ist hinreißend. »Hey! Darfst du um die Uhrzeit überhaupt noch vor der Tür sein?«, spreche ich sie an.

»Und Sie? Sie sind doch bestimmt Freigänger und müssten auch schon längst wieder zurück in Ossendorf sein, oder?«, kontert sie. Respekt. Ossendorf ist der größte Kölner Knast, und allein die Tatsache, dass sie ihn kennt, zeigt mir, dass sie reifer ist als gedacht.

»*Touché*«, sage ich anerkennend. »Wie sieht's denn aus? Hast du einen Freund?«

»Drehen Sie sich doch mal um und überzeugen sich selbst.«

Ich befolge ihren Ratschlag und sehe mich einem jungen Mann gegenüber, der offenbar sein gesamtes bisheriges Leben an der Langhantel verbracht hat. Er sieht aus wie eine von diesen lustigen Luftballonfiguren, die man auf irgendwelchen Veranstaltungen gebastelt bekommt, nur dass seine Rundungen eben nicht mit Luft, sondern mit Muskeln gefüllt sind.

»Schlage vor, dass du Leine ziehst, alter Mann. Sonst falte ich dich zusammen und schicke dich mit der Post nach Hause«, sagt er zu mir.

»Spar dir die Mühe. Und das Porto auch. Ich gehe lieber freiwillig.«

23:26 Uhr: Die Versuche vier und fünf sind kaum der Erwähnung wert, da sie alle mehr oder weniger gleich ablaufen. Ich zeige mich von der charmanten Seite, die Frauen zeigen mir die kalte Schulter. Bin ich wirklich so sehr außer Übung, dass mir nicht einmal mehr ein einfacher Flirt gelingt? Oder mache ich irgendetwas falsch?

23:55 Uhr: Versuch Nummer sechs. Sie heißt Carmen und lässt sich immerhin von mir eine Portion Sushi von einem der Catering-Zelte besorgen. Anbeißen tut sie dennoch nicht. Jedenfalls nicht bei mir. Sie nimmt mir den Teller mit den Avocado-Thunfisch-Maki aus der Hand, hakt sich bei ihrem Begleiter ein, der aus dem Nichts aufgetaucht ist (natürlich wieder so ein Waffenhändler-Kavalier, wieder vierzig Jahre älter als sie, wieder millionenschwer) und sagt zu ihm: »Schatz, würdest du dem jungen Mann ein Trinkgeld geben. Er war so lieb, mich zu bedienen.«

0:12 Uhr: Bin zehn Euro reicher und trotzdem frustriert. Fühle mich wie Dirk Nowitzki, nur dass der Körbe wirft, während ich sie bekomme. Immerhin bin ich inzwischen so besoffen, dass mir das gar nichts ausmacht. Muss dringend meine Strategie überdenken, wenn ich das Ziel des Abends erreichen will.

0:20 Uhr: Mache eine interessante Beobachtung. Alle Frauen, bei denen ich mein Glück versuche, ziehen so seltsam die Nase kraus, wenn ich neben ihnen stehe. Sie scheinen mich nicht anzusehen, sondern an mir zu schnuppern. Benehmen sich also wirklich seltsam, wie Hasen, die Bunnys. Am Anfang denke ich noch, dass es an mir liegt. Habe ich das falsche Deo aufgelegt? Riecht mein Anzug vielleicht nach Mottenkugeln? Habe ich eine Champagnerfahne mit Unternoten von Martini, Kölsch und Gin Tonic? Dann geht mir ein Licht auf. Die Frauen schnuppern nach dem Geruch des Geldes. Und bei mir schlägt ihr Riechorgan nicht an. Bin eben nicht stinkreich. Darum bekomme ich eine Abfuhr nach der anderen. Ich passe einfach nicht in ihr Beuteschema. Jedenfalls nicht hier.

Und wisst ihr was? Es macht mir nicht einmal wirklich etwas aus. Weil das hier einfach nicht meine Welt ist. Ich wusste es ja schon vorher. Habe es wegen der Sache mit Katja und wegen Andys Plan einfach nur vergessen.

0:34 Uhr: Kehre zur Brazil-Bar zurück, an der es inzwischen leerer geworden ist, setze mich auf einen der Hocker und muntere mich mit einem Cachaca auf, diesem Zuckerrohrschnaps, aus dem man Caipirinha mixt. Unterhalte mich dabei mit dem Barkeeper – der Typ mit dem Marmorkörper und der Gummitaille –, der sich aber als netter Typ herausstellt. So vergeht eine Stunde, und ich überlege schon, nach Hause zu fahren. Aber dann stelle ich überrascht fest, dass ich vielleicht doch mehr Talent im Basketball habe, als ich dachte. Auf einmal steht die rothaarige Chinakleid-Frau neben mir und sagt mit einer Stimme, die ebenfalls auf jede Menge

Drinks hindeutet: »Tut mir leid wegen der Abfuhr vorhin. War einfach der falsche Zeitpunkt.«

»Sie meinen, weil die Pinguine Sie in Beschlag genommen hatten?«

Sie lacht und ich merke, dass sie sogar noch mehr Umdrehungen im Blut hat als ich auf den ersten Blick dachte. Wenn ich nichts unternehme, macht sie gleich einen Abgang in Richtung Boden.

Bevor es so weit kommt, nehme ich sie vorsichtig am Arm und platziere sie auf dem Barhocker neben mir.

»Ich glaube, Sie sollten lieber nach Hause gehen. Oder wenigstens einen Kaffee trinken.«

»Will nicht nach Hause. Will auch keinen Kaffee.«

»Was wollen Sie dann?«

»Weiß nicht. Was zu trinken.«

Der Barkeeper sieht mich an und schüttelt dezent den Kopf, was heißen soll, dass er der Rothaarigen nichts mehr ausschenken möchte. Sie sieht es und sagt auf einmal mit einer Stimme, die gar nicht mehr betrunken, sondern eher bedrohlich klingt: »Los, ihr Penner. Ich will was zu trinken. Oder … oder … ich weiß auch nicht. Aber mach schnell.«

Der Barkeeper zuckt mit den Schultern. Ich zucke mit den Schultern, dann stellt er zwei frische Gläser vor uns und schenkt ein. Claudia, so heißt die Rothaarige, will nicht nur trinken, sondern in erster Linie reden. Und ich muss zuhören, was mir mit jedem Drink, den der Barmann vor uns hinstellt, schwerer fällt. Aber ich gebe mir Mühe – zumal mir Claudia sympathisch ist.

Ihre Story läuft darauf hinaus, dass sie Ärger mit ihrem Freund hat, weil der alles Mögliche wichtiger findet als sie:

seinen Golfnachmittag, sein Rennpferd, seinen Sportwagen, seine Firma. Während ich ihr zuhöre, frage ich mich, ob eigentlich auch Frauen zu besoffen für Sex sein können. Ich habe nie darüber nachgedacht. Katja hat ja nie viel getrunken. Am besten ist es, ich frage Claudia einfach mal danach. Sie sieht mich an, lacht, lässt sich ihr Glas erneut vollmachen, stürzt es in einem Schwung in sich hinein und sagt: »Ist eher umgekehrt. Frauen können zu nüchtern sein für Sex. Ich zum Beispiel.«

»Dann trink doch noch etwas.«

»Ist das eine Anmache?«

»Wäre das so schlimm?«

»Nee. Gar nicht.« Sie schwankt vor und zurück und kommt meinem Gesicht dabei gefährlich nah. »Nicht schlimm. Aber du musst damit rechnen, dass mein Freund uns sieht und dich dann erschießt. Er ist sehr eifersüchtig.«

»Dann gehen wir doch einfach weg von hier. Irgendwohin, wo wir in Sicherheit sind.«

Ihr Schwanken hört auf, und zwar in der Position, in der unsere Gesichter sich fast berühren. Aus den Augenwinkeln nehme ich wahr, dass der Barkeeper grinsend den Daumen hebt. Will die Chance natürlich nicht ungenutzt verstreichen lassen und gerade mit Claudia loslegen, als eine Männerstimme die Umgebungstemperatur mal eben auf den Gefrierpunkt absenkt. Es ist ihr Silberrückenfreund, der Smoking-Greis mit dem Rennpferd, der mich vorhin schon dumm angemacht hat. Jetzt aber beachtet er mich nicht einmal. Er drängt sich zwischen Claudia und mich an die Bar, packt sie an den Oberarmen und schüttelt sie wie ein griechischer Bauer seinen Olivenbaum. »Du bist ja total besoffen, Claudi.

Und das vor den ganzen Leuten. Gott, was ist nur los mir dir?!«

»Nichts ist los mit mir. Gar nichts. Es ist mein Recht – *hicks* – besoffen zu sein.«

»Nicht, wenn du mich damit blamierst. Los, wir gehen. Komm schon, steh auf.« Daraufhin greift er nach ihr und will sie mit sich ziehen. Ich wiederum greife nach ihm und ziehe ebenfalls. Dabei sehe ich den Typen an, wobei ich Probleme habe, meinen zuckerrohrschnapsgesättigten Blick zu fixieren. Zu viel Geld, zu wenig Charakter – ich hasse solche Typen. »Lassen Sie die Frau in Ruhe.«

Er beachtet mich gar nicht, sondern zerrt weiter an Claudia. Die klammert sich an die Theke – sowohl damit er sie nicht fortzerren kann, als auch um nicht von selbst vom Hocker zu fallen.

»Na los, Kindchen. Jetzt sei nicht albern«, herrscht er sie an.

»Red nicht so mit mir.«

»Dann benimm dich nicht so.«

»Alles in Ordnung?«, frage ich sie. »Ist das der Typ, der mich erschießen wird?«

»Keine Sorge. Ist ja nichts passiert. Noch nicht.«

Dann beugt sie sich nach vorne, um mich in den sicheren Tod zu schicken. Durch einen Kuss. Aber so weit kommt es doch nicht, denn als unsere Lippen sich fast berühren, zerrt der Rennpferd-Opa sie mit einer heftigen Bewegung von mir weg und murmelt dabei sogar noch so etwas wie: »Entschuldigen Sie bitte, sie ist betrunken.«

»Es gibt nichts zu entschuldigen. Sie ist großartig«, antworte ich. Er bleibt stehen, sieht mich irritiert an und merkt wohl erst jetzt, dass wir schon vorhin das Vergnügen miteinander hatten. Für einen kurzen Moment scheint er sogar zu überlegen, seine Entschuldigung von gerade eben zurückzunehmen und durch eine Kampfansage zu ersetzen. Dann aber schüttelt er den Kopf, packt Claudia noch fester und zieht endgültig mit ihr ab. Ich blicke den beiden nach und denke, dass sie nicht wie Mann und Frau wirken, sondern eher wie ein selbstzufriedener Rentner, der seinen renitenten Dackel hinter sich herschleift.

9. Tag: Sonntag

Nachmittag: Es gelingt mir aufzustehen, obwohl ich mich immer noch fühle wie in Vollnarkose. Ich hieve mich vom Bett unter die Dusche und lasse mir lauwarmes Wasser über den Kopf rinnen. Tut unglaublich gut. Es lässt mich sogar für kurze Zeit vergessen, dass mein Körper gerade eine einzige Beerdigungszeremonie ist, weil sich die wenigen überlebenden Gehirnzellen von ihren ganzen toten Geschwistern verabschieden.

Während ich mich mit einem großen Frotteehandtuch trockenrubbele, versuche ich mich an letzte Nacht zu erinnern. Habe nach dem Abgang der Rothaarigen noch ziemlich lange mit dem brasilianischen Barkeeper geredet. Er hieß Max und stellte sich als netter Kerl heraus. Als die Party vorbei war und er Feierabend hatte, fragte er mich, ob ich ihn und seine Kolleginnen nicht ins *Ipanema*, eine Brasil-Disco in Köln-Deutz, begleiten wolle. Klar wollte ich. Was dort dann passiert ist, sehe ich nur noch in Einzelbildern vor mir, so als würde das Stroboskoplicht in der Disco in meinem Hirn immer noch weiterblitzen. Ich selbst mit nacktem Oberkörper auf der Tanzfläche, Ciara, eine der beiden Bar-Mädchen, neben mir. In der nächsten Szene liege ich auf dem Fußboden des Herrenklos, wo Ciara ihre Lippen auf meine presst, allerdings nicht um mich zu küssen, sondern um mich zu beatmen. Und dann macht der Film leider eine mehrstündige Werbeunterbrechung. Als mein Bewusstsein wieder online ist, liege ich schon zu Hause im Bett und batike das Laken mit meinem Mageninhalt.

Erstaunlich ist, dass es mir (von der medizinischen Seite abgesehen) richtig gutgeht. Ich habe zwar keine Frau klargemacht, aber ich habe einen verdammt geschmeidigen Abend verbracht – einen, wie lange nicht mehr.

10. Tag: Montag

Mittags: Kurzes Telefonat mit Andy, der mir von den sexuellen Qualitäten der Freundin von Albrecht Sonnenheim vorschwärmt und gar nicht verstehen kann, warum ich auf solche Eskapaden nicht gut zu sprechen bin.

Abends ein Onlinedate mit einer bezaubernden Frau mit lauter bezaubernden Details: goldener Lipgloss, silberner Blick, durchsichtiges Top und genauso durchsichtige Interessen: Sie will einen Mann. Alles passt also perfekt. Bis zu dem Augenblick, in dem sie zum ersten Mal den Mund aufmacht und mir klarwird, dass sie die deutsche Synchronstimme von Duffy Duck sein muss. Behaupte, aufs Klo zu müssen und verschwinde. Die Optik muss stimmen, der Sound aber auch.

Auf dem Weg nach Hause klingelt mein Handy. Es ist meine Schwester Bea, die wissen möchte, wie es mir geht. Ich antworte ihr als Erstes, dass ich das auch nicht so genau wisse.

»Dann geht's dir immerhin nicht mehr hundsmiserabel«, sagt sie daraufhin.

Nach ein paar Sekunden Nachdenken wird mir klar, dass sie Recht hat. Meine Laune ist wirklich gar nicht so schlecht. Das Date mit Duffy Duck hat nämlich meinem Selbstbewusstsein gutgetan. Wenn man selbst eine Abfuhr bekommen hat, kann es einem verdammt guttun, seinerseits jemandem eine Abfuhr zu erteilen. Ich weiß natürlich, dass das nicht nett ist, und das Wort Abfuhr trifft die Sache mit Katja sowieso nicht so richtig. Trotzdem hat das Ganze meiner Laune gutgetan.

Ich erzähle Bea von der Sache mit dem Date, woraufhin sie mit einem ungläubigen Lachen reagiert. »Du bist einfach abgehauen? Und hast dich nicht einmal verabschiedet? Und das nur wegen ihrer Stimme?«

»Findest du es schlimm?«

»Natürlich. Die arme Frau.«

»Immerhin habe ich es ihr nicht gesagt, warum ich gegangen bin.«

»Ja, das macht es wirklich besser«, sagt Bea prustend.

Dann möchte ich wissen, ob sie aus einem bestimmten Grund angerufen hätte. »Nur so«, erklärt sie. »Ich wollte einfach wissen, wie es dir geht.«

Ich kenne meine Schwester gut genug, um zu wissen, dass sie etwas vor mir verheimlicht. »Was ist los, Bea? Irgendetwas ist doch, oder?«

»Nein, gar nicht.«

»Bea!«

»Also gut. Ist wegen Mama.«

»Was ist mit ihr?«

Bea lässt ein paar Sekunden verstreichen und fragt mich dann mit einer seltsamen Stimme: »Willst du es wirklich wissen?«

»Was will ich wirklich wissen?«

»Sie haben sich getroffen, Mama und Katja. Im Café.«

»Im Ernst?!«

»Glaube schon.«

»Weißt du, worüber sie gesprochen haben? Haben sie über mich gelästert? Hat Mama Katja dazu gratuliert, dass sie mich verlassen hat? Hat sie vielleicht sogar vorgeschlagen, dass Katja doch mal mit diesem Raimund vorbeikommen soll?«

»Nein, hat sie nicht. Aber ich würde nicht ausschließen, dass es noch kommt«, sagt Bea mit einer seltsamen Stimme.

Obwohl mich die Nachricht nicht wirklich wundern kann, haut sie mich ziemlich von den Füßen. Ich könnte eine Familie brauchen, die mich tröstet, und nicht eine, die mir in den Rücken fällt.

»Ich weiß jetzt doch, wie es mir geht«, sage ich daraufhin.

»Und wie?«

»Schlecht.«

»Tut mir leid, Stefan. Ich hätte es dir nicht sagen sollen.«

»Quatsch, mach dir keine Vorwürfe. Das macht es auch nicht wirklich schlimmer.«

Eine halbe Stunde später liege ich im Bett, und meine Laune erreicht einen Tiefpunkt. Nehme mein Kopfkissen und presse es mir aufs Gesicht. Das werde ich so lange tun, bis ich mich nicht mehr rühre. Während so langsam die Atemluft knapp wird, muss ich allerdings an etwas denken, das Katja mir erzählt hat. Sie meinte, dass ein Daunenkissen nach zwei Jahren Gebrauch zu über 50 Prozent aus Milbenkot besteht. Bin also grade dabei, mich mit einem Sack Spinnenscheiße umzubringen.

Entschließe mich spontan dazu, weiterzuleben. Gute Entscheidung. Fühle mich danach richtig gut. Na also!

11. Tag: Dienstag

Morgens: Auf der Waage. Ich erinnere mich noch genau, wie es war, als ich vor ungefähr einem Jahr dreistellig wurde. Katja linste ungläubig auf die Anzeige der Waage und sagte: »Ich glaube, du gehörst zu den Leuten, deren Gewicht erst größer als ihr IQ werden muss, bis sie kapieren, dass es so nicht weitergehen kann.«

Ich hab's kapiert. Leider zu spät.

Abends: Andy holt mich mit dem Wagen ab und verspricht mir, mich zur besten Location in Sachen Frauen-Kennenlernen zu bringen. Natürlich gehe ich davon aus, dass wir zu einem angesagten Lokal fahren oder meinetwegen zu einem In-Spa, wo wir dann an der Saftbar abhängen und mit den Trimm-dich-Mädchen flirten. Stattdessen halten wir nach zwanzig Minuten auf dem Parkplatz eines Vorstadtsupermarkts, der auf einer großen Leuchttafel damit wirbt, an sechs Tagen in der Woche bis zweiundzwanzig Uhr auf zu haben.

»Und was machen wir hier? Gibt's in dem Laden vielleicht eine Abteilung für Singlefrauen, irgendwo zwischen Milchprodukten und Tütensuppen?«

»In jedem Supermarkt gibt es so eine Abteilung«, erklärt mir Andy sachlich. »Man muss nur die Augen aufmachen. Du weißt doch, Frauen, die um diese Uhrzeit shoppen gehen, wollen nichts zu essen, sondern einen Mann. Und den hoffen sie eben auch zwischen der Käsetheke und den Tupperdosen zu finden. Ich wünsche dir darum viel Erfolg bei der Jagd. Und denk dran: Die schönsten Hühner findest du vor der Truhe mit den Tiefkühlpizzen. Oder bei den Diät-Brotaufstrichen. Und das Regal mit den kalorienreduzierten Fruchtsäften ist auch eine gute Adresse.«

»Kommst du denn nicht mit?«

»Natürlich nicht. Ich will dir schließlich helfen und nicht Konkurrenz machen«, sagt Andy und lächelt dazu so selbstbewusst, dass ich ihn treten könnte.

Fünf Minuten später schiebe ich einen Alibi-Einkaufswagen durch den fast vollkommen leeren Supermarkt. Und genau das ist der Fehler. Während ich mich nach geeigneten Kandidatinnen umsehe, wächst im Einkaufswagen wie von selbst ein Berg aus Junkfood: Tiefkühlpizza, Miraculi, Schlemmerfilet und Mikrowellen-Currywurst von Meica. Mein Nachholbedürfnis ist gewaltig. Nicht ein einziges dieser Produkte hätte noch vor drei Wochen den Weg in die Wohnung gefunden, weil Katja die Angewohnheit hatte, mir beim Einkaufen Vorträge zu halten, und zwar über Cholesterin, den BMI (Body Mass Index), Blutzucker und meine Chancen auf einen Darmtumor, noch bevor ich vierzig werde. Früher oder später hatte sie mich weichgekocht, und all die leckeren Sachen, die ich bis dahin ausgesucht hatte, wanderten ins Regal zurück, und ich folgte ihr mit hängenden Schultern in die Obst- und Gemüseabteilung.

Diesmal bediene ich mich also hemmungslos bei den neuesten Erfindungen der Lebensmittelindustrie. Ich merke darum gar nicht, dass ich meinerseits ausgesucht werde. Das heißt, ich merke es erst, als eine Frau, die ich gar nicht auf dem Schirm habe, den Zusammenstoß unserer Einkaufswagen provoziert. Sie haucht ein: »Tut mir leid«, macht aber keinerlei Anstalten, den Weg freizugeben. Ich sehe sie an, weiß aber dennoch nicht, wie sie genau aussieht, weil sie mehr oder weniger getarnt unterwegs ist. Sie trägt ein Tuch um den Kopf und hat außerdem eine riesige Sonnenbrille auf der Nase, so dass ich von ihrem Gesicht eigentlich nur die dunkelrot geschminkten Lippen erkennen kann. »Macht nichts. Ist ja nichts passiert.«

Sie lacht erleichtert und neigt dann den Kopf in Richtung meines Einkaufswagens. »Scheint so, als hätten wir denselben Geschmack, was? Die Curry-King von Meica! Stehe ich total drauf.«

Ich blicke in ihren Wagen und sehe eher das Gegenteil von Currywürsten, nämlich ein paar Becher Hightech-Diätjoghurt, eine Kiwi und eine Packung Vasa-Knäckebrot mit Sesamkörnern. Ihr Versuch, so etwas wie eine Gemeinsamkeit zwischen uns herzustellen, rührt mich. »Wann haben Sie denn das letzte Mal eine gegessen? Ich meine eine Currywurst?«, frage ich.

»Oh, das war … na ja, ich glaube, vor zehn Jahren oder so. Aber ich erinnere mich gerne dran. Echt.«

»Sehen Sie, und das letzte Mal, dass ich einen Diätquark gegessen habe, ist gerade mal drei Tage her.«

»So sehen Sie gar nicht aus.«

»Ja, ich weiß«, sage ich und bin beeindruckt. Direkt ist sie, das mag ich. Während wir unsere Wagen nebeneinander durch die Gänge des Supermarkts schieben, plaudern wir weiter. Über Lebensmittel, Supermärkte mit späten Öffnungszeiten und natürlich über den aktuellen Stand unseres Beziehungslebens. Sie glaubt mir kein Wort, als ich ihr sage, dass ich Single bin. Liegt daran, dass ich bei allen Dingen, die ich in meinen Wagen lade, immer nach der Familienpackung greife. Ich versichere ihr, dass ich zwar solo wäre, aber nun einmal Appetit für vier hätte. Außerdem wären die großen Packungen einfach billiger.

»Oh ja, klar. Das ist viel schlauer«, sagt sie und greift ihrerseits nach der Miniportion Butter, dem Fünfzig-Gramm-Seniorenaufschnitt und den portionierbaren Palletts mit Tiefkühlspinat.

Während wir uns unterhalten, mache ich eine seltsame Feststellung. Es kann zwar sein, dass man im Supermarkt Frauen kennenlernen kann, aber diese hier preist sich selbst leider so sehr als Sonderangebot an, dass ich misstrauisch werde. Ich kann nicht einmal sagen, dass ich sie nicht sympathisch finde. Aber wenn ich zu Hause die Verpackung öffne, würde ich vermutlich feststellen, dass ihr Haltbarkeitsdatum seit langem überschritten ist. Darum geht sie vermutlich vermummt zum Einkaufen. Und das macht dann leider auch der günstige Preis nicht wett. Abgesehen davon hat sie selbst eine Figur wie ein Knäckebrot mit Sesamkörnern. Und ich mag nun einmal lieber Brötchen.

Ich bin darum ganz froh, als der Durchsage-Lautsprecher ertönt und wir Kunden aufgefordert werden, in Richtung Kasse zu gehen. Sie ruft mir zwar noch zu, dass sie echt gerne mal von meiner Currywurst probieren würde, aber da bin ich schon bei der Selbstscann-Kasse und schiebe meine Waren so dermaßen schnell über das Lasergitter, dass der Warnpiepser das reinste Technokonzert veranstaltet.

Fünf Minuten später stehe ich völlig außer Atem vor Andys Wagen. Er sieht mich erstaunt an. »Was denn? Keinen Erfolg gehabt? Gibt's doch nicht. Der Laden hier ist in den einschlägigen Internetforen als *der* Dating-Supermarkt bekannt.«

»Habe ich gemerkt. Und es ist super gelaufen. Guck mal.« Mit diesen Worten lade ich meine prallgefüllten Einkaufstüten auf die Rückbank und verspreche Andy, uns etwas Leckeres zu kochen, wenn er uns nur bald zu meiner Wohnung zurückfährt. Außerdem erkläre ich ihm, dass ich über meinen Fehlschlag in Sachen Frau nicht einmal enttäuscht wäre. Schließlich hätte er selbst gesagt, dass ich mich für eine entscheiden soll, die mir wirklich etwas bedeutet. Weil es sonst nun einmal nicht funktioniert – weder mit der neuen Frau … noch mit Katja.

12. Tag: Mittwoch

Diesmal kein Date, treffe mich vielmehr mit Corinna zum Mittagessen beim Italiener … Sie ist eine große, schlanke, ziemlich attraktive Frau mit einem Ego wie Madonna und einem Männerverschleiß wie Elizabeth Taylor. Corinna und ich mögen uns nicht gerade. Sie ist eine von Katjas ältesten Freundinnen und war schon immer gegen unsere Beziehung. Darum war ich ziemlich erstaunt, als Corinna mich vor ein paar Wochen anrief und eine Art konspiratives Treffen vorschlug. Wir verabredeten uns im Hinterzimmer eines Lokals, und natürlich wollte ich erst einmal von ihr wissen, was es mit diesem Raimund auf sich hat und wieso Katja bereit war, für ihn vielleicht alles – auch mich – aufzugeben. Corinna wurde rot und sagte: »Na ja, wenn du schon so fragst. Raimund sieht sehr gut aus, hat Stil, er ist erfolgreich, kennt eine Menge bedeutender Leute, er riecht gut, hat diese unglaublichen Oberarme, dieses markante Kinn, er trägt maßgeschneiderte Anzüge, liebt die Toskana, er …«

»Schon gut, ich hab's verstanden«, sagte ich und beendete ihre Schwärmparade, in die sie sich gerade hineinsteigerte. Was das Ganze zu bedeuten hatte, war mir sofort klar. Corinna verabscheut den Typen nicht ganz so, wie sie behauptete. Und vermutlich geht es ihr nicht wirklich darum, Katja vor einem schlimmen Fehler zu bewahren. Aber das ist mir egal, solange sie mir jetzt dabei hilft, sie zurückzugewinnen. Und da wir uns seitdem schon ein paarmal getroffen haben, scheint sie das jedenfalls wirklich zu wollen.

Heute kommt Corinna kurz nach mir in das Lokal gerauscht. Wieder ist sie es gewesen, die mich um ein Treffen gebeten hat. Sie sieht mich aus großen, mitfühlenden Augen an und sagt: »Du wirst nicht glauben, was passiert ist. Die beiden denken über eine gemeinsame Wohnung nach. Kannst du dir das vorstellen?«

Fühle mich auf einmal, als hätte mir Mike Tyson das Ohr abgebissen. Dass die Sache mit Raimund ernst ist, war mir klar. Aber Katja hat mir bei ihrem Auszug selbst noch gesagt, dass sie erst einmal bei ihrer Mutter unterkriecht, um zu sich selbst zu finden. Und jetzt das! »Wow! Die beiden scheinen es ja wirklich eilig zu haben«, sage ich und bemühe mich darum, einigermaßen entspannt zu klingen.

Corinna schüttelt energisch den Kopf. »Ich kann es nicht glauben! Katja war acht Jahre mit dir zusammen und sieben Jahre davon habt ihr zusammengelebt, und keine zwei Wochen nach eurer Trennung will sie mit diesem … diesem … diesem *Mann* zusammenziehen.«

Ich ringe mir ein tapferes Lächeln ab. »Die beiden müssen ja erst einmal eine passende Wohnung finden. Und glaub mir, das wird schwerer, als sie es sich vorstellen.«

Wir Makler in Köln haben eine Art internes Warnsystem, mit dem wir uns ganz formlos gegenseitig Hinweise auf unseriöse oder insolvente Mietinteressenten geben. Werde gleich nach der Mittagspause eine Rundmail verfassen, und ich weiß jetzt schon, dass Katja und Raimund ein paar überraschende Erlebnisse haben werden.

Ich erzähle Corinna davon. »Hoffentlich klappt das«, meint sie. »Wenn ich Vermieter wäre, würde ich Raimund meine Wohnung sofort geben.«

»Wieso?«

»Na ja, er ist halt … Also er macht schon einen guten Eindruck. So einen Mann möchte man doch im Haus haben.«

»Jaja, ich habe es kapiert«, sagte ich schlecht gelaunt. *Blöde Kuh.* »Hat Katja irgendetwas über mich gesagt?«

»Was? Über dich? Wieso?«

»Ich meine, macht sie sich Gedanken über mich? Fragt sie, wie es mir geht? Und wie ich die ganze Sache verkrafte?«

»Jaja, natürlich«, sagt Corinna und wirkt irgendwie so, als wäre sie nicht ganz bei der Sache. »Wenn sie mir nicht gerade von Raimund vorschwärmt, spricht sie auch über dich. So im Sinne von, warum sie nicht schon viel früher und dass es ja doch eine Befreiung wäre und du das bestimmt auch irgendwann einsehen wirst und …«

»Danke, Corinna. So genau wollte ich es gar nicht wissen.«

Sie wirft einen nervösen Blick auf die Uhr, steht schon halb und sagt: »Gut, Stefan. Ich muss dann mal. Kopf hoch! Das wird schon wieder. Ganz bestimmt. Wir beide, du und ich, wir werden Katja den Kopf schon wieder geraderücken. Also, ich ruf dich wieder an, sobald ich was Neues weiß.«

Dann rauscht sie raus und lässt mich mit meiner nach altem Thunfisch schmeckenden Pizza und ihrem nicht mal angeknabberten Rucola-Salat zurück. Und ich hasse Rucola.

13. Tag: Donnerstag

7:25 Uhr: Ich gehe doch wieder Joggen, nur dass ich diesmal erstens nicht renne und zweitens zwei Teleskopstöcke in der Hand halte, die ich hinter mir her schleife wie zwei Antistatikbändchen an einem Auto.

Ja, ich weiß. Das ist nicht Joggen, das ist Nordic Walking. Aber das ist für einen Jogger so, als würde ein Bundesligaspieler auf einmal in der Kreisklasse mitmischen. Muss man dann nicht auch noch laut aussprechen.

Wieder nähere ich mich meinem Lieblingspark, wobei ich verkrampft nach den beiden Läuferinnen von neulich Ausschau halte. Aber die Luft ist rein. Ich hole mit weiten Schritten aus und merke, dass diese Art der Fortbewegung gar nicht so schlecht ist. Vor allem schont sie das Herz-Kreislauf-System und damit die Nerven.

Wie auf einer Autobahnauffahrt schwenkt von rechts eine weitere Walkerin auf den Weg ein. Sie lächelt mich an, synchronisiert ihr Geklapper mit meinem Geklapper und sagt gut gelaunt: »Hey! Neu in der *Community*? Hab dich noch nie gesehen.«

»Stimmt. Bin bisher gejoggt, wollte aber mal etwas anderes ausprobieren. Und siehe da, Nordic gefällt mir viel besser.«

»Und es verbraucht sogar mehr Kalorien.« Sie schenkt meinem Bauch einen aufmunternden Blick.

»Ach, das ist mir gar nicht so wichtig«, kontere ich.

Sie lacht und sagt: »Total sympathisch, deine Einstellung. Ich finde auch, dass man sich nicht so verrückt machen sollte wegen ein paar Gramm zu viel oder zu wenig. Hauptsache ist doch, dass es Spaß macht, oder?«

»Auf jeden Fall.« Wir walken flott nebeneinander her und unterhalten uns über Sport, die besten Parks von Köln und die verschiedenen Techniken, wie man Walkingstöcke handhaben kann. Bei dem Thema halte ich mich dezent zurück, weil ich nicht den blassesten Schimmer habe. Aber egal. Während sie mir etwas über den Knick im Handgelenk und den Winkel im Ellbogen erzählt, nehme ich sie unter die Lupe und stelle fest, dass sie genau richtig ist: An den richtigen Stellen rund, ein offenes, sympathisches Gesicht und Augen, die strahlen, als wären sie mit Klarlack besprüht.

Ich will ihr gerade vorschlagen, die Stöcke einfach Stöcke sein zu lassen und lieber einen Kaffee trinken zu gehen, als wir plötzlich rechts und links überholt und dann ausgebremst werden – die beiden Joggerinnen von neulich! Sie schenken mir einen Kammerjäger-Blick, wenden sich dann mit lächelnd-besorgtem Ausdruck zu meiner Mitwalkerin und sagen: »Achtung, der Typ ist ein Spanner und ein Anbaggerer. Er hat es vor ein paar Tagen schon bei uns versucht.«

Daraufhin beschleunigen sie und verschwinden um die nächste Wegbiegung. Ich versuche zu retten, was zu retten ist. »Die kenne ich gar nicht, die beiden. Die verwechseln mich.«

Zu spät. Die Walkerin sieht mich an, als besäße ich irgendwo in Österreich einen Keller mit einer Schleusentür, in dem ich Frauen gefangen halte. »Kann schon sein. Aber ich will es nicht ausprobieren.«

Dann klemmt sie sich ihre Walkingstöcke unter den Arm und beschleunigt wie Sebastian Vettel nach dem Startschuss zum Großen Preis von Istanbul.

»Hey! Das ist unfair«, rufe ich ihr hinterher. »Ich wollte doch gar nicht … na ja, schon, aber …«

Sie dreht sich noch einmal um und sagt: »Männer!«

Als wäre damit alles gesagt.

14:38 Uhr: Werde für das Frusterlebnis am Morgen entschädigt, weil ich einen Termin mit der *sexiest colleague alive* habe, Birgit. Nachdem das Geschäftliche erledigt ist, plaudern wir noch eine Weile und als ich ihr erkläre, dass es bei manchen Menschen fast schade ist, dass sie Kollegen sind, weil man sie viel lieber als Freunde hätte, ist sie sofort einverstanden. Als ich dann meine, dass manche Menschen ja beides sind, Kollegen und Freunde, stimmt sie wieder zu. Darum beschließe ich, alles auf eine Karte zu setzen. »Sag mal, Birgit, mal ganz direkt gefragt: Was hältst du eigentlich davon, wenn wir uns mal außerhalb des Büros treffen? So ganz privat, meine ich? Wir könnten zum Beispiel essen gehen. Oder …«

»… ich koche einfach was für uns? Und wir verbringen einen gemütlichen Abend in meiner Wohnung zusammen?«, fragt sie zurück.

»Ja, genau«, sage ich strahlend.

»Und dann gehen wir zusammen ins Bett und vögeln so lange, bis du nicht länger an deine Ex denken musst? Toller Plan, Stefan.«

Hätte jetzt gerne diese Unsichtbarkeitsdecke, die sich Harry Potter immer überwirft, um durch sein verkacktes Schloss zu schleichen und heimlich Hermine beim Duschen zuzusehen. Weiß nicht, worüber ich mich mehr ärgern soll: Über mich? Über Birgit? Oder darüber, dass ich gerade meine große Hoffnung auf ein knackiges Date mit ihr verspielt habe?

»Du weißt es? Seit wann?«, frage ich.

Birgit zuckt mit den Schultern. »Jeder in der Abteilung weiß es. Weil ein Blick in dein Gesicht genügt, um es zu wissen. Außerdem haben sich Dick und Doof, also Michi und Peffe, verplappert.«

Verdammt, denke ich. Das Problem an Birgit ist, dass sie nicht nur verflucht gut aussieht, sondern eben auch verflucht klug ist. Und nett. Und humorvoll. Das macht es unnötig kompliziert. »Tut mir leid, Birgit. Vergiss es einfach«, sage ich kleinlaut.

Sie schenkt mir ein versöhnliches Lächeln und meint: »Ich wollte nur kurz klarstellen, was ich bestimmt nicht möchte, nämlich eine heiße Affäre unter Kollegen. Und ich möchte auch nicht die Trostfrau sein, mit der du dir den Frust über deine Ex abarbeitest. Aber abgesehen davon freue ich mich sehr, dich als Kollegen zu haben, Stefan.«

Wir sehen uns an, und ich muss mir wieder einmal eingestehen, dass ich aus dieser Frau einfach nicht schlau werde. Was ist ihr Geheimnis? Steht sie vielleicht insgeheim gar nicht auf Männer? Oder ist sie heimlich längst verheiratet, vielleicht sogar mit jemandem aus der Firma?

Andererseits darf ich mich nicht beschweren! Die Antwort, die sie mir gegeben hat, war zwar nicht unbedingt das, was ich mir gewünscht habe, aber eine Totalabfuhr war es auch nicht. Sollte also am Ball bleiben.

Abends: Beschließe, mir frauenfrei zu nehmen. Keine Dates, keine Flirts, nicht mal zweideutige Blicke. Könnte ich heute sowieso nicht. Ich hasse Frauen.

Okay, außer eine. Aber die ist halt nicht da. Und ausnahmsweise werde ich an diesem Tag auch nichts unternehmen, um sie zurückzugewinnen. Muss einfach mal auf andere Gedanken kommen.

Gehe stattdessen mit Andy und Bernd in eine Kneipe, die *Zum Zapfhahn* heißt und den Originalcharme längst vergangener Zeiten ausstrahlt. Das Holz der Tische glänzt schwartig-dunkel, die Tapeten sind klebrig und schimmern in einem matten Nikotingelb, und die Vorhänge sind absolut blickdicht, weil sie vermutlich noch aus der Zeit der Verdunkelung während der Fliegerangriffe des Zweiten Weltkriegs stammen.

Der Wirt des *Zapfhahns* heißt Hannes, und obwohl er erst Mitte dreißig ist, sieht er aus wie hundert. Seine Haut ist verschrumpelt wie eine alte Lederjacke, seine Finger leuchten dank der sechzig Filterlosen am Tag orangegelb, und sein Atem ist so kölschgesättigt, dass man nur tief einatmen muss, um betrunken zu werden.

Wir setzen uns an die Theke. Hannes sieht uns aufmerksam an, setzt dann ein mitleidiges Lächeln auf und erklärt: »Dat krigge ma schon hin.«

»Wat krigge ma schon hin?«, fragt Andy in gleicher Mundart zurück.

»Na, dat ihr Vöjel eusch mal ein wenig entspannt. So wie meine übrijen Jäste.«

Erst jetzt merken wir, dass außer uns noch andere Leute in der Kneipe sind. Es sind Männer, die mehr oder weniger am

Tresen festgewachsen sind und hier ein ähnliches Dasein fristen wie Korallen am Riff, nur dass diese hier sich nicht von Plankton, sondern von Kölsch ernähren.

Dann demonstriert Hannes uns, welche Art von Entspannung ihm vorschwebt. Er stellt vor jeden von uns ein Bier und einen Korn – *Herrengedeck*. Das hat in Köln eine gewisse Eigenart, da man woanders in Deutschland den Korn kippt und das Bier dann genüsslich süffelt. Geht bei Kölsch nicht. Da muss man beides kippen, was die Geschwindigkeit, mit der man sein Großhirn ausschaltet, auf angenehme Art beschleunigt.

»Wat jibbet denn zu feiern?«, fragt Hannes uns irgendwann zwischen dem fünfzehnten und dem zwanzigsten Gedeck.

»Unser Freund hier ist vergangenes Wochenende aus dem Knast entlassen worden«, erklärt Andy und zeigt auf mich.

Ich blicke ihn mit einem müden Lächeln an. »Schön gesagt.«

»Wofür häste dann jesesse, Jong?«, fragt mich der Wirt.

»Gar nicht. Mit Knast meint er meine Freundin, die mich verlassen hat.«

Hannes strahlt über das ganze Gesicht. »Dat nenn isch jute Nachrichten. Wie lange häste dann hinter dir?«

»Acht Jahre.«

»Dafür siehste ave noch janz jut uss.«

In diesem Augenblick rührt sich mein Sitznachbar am Tresen, was ungefähr so wirkt, als wenn sich im Wachsfigurenkabinett von Madame Tussauds auf einmal eine der Figuren bewegen würde. »Dat is doch jar nix. Ich musste dreißig Johr warte, bis minge Alte endlisch jejange is«, sagt er mit knarzender Stimme.

Daraufhin erwacht eine weitere Wachsfigur zum Leben, die ein paar Hocker weiter sitzt und offenbar weiblichen Geschlechts ist. »Wat verzällst do dann doa, Heinz? Isch bin jejange? Dat stimmt doch ja nit. Isch bin doch hier.«

Heinz' Blick wird glasig. Er reibt sich die Augen, starrt seine Frau an, schüttelt langsam den Kopf und sagt: »Käthe? Bis do dat? Un isch dachte, do wärst fott.«

14. Tag: Freitag

18:54 Uhr: Komme geschafft von der Arbeit nach Hause. Normalerweise würde ich jetzt laut *Bin wieder da, Schatz* rufen, würde dann wie ein Hochspringer Flur und Wohnzimmer durchqueren und mit einem eleganten Sprung über den Couchtisch auf dem Sofa landen. Und zwar in einer Position, die ich dann für die nächsten zwei Stunden nicht mehr aufgeben würde. In dieser Zeit würde ich Katja erzählen, was ich heute so erlebt habe, und sie würde mir von ihrem Tag erzählen.

»Stell dir vor«, würde ich zum Beispiel sagen, »Michi Strunz erzählt mir doch glatt, dass er seit Jahren auf die Schwester seiner Frau scharf ist.«

»Klingt nach Problemen.«

»Er hat mir ein Foto von ihr gezeigt. Ich kann ihn verstehen.«

»Toll. Und seine Frau?«

»Es war ein Foto von seiner Frau, darum kann ich ihn ja verstehen.«

Katja würde mich kopfschüttelnd ansehen und sagen: »Wo nehmt ihr Typen bloß euer Selbstbewusstsein her? Habt ihr vielleicht irgendeinen genetischen Defekt und könnt euch selbst nicht im Spiegel sehen?«

Ich erinnere mich allerdings auch gut an den Tag, an dem etwas anders war als sonst. Das ist jetzt drei Monate her. Ich kam nach Hause, nahm Anlauf, sprang – aber das Sofa war nicht mehr da. Katja kam lachend ins Zimmer und sagte: »Tut mir leid, Schatz. Ich habe umgeräumt. Ich wollte dich überraschen.«

»Ist dir gelungen«, sagte ich, während ich auf dem Boden lag und mir die Knochen rieb.

»Hast du dir wehgetan?«

»Gar nicht.«

Ein paar Tage später hatte ich mich an die neue Sitzordnung im Wohnzimmer gewöhnt. Und ich fand es nicht weiter schlimm, vor allem, weil ich dem keine weitere Bedeutung beimaß. Es war genau das Maß an Veränderung, das ich in Ordnung finde.

Heute dagegen komme ich nach Hause, und die Möbel stehen da, wo sie auch vorher waren. Nur Katja ist nicht da. Und das ist zu viel Veränderung. Ich vermisse sie. Es ist einfach zu still in der Wohnung. Das halte ich nicht lange aus.

20:34 Uhr: Wenigstens habe ich noch ein Date. Kann also daran arbeiten, meine Misere zu beenden. Sie heißt Katarina und wir kennen uns aus dem Internet. Ich setze mich zu ihr und weiß: Alles wird gut. Katarina ist hübsch, nicht zu schlank, nicht zu füllig, nicht zu klein, nicht zu groß, und vor allem hat sie ein Lächeln, mit dem ich mir vorstellen kann, alt zu werden. Wir treffen uns in einer Cocktailbar und unterhalten uns. Sie stammt eigentlich aus Norddeutschland, ist aber schon vor vier Jahren mit ihrem Mann nach Köln gezogen, erklärt sie mir.

»Mit deinem Mann?«, frage ich verblüfft. »Bist du denn verheiratet?«

»Ja, klar. Du etwa nicht?«

»Nein!«

»Das heißt, du suchst wirklich eine Freundin? So ganz ohne Hintergedanken?«

Sie sieht mich neugierig an und ich fühle mich ertappt. Schließlich habe ich sehr wohl Hintergedanken. Oder mehr als das, ich habe einen regelrechten Plan, bei dem ich sie aufs Schäbigste ausnutzen würde. Da sie sich so ehrlich geoutet hat, beschließe ich, dasselbe zu tun. Warum auch nicht, schließlich ist sie hier, obwohl irgendwo ihr nichtsahnender Ehemann hockt. So gesehen wären wir doch das ideale Paar!

Also erzähle ich ihr von Katja und von dem Vorhaben, sie mittels einer anderen Frau eifersüchtig zu machen, damit sie wieder zu mir zurückkommt.

»Das ist ja interessant«, sagt Katarina und kippt mir dann ohne weitere Erklärung ihren Piña Colada ins Gesicht.

»Hey, was soll das? Ich dachte, wir sind ehrlich zueinander? Worüber beschwerst du dich denn? Schließlich bist du verheiratet und datest mich trotzdem!«

Sie lacht und heult gleichzeitig, beeindruckende Leistung. Dann steht sie auf und sagt: »Stimmt aber gar nicht. Das mit dem Ehemann war nur ein Trick. Ich bin in Wirklichkeit gar nicht verheiratet. Ich wollte bloß checken, wie die Dinge bei dir stehen. Das Ergebnis ist leider eindeutig. Auf Wiedersehen.«

Nachts: Habe in den zurückliegenden Wochen öfter mal gedacht, dass Katja irgendwie nicht mehr Katja ist. Ich meine das jetzt nicht im Sinne von *Mission Impossible*, wenn Tom Cruise mit seiner Kollegin redet und die sich auf einmal eine Maske vom Gesicht zieht und gar nicht die Kollegin ist, sondern sein Erzfeind. Ich denke mehr an diesen alten Filmklassiker *Invasion der Körperfresser*, bei dem Außerirdische landen und die Menschen einer amerikanischen Kleinstadt durch Doubles ersetzen. Diese Replikanten sehen zwar genauso aus wie ihre Vorbilder, sind in Wahrheit aber gehirnamputierte Aliens. So etwas Ähnliches muss dieser Raimund mit Katja gemacht haben. Denn sonst würde sie niemals so einen karrieregeilen Großkotz mit Rolex am Handgelenk und Hollywood-Grinsen in der Fresse auch nur ansehen. Gott!

Die Erklärung dafür könnte natürlich auch eine ganz andere sein. Muss an eine Story denken, die Corinna mir bei einem unserer geheimen Treffen erzählt hat. Es ging um eines der ersten Dates zwischen Katja und Raimund. Er hatte sie an dem Abend in die Oper eingeladen, wo er eine eigene Loge angemietet hatte. In der Pause führte er sie hinter die Bühne und stellte ihr die Sopranistin vor, die er persönlich kannte und mit Wangenküssen begrüßte. Nach der Pause trug die Sängerin dann eine Trauerarie vor, und als Katja vor Rührung anfing zu heulen, reichte Raimund ihr sein gebügeltes und mit Duftwasser getränktes Stofftaschentuch …

Corinna musste mir gar nicht erklären, warum dieser Abend so bedeutend für Katja war und warum in diesem Moment das Eis zwischen ihr und Raimund schmolz. Schließlich bin ich derjenige, der einen nicht unbeträchtlichen Teil seiner Lebenszeit neben Katja sitzen und ungefähr tausendmal die DVD von *Pretty Woman* ansehen musste. Bei der Opernszene fing Katja immer zeitgleich mit Julia Roberts an zu heulen. Nur dass ich ihr dann kein wohlriechendes Stofftaschentuch reichte, sondern höchstens ein altes Zewa.

Außerdem war ich selbst auch mal mit Katja in der Oper gewesen, und es war nicht gerade ein Erfolg. Ich hatte ihr in der Pause im Vorraum mit voller Lautstärke *Viva Colonia* vorgesungen, um ihr zu beweisen, dass ich ohne weiteres das elfte Mitglied der *Ten Tenors* sein könnte. Katja meinte, ich würde besser zu den *Zehn Idioten* passen. Den restlichen Abend tat sie so, als würde sie mich nicht kennen.

Jedenfalls hat dieser Raimund, ohne es zu ahnen, genau den richtigen Nerv bei Katja getroffen. Vermutlich ist sie darum auch bereit, über seine sonstigen Charakterschwächen großzügig hinwegzusehen. Aber egal. Früher oder später wird sie ihren Fehler schon einsehen und zu mir zurückkommen.

15. Tag: Samstag

11:15 Uhr: Liege im Bett und liste Dinge auf, die ich ab sofort nicht mehr tun werde, weil ich sie sowieso nur Katja zuliebe getan habe. Dinge also, die absolut meiner Natur widersprechen:

1) Beim Abbiegen blinken
2) Beim Pinkeln sitzen
3) Bier aus dem Glas statt aus der Flasche trinken (zu Hause!)
4) Hähnchen mit Messer und Gabel essen
5) Beim Sex tief in die Augen gucken
6) Nach dem Sex tief in die Augen gucken
7) Überhaupt immer tief in die Augen gucken
8) Brav gehorchen, wenn wir Gäste haben und sie mich auffordert, noch dies oder jenes aus der Küche zu holen
9) So tun, als ob mir das pinkfarbene Businesshemd und die silbergraue Krawatte gefallen, die sie mir geschenkt hat

Andere Dinge dagegen werde ich ab sofort sehr wohl tun. Weil ich sie bisher nur deswegen bleiben ließ, weil Katja es von mir verlangt hat.

1) Unrasiert und ohne Krawatte ins Büro gehen
2) Typen, die ich nicht leiden kann, sagen, dass ich sie nicht leiden kann
3) Frauen, die ich scharf finde, sagen, dass ich sie scharf finde
4) Fotos von mir ins Internet stellen, auf denen ich drei Promille habe, ein Schlumpfkostüm trage und ein Tanzmariechen anbaggere
5) Essen nach Lust und Laune

Halt! Stopp! Ende der Liste. Es gibt Dinge, die muss sich ein Mann nicht vornehmen und die muss er auch nicht auf eine Liste setzen. Die muss er TUN!

13:38 Uhr: Hinter mir liegt etwas, wovon ich schon lange geträumt habe, mir bisher aber der Mut gefehlt hat, es zu verwirklichen: ein kurzer und schmerzloser Besuch beim nächstgelegenen Porschehändler.

Das Ergebnis des Besuches ist weiß, hat dreihundertfünfundvierzig PS und hört auf den Namen Targa. Und er gehört mir. Jedenfalls probeweise.

Außerdem hat das Ganze die wunderbare Nebenwirkung, meinen Freund Andy sprachlos zu machen. Er steht am Straßenrand vor seiner Haustür, reibt sich die Augen wie ein Fünfjähriger an Weihnachten, der die heiß ersehnten Duplosteine bekommt, und sagt: »Scheiße, Alter! Ist das wahr? Du hast es echt getan? Ich glaube, ich spinne.«

»Tust du. Aber egal. Los, steig ein. Wir machen ’nen Probeflug.«

»Ich glaube es einfach nicht.«

»Brauchst du nicht. Hauptsache, du schnallst dich an.«

16:25 Uhr: Manche Leute behaupten, dass ein Porsche ein Spielzeug für große Jungs ist. Meine Meinung: Sie haben Recht. Aber es ist halt ein verdammt geiles Spielzeug.

Andy und Bernd (den wir vorhin abgeholt haben) sitzen mit mir im Wagen. Wir sind irgendwo auf der A 60 unterwegs und streiten uns. »Jetzt lass mich auch mal«, quengelt Andy mit einer Stimme, als würden Bernd und ich seit zwei Stunden Carmen Electra vögeln und er darf nur zugucken.

»Und was ist mit mir?«, nörgelt Bernd in der gleichen Tonlage. Bei ihm kann ich es noch besser verstehen, weil er seit zwei Stunden hinten auf der Notbank sitzen muss. Ein Porsche ist eigentlich ein Zweisitzer. Oder noch eigentlicher ein Einsitzer. Also im Grunde das, was im Wilden Westen für einen Cowboy sein Pferd war. Der einzige Unterschied: Das Pferd hat Heu gefressen, und der Targa frisst Shell V Power, und zwar mit einem so dermaßen großen Appetit, dass Saudi-Arabien wegen uns demnächst die Förderquote erhöhen muss.

17:04 Uhr: Porsche fahren ist geiler als Sex, aber irgendwann wird sogar Sex ermüdend. Höchste Zeit für eine Pause. Wir wollen irgendwo einkehren und uns stärken. Andy, der inzwischen am Steuer sitzt, blinkt und nimmt die nächste Abfahrt. Kurz darauf sind die Schilder nicht mehr blau, sondern gelb und die Geschwindigkeitsbegrenzung ist nicht mehr unendlich, sondern hundert Stundenkilometer. Andy stört das überhaupt nicht. Er schaltet mental in den Play-Station-Modus um, sprich er überholt rechts und links, und wenn es sein muss, auch auf dem Bürgersteig.

Ich tippe ihm auf die Schulter und sage: »Halt mal ganz

kurz an. Ich will schon mal Holz sammeln und die Kreuze mit unseren Namen schnitzen, die dann später blumengesäumt am Straßenrand stehen.«

Bernd kramt sein Handy raus, wählt Ulrikes Nummer und während er auf die Verbindung wartet, sagt er: »Ich komme mir vor wie einer der Typen, die am 11. September in der vierten Maschine in Richtung Washington saßen. Bevor sie gegen die Terroristen aufmarschiert sind und die Maschine abgeschmiert ist, haben die auch noch mal eben ihre Frauen angerufen.«

Andy lacht. »Weicheier! Euch geht's zu schnell? Na gut, ganz wie ihr wollt!«

Ohne zu blinken, biegt er auf den Schotterparkplatz eines Landgasthauses ein. Dann steigt er in die Eisen, und zwar volle Kante. Da hilft auch kein ABS, kein ESP und schon gar kein menschliches Feingefühl mehr. Wir schlittern wie beim Stockcar-Rennen, drehen uns im Kreis, wirbeln eine Staubwolke von einer Dimension auf, die mich ebenfalls an den 11. September erinnert, und erst dann kommen wir zum Stehen. Immerhin genau vor der Tür des Gasthauses. Maßarbeit.

Andy schaltet den Motor aus. Plötzliche Stille umgibt uns – abgesehen von den Schweißtropfen, die von Bernds Kinn tropfen und mit einem seltsam lauten Platschen auf dem Ledersitz aufschlagen.

»War das geil oder war das geil?«, schreit Andy.

»Supergeil«, antworte ich genauso euphorisch.

»Echt großartig«, sagt Bernd mit Flüsterstimme. Dann steigt er aus und kotzt erst einmal großzügig ins Gebüsch.

18:35 Uhr: Die Eifel zählt zu den am wenigsten besiedelten Gebieten Europas. Deswegen kann es einen auch nicht wundern, dass es hier Wölfe, Katholiken und Manuel Andrack gibt, der hier wandern geht. Außerdem gibt es Gasthäuser, gegen die der *Zapfhahn*, in dem wir neulich waren, geradezu modern ist. *Die goldene Gans*, vor der wir gerade gehalten haben, ist das beste Beispiel. Wir betreten die Gaststube und wissen sofort, dass hier seit dem Mittelalter kein Fenster mehr aufgemacht wurde. Uns umfängt ein Aroma aus Zigarrenqualm, Graupensuppe und abgestandenem Bier, das vermutlich noch nach antikem Vorbild in Tongefäßen gebraut wird.

Wir setzen uns an einen der Tische und kurz darauf erscheint eine Kellnerin, die zum Glück alles andere als eine goldene Gans ist. Im Gegenteil: Sie ist eine pralle, gut gelaunte Mittdreißigerin, an der alles dran ist, was zu einer richtigen Frau gehört, inklusive einem strahlenden Lächeln. Die etwas miefige Umgebung habe ich sofort vergessen, denn die Kellnerin ist genau der frische Wind, den ich hier anfangs so vermisst habe.

Sie stellt sich vor unseren Tisch, mustert uns amüsiert, und sagt dann mit einer warmen, aber auch ziemlich spöttischen Stimme: »Na, Jungs. Habt ihr gerade den Führerschein gemacht? Oder wollt ihr Stuntmen werden, wenn ihr mal groß seid?« Daraufhin kniept sie mit den Augen und fragt, womit sie uns verwöhnen kann.

»Indem du dich zu uns setzt, hübsches Kind«, antwortet Andy mit seiner halbseidenen Rapsölstimme.

Sie lacht. »Tut mir leid. Aber mich kann man hier leider nicht bestellen. Werft also lieber ’nen Blick in die Karte.«

»Und wenn wir den Küchenchef fragen, ob er eine Ausnahme für uns macht?«

»Kannst es ja probieren. Aber der Küchenchef ist zufällig mein Vater und der wird dir höchstens die Ohren langziehen.«

Ich schalte mich in das Gespräch ein und sage: »Und das wollen wir garantiert nicht. Schließlich soll er für uns kochen! Wir haben nämlich Hunger.«

Sie sieht mich wohlwollend an und sagt: »Na also! Einer von euch dreien weiß ja doch, wie man sich benimmt.«

Sie schenkt mir ein bezauberndes Lachen und Andy einen finsteren Blick von der Seite. Und ich weiß augenblicklich, dass ich der Eifel unrecht getan habe.

19:05 Uhr: Es gibt Eins-a-Schweinebraten, Salzkartoffeln und dazu Erbsen und Möhren aus dem Glas – ganz so, wie wir es mögen. Den Salat hat uns Marion, so heißt die Kellnerin, erst gar nicht gebracht, weil sie meinte, dass wir ihn ja sowieso nicht essen würden. Stimmt.

Das Bier, das sie uns serviert, stammt übrigens nicht aus dem Tontopf, sondern aus dem nahe gelegenen Bitburg. Nach der langen Autofahrt saufen wir es mit der gleichen Geschwindigkeit wie unser Auto vorhin den Treibstoff. Bernd macht wieder mal den Vernünftigen und sagt: »Hey, Jungs. Einer von uns muss sich beim Trinken zurückhalten. Schließlich müssen wir noch zurückfahren.«

»Müssen wir nicht«, sagt Andy.

»Du willst hierbleiben?«, frage ich erstaunt.

Statt zu antworten, deutet Andy mit dem Kinn auf ein Plakat, das an der Wand neben dem Tresen hängt und auf eine Zeltdisco hinweist, die heute Abend in einem Nachbarort stattfindet. Inklusive Happy Hour, Livemusik, Armdrück-Contest und Miss-Wet-T-Shirt-Wettbewerb.

»Das ist nicht dein Ernst«, sagt Bernd mit einem Gesichtsausdruck, als hätte Andy nicht einen Partyabend vorgeschlagen, sondern eine freiwillige Darmspiegelung.

Andy sieht mich an. »Was meinst du?«

Ich grinse. »Blöde Frage. Da simmer dabei. Dat ist prima!«

22:30 Uhr: Vor genau einer Woche habe ich noch auf der Party von Albrecht Sonnenheim verschämt ein paar Straßenecken weiter geparkt, um nicht negativ aufzufallen. Jetzt blende ich sogar auf und drücke auf die Hupe, damit es auch alle mitbekommen, als ich auf den Parkplatz vor dem Festzelt fahre. Ist halt ein Hochgenuss, einen Targa neben jeder Menge Golfs, Vectras und Subarus abzustellen. Allerdings sehen die Fahrer der anderen Wagen so gar nicht beeindruckt aus. Eher genervt.

22:48 Uhr: Als wir das Festzelt betreten, weiß ich, dass das hier nicht *Germanys Next Topmodel* ist, sondern *Bauer sucht Frau*. Die Männer stehen mit herausgedrückter Brust und Heavy-Metal-T-Shirts rum und haben einen Blick, als wären sie gerade vom Trecker angefahren worden. Die Frauen tragen pinkfarbene Sweatshirts mit Strassbesatz, haben Palmenfrisuren und bewegen sich nicht wie auf dem Catwalk, sondern als wären sie die Kandidatinnen auf einer landwirtschaftlichen Leistungsschau. Macht nicht so richtig Spaß. Ich will fummeln, nicht melken.

22:51 Uhr: Was soll's. Um Gold zu finden, muss man erst einmal im Dreck wühlen. Und bis es so weit ist, trinken wir am besten etwas. Wir drängeln uns durch das alkoholselige Gewühle, das gerade von einem dieser Sprech-DJs angeheizt wird: »Heyheyhey, Party-People! Wie geht's euch? Alles locker im Schritt? Jojojo! Ihr kriegt jetzt was auf die Ohren von mir, und zwar die guten alten jungen Männer aus New York mit ihrem Mega-Smashhit YMCA, und ich will, dass ihr mir die Tanzfläche zum Schlachtfeld macht. Alles klar?! Und ab die Pooooooossssssst!«

Ich bewundere solche Typen, die schon als Jugendliche auf der Kirmes die Raupe animiert haben, dann als junge Männer den Dorf-DJ machen, als Erwachsene durch die Lautsprecheranlage eines Supermarktes röhren und als Rentner in der Bingohalle die Gewinnzahlen durch den Raum brüllen. Talent ist Talent, und das macht sich bezahlt.

Erreiche als Erster die Theke und bestelle sechs Bier und sechs Korn, die ich dann gerecht auf mich und die Jungs verteile. Bernd macht uns darauf aufmerksam, dass er nur zwei Hände und nur einen Mund hat. Andy, der auf meiner Wellenlänge liegt, klärt ihn auf: »Mann, Alter. Den ersten Schnaps kippst du runter. Das erste Bier trinkst du gegen den Durst. Den zweiten Schnaps kippst du wieder. Und das zweite Bier füllt dir die Wartezeit, bis die neue Runde da ist.«

Der Wirt am Tresen, der das mit angehört hat, nickt uns anerkennend zu und sagt: »Na, ihr Jungs wollt es aber wirklich wissen.«

»Klar, Komasaufen ist schließlich nicht nur für Teenager.«

»Stimmt. Das machen wir hier schon seit Jahrhunderten«, erklärt er. »Im Übrigen solltet ihr dem Tisch da vorne 'ne

Runde spendieren. Da sitzt das örtliche Polizeirevier. Die drücken dann später ein Auge zu, wenn ihr euch wieder hinters Steuer setzt.«

1:15 Uhr: Ich will keine Binsenweisheiten über den Zusammenhang von weiblicher Schönheit und männlichem Alkoholkonsum von mir geben. Ist ziemlich abgeschmackt. Vor allem aber funktioniert es nicht. Wir haben zwar in den zurückliegenden drei Stunden den halben Jahresausstoß der örtlichen Dorfbrauerei in uns reingekippt, und den der örtlichen Destille gleich hinterher. Aber so richtig begeistert sind wir vom Publikum immer noch nicht.

Besonders Bernd ist genervt und macht giftige Bemerkungen, weil er ja sowieso lieber nach dem Essen nach Hause zurückgefahren wäre. Er lästert also mächtig ab, und zwar über alles, die Frauen, die Männer, die Musik, überhaupt die ganze elende Veranstaltung. Leider achtet er nicht so richtig darauf, wer ihm bei seinen Tiraden so zuhört und wer gerade zufällig hinter ihm steht.

In diesem Fall ist es ein Typ mit Fußballerfrisur, Jeansjacke und Oberarmen wie Schweinehälften. Er schiebt sich unsanft zwischen uns und fragt mit der Liebenswürdigkeit eines Gefrierhaus-Gabelstaplerfahrers: »Scheint euch hier nicht so zu gefallen, Jungs. Oder? Solltet besser in euren Porsche steigen und zusehen, dass ihr Land gewinnt.«

In Kurzform will er uns Folgendes sagen: *Ihr habt genau zehn Sekunden, um euch in Sicherheit zu bringen.* Bernd und mir ist das sofort klar, weswegen wir uns auch unauffällig nach dem Fluchtweg umsehen. Nur Andy ist natürlich nicht bereit, sich so einfach hinauskomplimentieren zu lassen. Er grinst den Stiernacken an und sagt: »Was ist denn mit dir los, Typ? Bist du immer so unfreundlich zu Gästen? Ach, ist ja auch egal. Du kannst halt nichts dafür.«

Ist Andy nicht klar, dass inzwischen auch die Freunde des Gabelstaplerfahrers auf uns aufmerksam geworden sind? Sie bilden einen Halbkreis um uns, was ungefähr so aussieht, als würde eine Meute Saruman Orks in voller Kriegsmontur drei Hobbits einkreisen (Ja, es gibt Typen, gegen die wirke sogar ich zierlich.)

Dann fangen sie ein Gespräch mit Andy an, dass sie sich meiner Meinung nach auch sparen könnten.

Ork eins: »Ey! Was hast du gesagt?«

Ork zwei: »Sag das nochmal.«

Ork drei: »Wenn du das noch mal sagst …«

Ork vier: »Ich sag dir jetzt mal was …«

Andy, grinsend: »Mann, Leute. Entscheidet euch mal, was ihr wollt.«

So viel Unverschämtheit bringt sogar professionelle Vollhorsts aus der Eifel kurzfristig aus dem Konzept. Dann aber folgen sie Andys Vorschlag und einigen sich. Ich überlege kurz, ob ich noch schnell bei der Vierundzwanzig-Stunden-Hotline meiner Lebensversicherung anrufen und die Schadensfallsumme erhöhen sollte. Andererseits, was hätte das für einen Sinn? Katja ist ja laut Vertrag die Begünstigte und die soll gefälligst trauern, wenn ich abtrete, und sich nicht über die ganze Kohle freuen.

1:57 Uhr: Im Festzelt herrscht auf einmal eine Stimmung wie im Octagon-Käfig der *Ultimative Fighting Championship*. Wir waren nur der Funke, der das Feuerwerk entfacht hat, auf das sich alle schon den ganzen Abend gefreut haben. Darum fangen auf einmal nicht nur die vier Eifel-Orks an, auf uns einzuprügeln. Nein, alle anderen Zeltbesucher stürzen sich sofort mit großem Hallo und bester Laune auch auf irgendeinen anderen Gast, um ihn windelweich zu schlagen.

Das heißt, uns erwischt es gar nicht so richtig. Denn Bernd, Andy und ich liefern drei beeindruckende Beispiele dafür ab, wie man inmitten einer ausufernden Schlägerei glimpflich davonkommt. Am eindrucksvollsten ist Bernd, der es gleich mit drei Angreifern zu tun hat. Er wendet einen Trick an, den wir mal bei einem gemeinsamen Besuch beim Stierkampf in Spanien gesehen haben. Er stellt sich stocksteif hin und hofft, auf diese Art unsichtbar für die Ochsen zu werden, die auf ihn zustürmen. Und tatsächlich, es funktioniert. Die drei Angreifer bleiben stehen, schütteln verwundert die Köpfe und stürzen sich dann auf irgendjemand anderes, der direkt danebensteht und den Fehler macht, sich zu bewegen.

Andy wählt natürlich mal wieder den einfachsten Weg. Als ich nach ihm Ausschau halte, entdecke ich ihn am Tisch der Polizisten, wo er fröhlich mit ihnen anstößt und ein Gesicht macht, als würde ihn das alles gar nichts angehen.

Ich habe als Einziger von uns weniger Glück. Mich erwischen direkt am Anfang zwei tüchtige Schwinger im Gesicht. Dann packt mich ein Typ unsanft an den Schultern, aber noch bevor er mir seine Faust in den Magen rammen kann, haut ihm seine Freundin einen Stuhl über den Kopf, woraufhin er bewusstlos zusammenbricht. Sie lächelt mich an und sagt: »Das ist die einzige Methode, wie ich ihn ruhig bekomme. War schon der achte Stuhl in diesem Jahr.«

Allerdings währt mein Glück nur kurz, denn sofort haben mich ein paar neue Typen ins Visier genommen. Und diesmal komme ich bestimmt nicht mehr so glimpflich davon. Ich rechne schon mit einer ernsthaften Abreibung, als ich spüre, wie mich jemand an der Hand nimmt und zur Seite zieht. »Da vorne, da können wir unauffällig verschwinden. Einfach unter der Zeltplane durchtauchen.«

Es ist die Kellnerin aus der *Goldenen Gans*. Sie schenkt mir ein kurzes Lächeln und zieht mich dann mit sich.

2:55 Uhr: Warum Männer sich prügeln? Um danach von Frauen verarztet zu werden … Ich liege etwas entfernt auf einer Wiese, wo die Wumms-Musik und das Geschrei aus dem Zelt nur noch schwach zu hören sind. Kellnerin Marion beugt sich über mich, um mir die wunden Stellen im Gesicht abzutupfen. Dabei schlenkert sie mit ihren Prachtdingern so verführerisch vor meinen Augen herum, dass mein Metabolismus in Entscheidungsnot gerät. Bin ich jetzt schwer verletzt und falle gleich in Ohmacht? Oder bin ich doch noch in der Lage, etwas mit dieser prächtigen Landpomeranze anzufangen?

Sie gibt mir die Antwort gleich selbst, denn der Abschluss ihrer Behandlung ist ein langer Kuss auf den Mund. Ich ziehe sie zu mir hinunter, was sie gerne mit sich geschehen lässt. Wir machen mächtig miteinander herum, und zwischendurch blicke ich hoch in einen sternenübersäten Nachthimmel. Schon seltsam, denke ich dabei. Seit zwei Wochen kann ich eigentlich an nichts anderes denken als an Katja und die Tatsache, dass sie mich verlassen hat. Oder nein, eher an die Tatsache, dass ich sie unbedingt zurückgewinnen möchte.

Und zwar mit einer anderen Frau. Und jetzt habe ich eine im Arm und muss an alles Mögliche denken, aber eben nicht an Katja.

Marion merkt, dass ich auf einmal nicht mehr so ganz bei der Sache bin. Sie richtet sich auf und sieht mich fragend an. »Woran denkst du? Oder sollte ich fragen, an wen?«

»Nein, solltest du nicht.«

»Versteh schon. Außerdem darfst du auch nicht fragen.«

»Heißt das, es gibt jemanden?«

Sie hält ihre Hand hoch, an der ein Ehering funkelt. »Reicht die Antwort?«

»Das tut mir leid. Das wusste ich nicht«, antworte ich und fühle mich gleichzeitig blind und blöd. Denn erstens habe ich den Ring vorhin beim Essen im Gasthaus ganz offenbar übersehen. Und zweitens habe ich mich mit einer verheirateten Frau eingelassen, was nur einen Schluss zulässt: Als Kandidatin für Andys großen Plan kommt Marion nicht in Frage. Was mache ich also hier?

Marion gibt mir auf die Frage eine einfache und ziemlich überzeugende Antwort. Erst drückt sie mir nämlich einen weiteren satten Kuss auf die Lippen und dann sagt sie: »Ist doch ganz egal, oder nicht? Du hast eigentlich jemanden, ich habe eigentlich jemanden – aber im Moment sind wir eben trotzdem hier. Also lass uns einfach nicht drüber reden. Und ich weiß auch, wie uns das sehr viel leichter fällt.«

Mit diesen Worten reicht sie mir eine Flasche Doppelkorn. Ich nehme einen tiefen Schluck, der die Schmerzen lindert, die mir immer noch durch den Schädel dröhnen. Sie nimmt ebenfalls einen tiefen Schluck und dann drückt sie mich wieder ins Gras hinunter.

16. Tag: Sonntag

10:25 Uhr: »Stefgraenn?«

»Stegradndentent! Wostechstendualter??«

Mir kommt es vor, als würde jemand eine Mega-Blaster-Titanium-Soundkarte an einen zweihundertsechsundachtziger Chip von Intel schließen. Bis der lahme Prozessor die Datenmenge eines einzigen MP3-Stückes verarbeitet und in sinnvolle Laute umgewandelt hat, würde eine Ewigkeit vergehen. Genauso ist es mit meinem Kopf. Ich höre seltsame Laute, aber bis mein alkoholgeschädigter Zentralprozessor die Soundbits entschlüsselt hat, vergehen lange Minuten.

Als es so weit ist, höre ich Folgendes: »Stefan?«

»Stefan! Wo steckst du, Alter?«

Handelt sich eindeutig um die Stimmen von Andy und Bernd. Blöd nur, dass ich die Antwort auf ihre Frage nicht kenne. Ich weiß nicht, wo ich stecke. Ich weiß nur, dass es sticht und juckt und irgendwie nach Heu riecht. Und ich weiß, dass ich nicht besonders viel anhabe. Schuhe vielleicht.

10:36 Uhr: Ich torkle aus dem Heuschober, in dem ich aus irgendeinem Grund geschlafen habe, und blicke in die grinsenden Gesichter meiner Freunde.

»Mann, Alter. Wo sind deine Klamotten?«

»Und was machst du überhaupt hier?«

Gebe die ehrlichste Antwort, zu der ich in der Lage bin: »Ich habe keine Ahnung.«

»Respekt, Alter. So besoffen möchte ich auch mal wieder sein.«

Ich lasse mich auf der Wiese neben dem Schober nieder und massiere mir die Schläfen, in denen es pocht, als würde in meinem Kopf gerade eine neue U-Bahn gebaut. Die beiden setzen sich neben mich, und Bernd ist so nett, mir sein Hemd zu geben, das ich mir wie einen Lendenschurz umbinde. Eine ganze Zeit lang sagen wir gar nichts und genießen einfach die strahlende Julisonne. Dann mustere ich die beiden und stelle nun meinerseits eine Frage: »Sagt mal, sehe ich eigentlich genauso scheiße aus wie ihr? Ich meine, genauso durch den Wolf gedreht, gehäckselt und mit Dung beworfen?«

Das ist nicht nett, aber angemessen: Andy und Bernd sehen nämlich irgendwie verprügelt aus. Was natürlich daran liegt, dass sie es wirklich sind. Denn offenbar hat Andy doch noch etwas abbekommen, was nur gerecht ist. Schlägerei plus drei Promille – da sieht man schon mal aus wie Rocky Balboa nach einem Titelkampf.

Andy, dessen gute Laune unverwüstlich ist, grinst und sagt: »Wir machen gleich einen schönen Spaziergang, frühstücken ordentlich, und dann wird das schon wieder. Das Wichtigste ist erst einmal, dass du ein paar Klamotten bekommst. Bevor wir wegen Erregung öffentlichen Ärgernisses einkassiert werden.«

Ich winke ab und wanke in den Schober zurück. Verteilt im ganzen Raum finde ich den größten Teil meiner Kleidung.

Während ich mich anziehe, kehren einzelne Erinnerungsfetzen an die letzte Nacht in meinem Kopf zurück. Da war Marion, ich und eine Flasche Doppelkorn. Und da war der Moment, in dem sie sich gegen die Stirn schlug und sagte: »Wir müssen's gar nicht auf'm Acker treiben. Wir können ja ins Heu.«

»Hättest du das nicht vor 'ner halben Stunde sagen können? Jetzt bin ich schon total zerstochen von den ganzen Mücken.«

»Sei nicht so zimperlich. Schließlich wirst du dafür reichlich entschädigt.«

Sie hatte Recht, denn was folgte, war wüst und leidenschaftlich, wie das Landleben nun einmal ist. Sie schrie so laut, dass die Bauern in der Umgebung bestimmt dachten, ihre Sauen würden werfen.

Danach war ich allerdings endgültig tot. Erst Alkohol, dann Prügel, und dann auch noch Sex. Das schafft ja wohl jeden. Marion tätschelte mir die Wange und sagte: »Für einen aus der Stadt war das nicht schlecht. Ich gehe jetzt nach Hause, denn morgen früh kommt mein Mann von der Montage, und der will dann bestimmt auch noch mal. Also, schlaf schön, mein Großer.«

Den Jungs sage ich übrigens nichts von der ganzen Sache. Gibt keinen Grund dafür. Denn Marion kommt als Kandidatin für den Katja-Plan sowieso nicht in Frage. Trotzdem war die Nacht alles andere als umsonst. Denn wenn ich ehrlich bin, fühle ich mich so gut wie lange nicht mehr.

12:15 Uhr: Haben dick gefrühstückt und machen dann einen Spaziergang zum Parkplatz vor dem Festzelt. Dort trifft mich der Schlag, denn ich muss leider feststellen, dass die Vollpfosten von gestern nicht nur uns belästigt haben, sondern auch gleich den kleinen, unschuldigen Targa. Eingetretene Scheinwerfer, Beulen, Kratzer, ein platter Reifen.

»Das darf doch wohl nicht wahr sein«, schreie ich, und zwar so laut, dass es vermutlich noch im nahen Luxemburg zu hören ist.

»Wieso?«, fragt Andy. »Ist kein Ersatzreifen da?«

»Mann, Andy, sieh doch hin!«

Andy schüttelt grinsend den Kopf. »Ist doch nicht dein Wagen. Ist doch nur für eine Probefahrt übers Wochenende. Hast du jedenfalls gesagt. Wo ist also das Problem?«

Bernd legt mir eine Hand auf die Schulter und sagt das, was er meistens von sich gibt, wenn Andy Ähnliches sagt: »Ich wäre zwar nicht draufgekommen. Aber Andy hat Recht.«

»Euren Optimismus will ich haben.«

»Kein Problem. Nimm ihn dir einfach.«

Ich blicke Andy an, dann Bernd. Und plötzlich bin ich um eine Erkenntnis reicher. Andy hat nämlich Recht, wenn er mich dazu auffordert, mir den Optimismus einfach zu nehmen. Ich glaube, was er damit sagen will, ist, dass ich nicht so viel herumgrübeln sollte. Und dass ich es mir nicht unnötig schwermachen sollte. Glück und Unglück sind nämlich in erster Linie eine Frage der Einstellung. Und ich glaube, in dieser Hinsicht kann ich mir von Andy wirklich eine Scheibe abschneiden.

»Habe ich euch zwei eigentlich schon mal gesagt, dass ich euch liebe?«, frage ich Bernd und Andy.

»Ist das dein Coming-out, Alter?«

»Oder gar ein Antrag?«

»Nein, ist einfach nur die Wahrheit. Und jetzt, Andy, mach dich an die Arbeit und wechsle den Reifen. Ich muss mich schonen, weil ich ja gleich die ganze Strecke fahren muss.«

Abends: Ich sage ein Onlinedate ab, weil ich für dieses Wochenende einfach genug erlebt habe. Außerdem bin ich immer noch in dieser seltsam guten Laune, die ich schon heute Morgen hatte. Die will ich mir auf keinen Fall durch ein möglicherweise blödes Date zerstören lassen.

Die Sache mit Marion ist natürlich der Hauptgrund für die ganzen Glückshormone in meinem Blut. Sex ist nun einmal das beste Antidepressivum, das es gibt. Und offenbar wirken ungewohnte Präparate – genannt Marion – noch viel besser. Erst jetzt wird mir so richtig klar, was vergangene Nacht eigentlich passiert ist. Ich hatte zum ersten Mal seit acht Jahren Sex mit einer anderen Frau. Und da ich vor Katja ja eine ganze Weile solo war, ist es in Wahrheit sogar noch ein bisschen länger her. Nicht, dass ich das jetzt wirklich so wichtig fände. Und es ist auch nicht so, dass ich mich in den zurückliegenden Jahren wirklich danach gesehnt hätte. Aber dennoch fühle ich mich auf einmal wie ein Bauer, dem auf einmal einfällt, dass er ja eigentlich Fischer ist. Und dass die See sein eigentliches Zuhause ist.

Wenn ich ganz ehrlich bin, kommt noch etwas anderes hinzu. Auch wenn es peinlich ist. Und kleinlich. Und typisch Mann. Ich bin vergangene Nacht sozusagen mit Katja gleichgezogen. Ich werde ihr das natürlich niemals sagen, aber ich weiß, dass es an dem Tag, an dem ich sie wieder in die Arme schließen werde, eine Bedeutung haben wird. Denn wenn ich ihr in die Augen sehe, werde ich darin nicht die Erinnerung an diesen Raimund suchen. Weil ich viel zu sehr damit beschäftigt sein werde, meine Erinnerungen an Marion zu verbergen.

Und noch etwas wird mir klar. Ich merke auf eine angenehme Art, dass die Dinge sich verändert haben. Dazu muss ich mich nur mit mir selbst vergleichen, wie ich genau heute vor zwei Wochen im Bett gelegen und an die Decke gestarrt habe. Damals war ich innerlich noch der felsenfesten Überzeugung, dass mein Leben nie wieder dasselbe sein würde. Weil es Katja nicht mehr gibt. Weil sie vielleicht nie wieder zurückkommt. Weil ich sowieso ein Idiot bin, den keine haben will.

Das mit dem anderen Leben, das denke ich immer noch. Aber das mit dem Idiot eben nicht mehr. Im Gegenteil. Ich denke, dass die Zeit, die wir, also Katja und ich, gerade durchmachen, für uns beide gar nicht so verkehrt ist. In einigen Monaten werden wir wieder zusammen hier sitzen und dann werden wir merken, dass wir eine Menge gelernt haben. Ich bin mir nur noch nicht ganz sicher, worin die Lektion genau besteht.

Vielleicht heißt sie für mich, dass ich wieder besser weiß, was eigentlich wichtig für mich ist. Und worauf ich nicht verzichten möchte. Ich meine gar nicht die Sache mit Marion und den Sex mit anderen Frauen. Darauf kann ich hervorragend verzichten, solange ich nur Katja habe. Nein, ich meine die Tatsache, dass ich mich trotzdem – trotz Katja, trotz unseres Zusammenlebens, trotz unserer Bindung – frei fühlen möchte. So wie gestern während unserer Autofahrt. Oder so wie gestern Nacht mit Marion. Oder auch so wie in diesem Moment, während ich hier liege und denke, dass das Leben gar keine so üble Veranstaltung ist.

17. Tag: Montag

8:15 Uhr: Ich trete auf die Badezimmerwaage, und zwar so vorsichtig, als wäre sie mit einem Teppich aus Reißzwecken belegt. Dann beuge ich mich ganz langsam nach vorne und spähe an meinem Bauch vorbei in Richtung Skala.

Okay, das Ding muss kaputt sein. Oder größenwahnsinnig. Oder sind das vielleicht Angaben in Pfund?

8:16 Uhr: Verbraucht Duschen eigentlich Kalorien? Ist schließlich wie Schwimmen, nur im Stehen.

8:17 Uhr: Mache Kraulbewegungen, was in der engen Duschkabine gar nicht so einfach ist. Schließe dabei die Augen und versuche mir vorzukommen wie Michael Phelps, der während der Pekinger Olympiade acht Goldmedaillen abgeräumt hat. Wie würde ich wohl mit einem Haihaut-Ganzkörper-Badeanzug aussehen? Vermutlich wie eine Kreuzung aus einem Kugelfisch und einer Rügenwalder Teewurst.

10:25 Uhr: Im Büro. Ich habe mich immer gefragt, warum Männer, die von ihren Frauen verlassen werden, danach oft auch ihren Job verlieren – und anschließend ihre Wohnung, ihr Auto, ihren Fernseher und alles andere. Jetzt weiß ich es. Liegt nicht daran, dass sie auf einmal physisch und psychisch verwahrlost wären und sich um nichts mehr kümmern können. Es liegt daran, dass sie einfach keine Zeit mehr haben. Weil ihr gerade eben noch so beschauliches Leben auf einmal mit der Geschwindigkeit einer auf *Fast Forward* gestellten DVD abläuft.

In meinem Falle heißt das, dass ich Wichtigeres zu tun habe, als mich um den Verkauf oder die Vermietung von Wohnungen zu kümmern. Ich habe noch genau dreizehn Tage Zeit, bis ich meine über alles geliebte Freundin wiedersehe. Das sind nicht einmal mehr zwei Wochen. Nicht gerade lang, um eine Frau an Land zu ziehen, die mein Leben wieder in Ordnung bringen soll – indem sie Katja erst in die Eifersucht und dann zurück in meine Arme treibt.

10:53 Uhr: Michi Strunz rollt mit seinem Bürostuhl vor meinen Schreibtisch, sieht mich mit gerunzelter Stirn an und fragt: »Bist du gegen den Schrank gelaufen? Oder hattest du einen Unfall?«

Stimmt, sehe immer noch aus wie Bruce Willis beim Finale der *Stirb langsam*-Teile. Mein rechtes Auge gleicht einer überreifen Avocado, mein linkes Jochbein leuchtet wie eine Blutorange und mein humpelnder Gang erinnert an den Star Wars-Roboter C-3PO. Die Eifel wird mir in guter Erinnerung bleiben. »Nee, bin beim Rasieren ausgerutscht«, erkläre ich Michi.

»Womit rasierst du dich denn? Mit 'ner Schlagbohrmaschine?«

11:38 Uhr: Verbringe den Vormittag superfleißig am PC. Meine Kollegen erkennen mich vermutlich nicht wieder, weil ich seit Jahren nicht mehr so konzentriert vor meinem Bildschirm gesessen und auf meine Tastatur eingehämmert habe. Führt zu einem rekordverdächtigen Wert von fünfundzwanzig Anschlägen pro Minute. Darüber sollte sich doch eigentlich auch mein Arbeitgeber freuen. Vor allem weil er nicht weiß, dass ich in Wahrheit nur meine Onlinekontakte pflege und Dating-Mails verschicke.

12:25 Uhr: Zwischenkrise. Grübelgrübel. Alles Mist. Sitze im Büro und schreibe Mails an Frauen, die vermutlich nur einen Freund suchen, den sie dann verlassen können. So sind sie nämlich. Bin da Experte.

12:44 Uhr: Okay, Männer sind auch nicht besser. Schließlich ist es ja nicht so, dass ich nicht meinerseits auch mal daran gedacht hätte, Katja zu verlassen. Habe sogar oft darüber nachgedacht. Na ja. Einmal zumindest.

Das ist jetzt drei oder vier Jahre her. Wir verbrachten unseren Sommerurlaub in einem Hotel in Rimini, das laut Katalog einen eigenen Strandabschnitt, einen eigenen Pool und ein reichhaltiges Freizeitangebot hatte: Minigolf, Fahrradverleih und tägliches Karaoke. Stimmte so weit auch. Der Minigolfplatz war so mini, dass er eine einzige Bahn hatte, ein Fahrrad konnte man leihen, wenn man es vorher reparierte, und der eigene Strandabschnitt war einen Meter breit, wovon achtzig Zentimeter von einem stinkenden Abwasserkanal eingenommen wurden. Italien halt.

Nur der Pool, der war total klasse. Darum lagen Katja und

ich von morgens bis abends dort herum und verbrachten einen wunderschönen Urlaub. So weit, so gut. Zwei Monate später, als wir längst wieder in Köln waren, klingelte es überraschend an der Tür. Es war ein Samstag. Ich war alleine zu Hause, weil Katja beim Friseur war. Ich öffnete die Tür und vor mir stand eine zierliche, hübsche Frau, die mich aus verheulten Augen ansah und dann in einer Sprache auf mich einredete, die ich nicht verstand. Ich zuckte mit den Schultern und sagte: »Ich nix kaufen. Du gehen.«

Sie wischte sich die Tränen aus den Augen, legte die Stirn in Falten und sagte mit hoch konzentrierter Stimme ein paar Wörter auf Deutsch, die sie offenbar auswendig gelernt hatte: »Ich Rimini. Du Rimini. Ich dich sehen. Du mich sehen. Ich hier, weil ich liebe dich.«

Da fiel es mir wieder ein. Sie war die Frau, die in unserem Hotel an der Handtuchausgabe am Pool gearbeitet hatte. Damals hatte sie die Haare hochgesteckt und eine sexy hellblaue Hoteluniform getragen. Und Tatsache, ich hatte mir jeden Tag vorgestellt, wie es wäre, ihr die Uniform aufzuknöpfen und es mit ihr in dem Berg der schmutzigen Poolhandtücher zu treiben.

Ab und zu werden Träume halt wahr. Sie war nach Deutschland gekommen, nur um mir zu erklären, dass sie mich liebte! In diesen Minuten, die wir im Hausflur voreinander standen, stellte ich mir vor, wie es wäre, wenn ich mich jetzt für sie entschied. Ich würde schnell ein paar Sachen zusammensuchen, mit ihr zum Wagen gehen und weit, weit wegfahren, vielleicht nach Italien, oder sogar noch viel weiter. Wir würden zum Beispiel ein Hotel eröffnen, ein paar Bambinis machen, ich würde von der vielen Arbeit schlank, sie würde von dem vielen Essen fett. Aber wir wären glücklich und zufrieden bis ans Ende unserer Tage.

Ich tat es nicht. Stattdessen strich ich ihr über die Wange, und sagte: »Grazie.« Das einzige Wort auf Italienisch, das ich kann. Dann schloss ich die Tür vor ihrer Nase und ignorierte ihr Hämmern und Dauerklingeln. Irgendwann sah sie ein, dass sie umsonst gekommen war und zog ab.

Als Katja am Mittag vom Friseur kam, gaben wir uns einen Kuss und sie fragte: »Und? War was?«

»Nö.«

Tja. So bin ich. Hätte ich ihr vielleicht mal sagen sollen, damals. Vielleicht wüsste sie dann besser, was sie an mir hat.

12:53 Uhr: »Hey, Träumer. Du siehst aus, als könntest du ein Mittagessen vertragen … Na ja, ehrlich gesagt, siehst du aus, als könntest du es vertragen, ein paar Monate drauf zu verzichten. Aber ich würde trotzdem gerne mit dir zum Italiener gehen!«

Birgit. Sie trägt ein geblümtes Sommerkleid im Fünfzigerjahre-Stil, dazu Ballerinas mit Ringelsöckchen und eine Sonnenbrille auf der Nase. »Einverstanden. Und die böse Bemerkung wegen dem Mittagessen überhöre ich. Außerdem bestelle ich mir nur einen Salat und du nimmst die große Pizza, und wenn du dann nach einem Stück nicht mehr kannst, bin ich so nett, deine Reste aufzuessen. So machen wir das doch schließlich immer. Meine Höflichkeit ist also der Grund für mein leichtes Figurproblem.«

13:54 Uhr: Frauen sind hinterhältig. Birgit isst ihre Pizza ganz alleine und lässt mich mit meinem Insalata mista dahinvegetieren. Wenigstens übernimmt sie am Ende die Rechnung. Und sie entschädigt mich durch eine nette Plauderstunde, die wir anschließend in der Sonne im Bistro verbringen. Stelle mal wieder fest, dass Birgit die Kandidatin Nummer eins ist. Und wenn meine Antennen nicht Unsinn melden, dann stehe ich bei ihr auch ganz oben auf der Liste. Muss allerdings aufs Gas drücken. Sonst dauert es noch Monate bis zum ersten Händchenhalten, Jahre bis zum ersten Kuss, und ein Millennium bis zum ersten Sex. Und so viel Zeit habe ich nicht. Werde mir etwas einfallen lassen. Aber nicht heute. Heute bin ich ausgebucht. Habe am Abend mehr Dates als der Top-Mitarbeiter einer Escortagentur.

20:27 Uhr: Mein erstes Onlinedate. Ich komme fast eine halbe Stunde zu spät, aber das scheint Angela nicht weiter zu stören. Sie ist Krankenschwester, steht auf Mystery-Serien wie *Buffy* und *Ghost Whisperer*, fährt gerne nach Schweden und hört am liebsten Heavy-Metal-Musik. Als ich mich hinsetze, sieht sie mich aus zusammengekniffenen Augen an und fragt: »Bist du ein Ritzer?«

»Ein was?«

»Na, so ein Typ, der sich selber Wunden zufügt und das klasse findet.«

»Du meinst, weil ich so aussehe? Wegen der Wunden in meinem Gesicht? Quatsch, nein. Das war ein Unfall.«

»Schade. Brauchst du trotzdem 'ne Blutspende?«

Noch bevor ich antworten kann, hat sie sich mit einer Rasierklinge die Daumenkuppe angeritzt und hält sie mir zum Auslutschen hin. Erst jetzt bemerke ich den Button an ihrer Jacke, auf dem *Empire of Vampires* steht.

»Du, ich steh nicht so auf Gothic«, erkläre ich ihr.

»Ist ja auch Kinderkacke. Ich mein's voll ernst, Süßer. Ich will dich beißen.«

21 Uhr: Das zweite Date. Kirsten ist erst einundzwanzig, aber die E-Mails, die wir in den vergangenen zwei Tagen ausgetauscht haben, zeigten uns, dass eine tiefe geistige Verbindung zwischen uns besteht. Sie studiert Philosophie an der Universität, trinkt gerne Sekt, mag Wassersport, spricht französisch und griechisch und fährt im Urlaub am liebsten nach Ibiza. »Und worauf stehst du so?«, ist eine der ersten Fragen, die sie mir stellt.

»Ich weiß nicht. Zusammen fernsehen, Ausflüge machen, Kino. So was halt.«

Sie rollt genervt mit den Augen. »Ich meine, worauf stehst du im Bett?«

Ich sehe sie verblüfft an und versuche es dann mit: »Sex?«

»Mann, Typ. Das ist schon klar. Aber was für eine Sorte Sex? SM, Hardcore, Lack, Blümchen?«

»Blümchen?«

»Das dachte ich mir.«

»Hey, Moment mal. Ich habe nicht gesagt, dass ich darauf stehe. Ich fand es nur lustig, dass du das aufzählst, als wäre es genauso bizarr wie der ganze andere Kram.«

»Ist es ja auch. Aber aus uns wird trotzdem nichts. Ich merk das. Wir haben einfach keinerlei Gemeinsamkeiten.«

»Doch! Du hast geschrieben, dass du auf James Bond stehst. Genau wie ich.«

Sie sieht mich zweifelnd an. »Bondage. Ich habe *Bondage* geschrieben.«

»Ist das nicht dasselbe?«

»Ich muss jetzt los.«

»Schade. Aber vielleicht treffen wir uns ja noch mal.«

»Vergiss es.«

22 Uhr: Das dritte Date. Olga kommt aus Weißrussland. Sie sieht ziemlich gut aus und ich mag auf Anhieb ihren herben Akzent, mit dem sie mich fragt: »Wo willst do maaachen, Süßerrrr? Glaich hier? Oder willlst do zu mirrrrr gähn?«

»Na, du gehst aber ran!«

»Klarrrrr. Zeit ist Gäld!«

»Moment mal. Du kommst doch von Datingcafé, oder?«

»Aberrrr nein. Du hast gemacht unserrr Date bei Wäwäwä Punkt Gaile Stuten Dä ä.«

»Oh, verdammt. Das tut mir leid«, sage ich und ärgere mich über mich selbst. Als ich unser Date gestern Nacht vereinbart habe, habe ich vorher noch ein paar *Bilder* angeguckt. Muss dann wohl auf der falschen Seite meine Mail geschrieben haben. Peinlich. Nix wie weg! Ich stehe auf und verlasse die Kneipe, in der wir verabredet waren, sie aber steht genauso schnell auf und rennt hinter mir her: »Häy, du bist Vollidiot! Du mussst bäzahlen mich. Mistkerl.«

Ich bleibe kurz stehen und überlege, wie groß die Chance ist, dass sie mir die Russenmafia auf den Hals hetzt. Zu meiner Beruhigung sehe ich, dass sie nur noch eine abfällige Geste für mich übrighat, mich ansonsten aber aufgegeben hat.

23 Uhr: Das vierte Date. Sie heißt Marianne, ist im Karnevalsverein aktiv und kann sich erst spät am Abend verabreden, weil sie als Kellnerin arbeitet. Als ich zum Treffpunkt komme, wartet sie schon auf mich. Sie ist noch hinreißender als auf ihrem Foto im Internet: Weißblonde Haare, gebräunter Teint, Nasenstecker und ein Lächeln, das nicht mal Hauptschulreife verrät. Kurz und gut, sie ist der Typ Frau, von dem jeder Mann träumt, wenn er in einer richtig schmutzigen Laune ist. Und sie ist der Typ Frau, den ich brauche, um Katja in die Raserei zu treiben.

Ich nähere mich ihr und bemühe mich um einen federnden, selbstbewussten Gang. Der erste Eindruck ist schließlich entscheidend. Ich überprüfe noch einmal, ob mein Hemd gut sitzt. Dann hole ich ein paarmal tief Luft, um das Atmen danach erst einmal einzustellen. Ist eine gute Methode, um meine kleine Problemzone (ich spreche von dem Medizinball zwischen Gürtel und Brust) ein wenig zu kaschieren.

Die Methode hat allerdings einen Nachteil. Als ich Marianne begrüße, klingt meine Stimme wie die eines heiseren, kettenrauchenden Asthmatikers mit nur einem Lungenflügel, der sich außerdem verschluckt hat: »Hallo. Ich bin Stefan.«

Sie sieht hoch, lächelt auf eine Art, bei der andere Männer schon abgehen würden, und sagt: »Das meinst du doch nicht ernst, du Spinner.«

Und dann steht sie auch schon auf und rauscht in Richtung Ausgang.

Ich atme aus, woraufhin mein Bauch nach vorne ploppt wie ein Airbag nach einem Auffahrunfall. Wenigstens kann ich wieder ganz normal weiteratmen.

00:00 Uhr: Zu meinem fünften Date gehe ich erst gar nicht hin. Habe genug für heute. Vor allem von Frauen, die sich offenbar in Welten bewegen, von denen ich nicht einmal etwas ahne. Stattdessen fahre ich nach Hause und lege mich ins Bett. Zappe zwischen den *Sexy Sport Clips*, einem drittklassigen Horrorfilm auf *Tele 5 (Angriff der Horrorheuschrecken)* und einer Doku auf *N24* über die Wirtschaftskrise (*Angriff der Horrorheuschrecken*) hin und her.

Katja fand mein Rumgezappe übrigens immer total daneben. Sogar wenn ich nur während der Werbepause umgeschaltet habe. Sie sagte dann: »Lass doch einfach laufen. Der Film geht doch gleich weiter.«

»Aber bis es so weit ist, kann ich doch einen anderen Film gucken.«

»Aber dann weißt du doch gar nicht mehr, was gerade los war.«

»Wenn ich jetzt fünf Minuten lang Spots von Pizza Ristorante, Vanish Fleckenlöser und Brise One Touch gucke, weiß ich das doch auch nicht.«

»Dann geh halt raus in der Zeit.«

»In Ordnung.«

Ich ging ins Schlafzimmer, schaltete dort unseren zweiten Fernseher ein und zappte rum, bis sie mich aus dem Wohnzimmer rief, weil unser Film weiterging. Als ich mich wieder neben sie setzte, sagte sie: »Ich glaube, ihr Männer leidet alle unter ADS. Statt rumzuzappen, solltet ihr Ritalin nehmen.«

Wir sahen uns an und unsere Neckerei zerschmolz in einer Welle der Zuneigung. Mit meiner Honigbärenstimme sagte ich: »Bei dir werde ich nie zappen. Bist mein Lieblingsprogramm.«

Sie gab mir einen Kuss. Ich gab ihr einen Kuss. Und während der nächsten Werbeunterbrechung schaltete ich nicht herum und ging auch nicht rüber ins andere Zimmer, sondern schlief mit Katja. Nur 'nen Quickie, weil ich ja wissen wollte, wie der Film weiterging.

Oh Mann, wie ich das vermisse! Aber zum Glück ja nicht mehr für lange. Nicht mal mehr zwei Wochen. Dann ist sie wieder hier. Und wir können uns wieder zusammen die Werbepausen vertreiben.

18. Tag: Dienstag

11:23 Uhr: Sitze im Büro und denke darüber nach, ob es an mir oder am Internet liegt. Diese ganzen Fehlschläge gestern. Dabei kenne ich jede Menge Typen, die online ihr Glück gefunden haben. Tobi, ein alter Freund, zum Beispiel. Er ist ein gut aussehender Typ, der auch schon auf analogem Weg kein Problem hatte, ein Date zu kriegen. Dennoch versuchte er sein Glück im Netz und mailte einige Monate mit einer Frau, die ihn total begeisterte. Als die beiden sich das erste Mal trafen, stellte sich heraus, dass die Frau ein Mann war und auch sonst so ziemlich alles gelogen war, was sie – oder er – im Internet geschrieben hatte. Tobi wollte ihm zuerst spontan eine reinhauen, merkte dann aber, dass der Typ eigentlich ganz sympathisch war. Es dauerte noch einmal drei Monate, und Tobi war schwul geworden, heiratete den Typ aus dem Netz und ist seitdem total glücklich.

Oder Boris. Nachdem seine langjährige Beziehung zu seiner Jugendfreundin Anna in die Brüche gegangen war, meldete er sich bei allen Onlinepartnerbörsen an, die es gibt. Er schrieb täglich mindestens fünfzig Mails und traf sich wochenlang Abend für Abend mit Frauen, bis er die richtige gefunden hatte. Boris und Gudrun sind inzwischen verheiratet und haben drei Kinder, und die Tatsache, dass Boris immer noch jeden Tag Mails schreibt und sich mit Frauen aus dem Internet trifft, muss Gudrun ja nicht wissen.

Oder Fred. Er ist überhaupt der Beste von allen, wobei man dazu wissen muss, dass Fred ein kleines Problem mit Frauen hat. Liegt daran, dass er nur ungefähr einen Meter sechzig groß ist und eine Figur wie ein Zwölfjähriger hat. Fred tritt im Internet als Ein-Meter-Neunzig-Muskeltyp auf, schreibt geniale Love-Mails und hat jede Woche zwei Dates, zu denen er allerdings nie hingeht.

»Warum machst du dir dann die ganze Mühe?«, habe ich ihn gefragt.

»Warum nicht? Wie du siehst, habe ich ziemlichen Erfolg damit«, antwortete er mir mit seiner hohen Piepsstimme.

»Aber du triffst die Frauen doch nie.«

»Stimmt. Aber ich *könnte*. Und das gibt mir ein verdammt gutes Gefühl.«

Alle anderen haben also Erfolg im Internet. Nur ich nicht. Sollte vielleicht mein Profil doch ein wenig präzisieren. Und ich sollte mir die Identitäten meiner Verabredungen genauer ansehen.

18:37 Uhr: Versuche es einfach doch wieder mit einer klassischen Methode: Sport. Bin also wieder im Park, aber diesmal habe ich weder Joggingschuhe an noch Walkingstöcke in den Händen. Nein, heute habe ich Rollen unter den Füßen, mit denen ich fast so elegant wirke wie ein Eiskunstläufer. Sagen wir, wie ein Hund auf dem Eis.

Katja hatte mir die Blades geschenkt, und einen Kurs gab's gleich dazu. Wobei die erste Unterrichtsstunde auch meine letzte war. Auf dem Programm stand *Hinfallen*. Als ich zu dem Trainer meinte, dass ich das von ganz allein könnte, sagte er nur trocken: »Weiß ich. Aber hier geht's ums *richtig* Hinfallen.«

Daraufhin machte er eine Art Hechtsprung nach vorne und landete dank der Schutzausrüstung elegant und schmerzfrei auf dem Asphalt. »Und jetzt Sie.«

Ich machte einen entschlossenen Gesichtsausdruck, ging dann in die Hocke, in den Vierfüßlerstand und legte mich schließlich ganz vorsichtig der Länge nach auf die Straße. »Geschafft«, sagte ich.

»Sie sollen sich nicht hinlegen wie ein Grizzly vor dem Winterschlaf, sondern hinschmeißen wie ein Fußballer im Strafraum.«

Also gut, dann mache ich halt die Schwalbe, dachte ich. Und flog. Und landete. Und stöhnte. Weil ich mir ganz zufällig den Arm gebrochen hatte.

Jetzt habe ich die Blades eben doch wieder aus dem Keller geholt, wo sie seit jenem Tag vor vier Jahren lagen. Um Sport oder Abnehmen geht es mir dabei allerdings nicht. In den knapp zwei Wochen, die mir bleiben, bis ich Katja wiedersehe, werde ich sowieso nicht zum Fitnessgott. Und schlank vermutlich auch nicht. Aber Sport ist nun einmal die beste Methode, um jemanden kennenzulernen. Hoffe ich jedenfalls.

Darum blade ich mit der Geschwindigkeit eines Rentners am Rollator durch den Park und suche nach einer Bladerin, die Lust hat, neben mir zu rollen. Kurz darauf entdecke ich auch schon eine Kandidatin. Sie kommt mir entgegen, allerdings nicht langsam und bedächtig wie ich, sondern eher mit der Geschwindigkeit einer Kawasaki. Unsere Begegnung wird kurz ausfallen. Sehr kurz. Es sei denn …

Ich tue das Einzige, was ich kann. Mich hinschmeißen. Obwohl ich das ja eigentlich auch nicht kann.

Eine Sekunde später liege ich quer über dem asphaltierten Weg wie eine Bodenwelle in einer Dreißigerzone. Sie macht eine elegante Schwungbremse, zieht sich die Stöpsel ihres iPods aus den Ohren, sieht mich besorgt an und fragt: »Hey, alles in Ordnung? Sah gefährlich aus, Ihr Stunt. Aber Respekt, Fallen können Sie.«

»Habe ich ja auch monatelang geübt«, sage ich und richte mich etwas auf.

»Kommen Sie, ich helfe Ihnen hoch«, sagt sie und streckt mir die Hand hin.

Ich will gerade einschlagen, als ich hinter mir die Geräusche laufender Schritte höre, in einem mir sehr bekannten Rhythmus. Die beiden Joggerinnen, die mir schon mal einen Strich durch die Rechnung gemacht haben! Ja, was denn? Laufen die denn den ganzen Tag hier herum, so ungefähr wie die schiitischen Sittenwächter durch die Parks von Teheran, um mir wirklich immer einen Strich durch meine Flirtrechnung zu machen?

»Achtung«, ruft die erste Joggerin mit den schmalen Hüften und den Shorts, »der Typ ist ein Aufreißer.«

»Der skatet nicht, der will nur eine Frau kennenlernen«, ruft die andere.

Die beiden schenken mir ein bitterböses Lächeln und hüpfen weiter. Ich blicke meine Retterin unsicher an. Die aber lächelt ungerührt und streckt mir immer noch die Hand hin. »Trifft sich gut. Ich bin nämlich auch nur hier, um einen

Mann kennenzulernen. Bladen finde ich eigentlich total bescheuert. Hallo, ich heiße Sabine.«

Eine halbe Stunde später sitze ich mit Sabine im Biergarten und fühle mich rundum wohl. Allerdings nicht, weil ich meinem Ziel wirklich nähergekommen wäre. Sabine ist dreiunddreißig Jahre alt, attraktiv und echt nett. Aber mein Typ ist sie leider nicht. Trotzdem unterhalten wir uns gut, und das ist ja auch schon mal was. Vor allem ist es besser, als auf Rollschuhen durch den Park zu eiern.

Dass es mit uns nicht klappt, liegt übrigens daran, dass Sabine Bladen zwar wirklich nicht mag, sie ansonsten aber ein Sportmaniac ist und nur auf Männer steht, die ihr Leben mit der Jagd nach körperlichen Höchstleistungen verbringen. Ihr letzter Freund war Triathlet, der davor Leistungsschwimmer und der davor Radrennfahrer.

»Und woran ist es gescheitert?«, erkundige ich mich.

»Ich weiß nicht genau. Vielleicht daran, dass mir Sport auf Dauer doch zu langweilig ist?«

»Aber ich dachte, genau das suchst du?«

»Ja, tue ich auch. Aber will man wirklich immer das finden, wonach man sucht?«

Ich will jetzt nicht behaupten, dass ich ihre Antwort wirklich verstanden habe, aber sie hat mich nachdenklich gemacht. Kommt mir vor wie ein Rätsel, das ich bei Gelegenheit mal knacken muss. Aber eben nicht heute und nicht mit ihr. Weil mir dazu leider die Zeit fehlt.

22:35 Uhr: Rufe Andy an und erzähle ihm von den ganzen Reinfällen gestern und heute. Er verspricht mir, sich etwas einfallen zu lassen. Ich soll mir morgen Abend freihalten.

»Danke, Andy.«

»Kein Problem, Alter. Dafür bin ich ja dein Datedoktor.«

Dann will er wissen, was aus dem Porsche geworden ist.

»Ich habe ihn immer noch. Hab mich nicht getraut, ihn zurückzubringen.«

»Und was sagt der Händler dazu?«

»Keine Ahnung. Ich habe nicht mit ihm gesprochen.«

19. Tag: Mittwoch

20:03 Uhr: Ein Blind Date zu haben, ist an sich schon nicht so einfach, denn du kannst alles Mögliche falsch machen: die falsche Begrüßung, die falsche Location, das falsche Deo, das falsche Outfit. Aber es ist immer noch ein Spaziergang im Vergleich zu dem, was ich vor mir habe.

Meine Verabredung heißt Lucy, ist siebenundzwanzig Jahre alt, hat Möpse wie ein Topmodel, eine Zahnlücke wie ein Eishockeyspieler und ein Lächeln wie ein Engel. Andy hat das Treffen arrangiert. Wenn ich es richtig verstanden habe, war Lucy mal hinter ihm her, hatte aber keine Chance, weil Andy Zahnlücken abturnend findet.

Ich betrete das Lokal, in dem das Date stattfinden soll. Alles ist eigentlich wie immer – bis auf ein kleines, aber entscheidendes Detail. In meinem Ohr steckt ein kaum sichtbares Headset, das mit meinem Handy in der Tasche verbunden ist. Über das höre ich Andys Stimme. Er hockt vor dem Lokal in seinem Wagen und ich bin sozusagen sein ferngesteuerter Gigolo. Da er Erfolg bei Frauen hat, muss ich logischerweise dadurch auch Erfolg bei Frauen haben. Meint er.

Und? Siehst du sie schon?, fragt Andy im Flüsterton.

»Negativ«, gebe ich genauso leise zurück.

Dann such nach ihr.

»Was glaubst du, was ich mache?«, gebe ich genervt zurück, was mir die ersten argwöhnischen Blicke anderer Gäste einträgt. Andererseits sollte heutzutage doch jeder wissen: Typen, die seltsam vor sich hinbrabbeln, sind nicht unbedingt geistesgestört. Sie haben vielleicht nur ein Headset. Und, stimmt, das läuft aufs Gleiche raus.

»Ich glaube, sie ist noch nicht da«, raune ich in das kleine Sprechteil, das irgendwo versteckt unter meinem Hemdkragen baumelt.

Unsinn. Lucy ist immer pünktlich.

»Und wenn sie gar nicht kommt?«

Sie kommt hundertprozentig. Das, was ich ihr versprochen habe, lässt sie sich garantiert nicht entgehen.

»Scheiße, Andy. Was hast du ihr erzählt?«

Ich höre am anderen Ende der Leitung nur ein glucksendes Lachen.

»Mann, Andy. Was für eine blöde Tour ziehst du hier ab?!«

Entspann dich, Alter. Freu dich einfach, dass ich dir helfe.

Ich will gerade mit ein paar Schimpfwörtern antworten, als ich aus den Augenwinkeln eine Frau entdecke, die eine Art Hula-Hula-Tanz veranstaltet und in meine Richtung winkt. »Hier bin ich. Hier hinten! Du bist doch Stefan, oder? Ich bin Lucy. Ich freu mich ja so!«

»Bin gleich bei dir. Nur eine Sekunde noch«, rufe ich quer durchs Lokal. Im Flüsterton schiebe ich dann nach: »Ich habe sie gefunden.«

Sehr gut. Dann mach ab jetzt alles wie besprochen. Du sagst nichts mehr, was ich dir nicht vorher ins Ohr geflüstert habe. Verstanden?

»Klar und deutlich.«

In den folgenden zwei Stunden erlebe ich das bizarrste Date meines Lebens. Lucy und ich sitzen an einem Ecktisch, essen italienische Feinkost von A wie Amaretto bis Z wie Zabaione, trinken eisgekühlten Pinot Bianco und unterhalten uns im Schein zweier romantisch flackernder Kerzen. Unser Gespräch verläuft entspannt und angenehm, sieht man mal davon ab, dass meine Antworten immer mit ein paar Sekunden Verzögerung erfolgen, so als würden wir nicht voreinander sitzen, sondern ein Interkontinentalgespräch zwischen Europa und Timbuktu führen.

»Erzähl mir etwas über dich, Stefan. Was machst du so? Wofür interessierst du dich? Und wie kommt es, dass du so dringend eine Frau kennenlernen möchtest?«, fragt sie mich.

Ich tue so, als müsste ich lange über ihre Worte nachdenken und lausche in der Zeit auf die Worte meines Souffleurs. *Sag ihr, dass du nicht* EINE *Frau kennenlernen möchtest, sondern* SIE. *Und dass es nur deshalb dringend wäre, weil du gespürt hast, dass das Schicksal heute Abend eine besondere Begegnung für dich vorgesehen hat.*

Zugegeben, darauf wäre ich selbst nicht gekommen. »Ich möchte nicht EINE Frau kennenlernen, Lucy«, wiederhole ich und bemühe mich dabei um eine natürliche, entspannte Stimme. »Ich möchte DICH kennenlernen. Darum weiß ich, dass unser Zusammentreffen kein Zufall ist.«

Sie schaltet ihren Blick auf Schlafzimmer und sagt: »Darf ich dir was beichten: Ich wollte schon immer mal, dass ein Mann so etwas zu mir sagt.«

»Ich werde das Kompliment weitergeben.«

»Wieso weitergeben? An wen?«

Du bist ein Idiot, höre ich in der gleichen Sekunde im Ohr.

»Du bist ein … faszinierender Mensch«, sage ich und bekomme gerade noch die Kurve.

Gerettet. Kompliment.

»Danke.«

Lucy sieht mich erstaunt an. »Danke? Wofür?«

»Habe ich gerade Danke gesagt?«

»Ja, hast du.«

»Ach, nichts. Ich meine, das war, weil …«

Ich verliere den Faden und trinke nervös mein Glas Pinot in einem Zug aus. Was nicht gerade zu meiner Konzentration beiträgt.

Sag ihr, dass du ihr für den schönen Abend dankst. Und für die Gelegenheit, dass ihr beide euch kennenlernen könnt.

»Ich möchte dir für den schönen Abend danken. Und für die Gelegenheit, dass ihr beide euch kennenlernen könnt«, wiederhole ich.

»Ihr beide? Wen meinst du?« Es ist deutlich, dass Lucy anfängt, an meinem Verstand zu zweifeln.

Idiot. Lass sofort die Finger von dem Wein. Und konzentriere dich gefälligst.

»Du hast Recht. Tut mir leid.«

»Womit?«, fragt Lucy.

»Ach, vergiss es. Wenn es so warm ist wie heute, vertrage ich einfach keinen Alkohol.«

»Geht mir genauso«, sagt Lucy und ist wieder versöhnt. Wir bestellen eine große Flasche San Pellegrino und stoßen erneut auf diesen Abend an. So als wüssten wir beide, dass wir die erste Chance versaut haben, aber immer noch eine zweite haben.

»Woher kennst du eigentlich Andy?«, fragt Lucy dann. Keine verkehrte Frage, schließlich ist er derjenige, der unser Date arrangiert hat.

»Andy? Woher ich den kenne? Ach, das ist eine lange Geschichte«, gebe ich mit einem aufrichtigen Lächeln zurück.

»Dann erzähl sie mir.«

»Willst du wirklich?«, frage ich mit einem Tonfall, der so vermint ist, dass sogar Andy es am anderen Ende der Leitung kapiert. *Lass das Thema fallen, Alter. Ich spiele heute Abend keine Rolle. Es geht nur um dich und Lucy.*

»Andy hat mal eine Zeit lang bei uns in der Firma als Hausbote gearbeitet«, erkläre ich Lucy, obwohl das natürlich totaler Unsinn ist. »Aber wir mussten ihn dann leider entlassen, weil er der Aufgabe einfach nicht gewachsen war. Mental, du weißt schon. Er hat halt Probleme in der Hinsicht. Du kennst ihn ja.«

Hey, du Penner. Was erzählst du denn da? Hör sofort auf mit dem Scheiß.

»Als Hausbote?«, fragt Lucy überrascht. »Ich dachte, Andy ist selbstständig.«

»Ja, war er auch. Bevor er damals verhaftet wurde wegen … na ja, du weißt es ja bestimmt.«

Halt sofort die Klappe, du Mistkerl!

»Was denn? Andy war im Gefängnis? Das ist ja schrecklich. Und ich wollte mit ihm …«

»Andy ist halt ganz anders, als es auf den ersten Blick erscheint, und …«

Wenn du jetzt weitersprichst, sind wir geschiedene Leute, Stefan. Was soll das überhaupt? Ich will dir helfen und so dankst du es mir? Los, bieg das sofort wieder gerade!

»Stefan? Erzähl doch weiter. Also, was war da mit Andy?«, fragt Lucy.

»Ach, gar nichts, vergiss es. Ich habe ihn verwechselt. Andy war gar nicht im Knast. Er ist echt ein total klasse Typ.«

Danke.

»Ja, das glauben viele«, sagt Lucy nachdenklich. »Soll ich dir sagen, was ich über ihn denke?«

»Nein, Lucy, das möchte ich nicht wissen. Wirklich nicht.«

»Ach, komm. Er hört es doch nicht. Ich finde, dass Andy ein ziemlicher Aufschneider ist. Ich kann auch gar nicht verstehen, warum so viele Frauen auf ihn stehen. Er ist dieser typische Macho, der nur auf Eroberungen aus ist. Aber er bleibt nie länger als eine Woche bei einer Frau, und weißt du auch, warum? Weil er genau weiß, dass sie sonst merken würde, wie wenig hinter der ansprechenden Fassade steckt. Nämlich gar nichts.«

»Ach, das kann man so doch wirklich nicht sagen.«

»Oh doch, kann man.«

»Tut mir leid. Das habe ich nicht gewollt. Wirklich nicht«, murmele ich, mehr zu meinem Hemdkragen als zu Lucy.

Lucy sieht mich überrascht an. »Wieso nicht gewollt? Und leidtun muss es dir auch nicht. Man kann sich seine Freunde ja schließlich nicht aussuchen, nicht wahr? Aber ich finde es toll, dass du Andy so in Schutz nimmst.«

Dieses verlogene Luder! Das werde ich ihr heimzahlen. Das gelobe ich feierlich.

»Ach, stell dich nicht so an.«

»Wie bitte?«

»Nichts.«

Auf einmal sieht Lucy mich an wie Miss Marple, die gerade entdeckt hat, wer der Mörder ist. Bevor ich mich rühren kann, grapscht sie auch schon über den Tisch, wuselt mir in den Haaren herum und reißt mir das gut verborgene Headset aus dem Ohr. »Hallo? Ist da jemand dran?«, schreit sie in das winzige Sprechteil.

Hallo? Stefan? Was ist los bei dir? Ist die Kleine renitent? Bestell noch einen Wein und schenk ihr ordentlich ein. Das funktioniert immer.

»Oh ja«, keift Lucy. »*Das funktioniert immer!* Und wenn man euch perversen Arschlöchern die Polizei auf den Hals hetzt, funktioniert das auch.«

Sie knallt ihre Serviette auf ihren nicht einmal halbleer gegessenen Teller, greift mit einer energischen Bewegung nach ihrem Weinglas und schüttet mir den guten Pinot mitten ins Gesicht.

Dann stürmt sie aus dem Lokal, gefolgt von den Blicken der anderen Gäste.

Als sie verschwunden ist, schauen mich dieselben Gäste dermaßen vorwurfsvoll an, dass ich eine Lynchszene nicht ausschließen möchte.

Was ist los, Alter? Was ist passiert? Ist es schiefgegangen?

Ich schiebe mir ein dickes Stück Pizza Quattro Stagione in den Mund, nehme einen tiefen Schluck Wein direkt aus der Flasche und sage schmatzend ins Mikro: »Alles läuft bestens, Andy. Du kannst übrigens reinkommen. Lucy ist weg. Und das, obwohl wir noch nicht einmal den Hauptgang hatten. Datedoktor ist vielleicht doch nicht der ideale Job für dich. Ich mache es doch lieber auf meine Art.«

20. Tag: Donnerstag

Morgens: Könnte ungeschminkt bei den Dreharbeiten eines Vampirfilms mitmachen. Sehe aus wie der uneheliche Sohn von Nosferatu und Morticia, dieser Schwarzhaarigen aus der Addams Family.

Nachdem ich gestern Nacht wieder mal nicht schlafen konnte, wusste ich, dass ich etwas unternehmen muss. Habe bis zum frühen Morgen alte Poesiealben, Briefe und die Abschlusszeitung der Schule durchgearbeitet. Ergebnis: eine Liste mit allen Mitschülerinnen, mit denen ich mal zusammen oder in die ich verliebt war. Dann ist die Entscheidung gefallen: Melina wird die Frau sein, die das Rennen macht.

Melina und ich waren als Schüler nicht nur einmal zusammen, sondern ungefähr zehnmal. Wir mochten uns, scheiterten aber immer wieder daran, dass wir viel zu unterschiedlich waren. Also trennten wir uns, um es keine drei Monate später noch einmal zu versuchen.

Inzwischen sind nicht drei Monate, sondern zwanzig Jahre seit der letzten Trennung vergangen. Aber prinzipiell hat sich nichts geändert, finde ich. Habe darum Melina vorhin angerufen und sie war sofort mit einem Treffen einverstanden. Sie schlug mir vor, heute Abend bei ihr vorbeizukommen.

19:35 Uhr: Melina empfängt mich an der Haustür und ich bin schon im ersten Moment überwältigt. Sie müsste jetzt auch siebenunddreißig Jahre alt sein, sieht aber noch genauso aus wie früher, zumindest wenn man sie mal kurz überbügeln, stärken und die dunklen Ringe unter ihren Augen wegretuschieren würde.

»Stefan!«, begrüßt sie mich überschwänglich. »Du bist doch Stefan, oder? Wow, du hast dich ja gar nicht verändert, obwohl ich mir nicht sicher bin, ob ich dich auf der Straße erkannt hätte. Du bist irgendwie … mehr geworden.«

»Und mehr ist besser als gut, oder?«, kontere ich gut gelaunt.

Sie sieht mich an, lacht und presst dann die Lippen zusammen, wie sie das früher auch schon immer gemacht hat. Und dann passiert's, ich steige in Gedanken in eine Zeitmaschine und reise in die Zeit vor über zwanzig Jahren. Ich, Stefan Trautmann, genannt Trauti, bin fünfzehn Jahre alt und stehe hinten auf dem Schulhof in der Mofa-Ecke. Ich lehne mich an die Mauer, rauche eine Camel und versuche so gefährlich, verrucht und wild auszusehen wie ein Juniormitglied der Hells Angels. Plötzlich höre ich Schritte hinter mir, und ich weiß sofort, was mir bevorsteht.

»Hey, Trauti. Gib mir mal 'ne Kippe. Ne, ist gut, ich behalt gleich die ganze Packung.«

Jörg Gerber. Er hat an unserer Schule dieselbe Rolle gespielt wie *Der Schrecken aus dem Amazonas* in dem Fünziger-jahre-Horrorstreifen. Man weiß nie, wo und wann er auftaucht, aber wenn es passiert, ist hinterher jemand tot. »Mann, Gerber, lass mich in Ruhe. Und gib mir meine Zigaretten wieder.«

»Erstens bin ich für dich immer noch *Herr* Gerber, zweitens sind das meine Kippen, und drittens sieh dir mal meine Schuhe an. Höchste Zeit, dass sie mal wieder geputzt werden.«

»Vergiss es, Vollidiot.«

»Wie bitte?«

Dieses *Wie bitte?* habe ich noch gut im Ohr, weil es immer direkt danach etwas auf die Ohren gab. Gerber brauchte an jenem Tag keine drei Minuten, um mich weichzuklopfen. Ich will mich darum gerade vor ihn knien, um seine Stiefel auf Hochglanz zu polieren, als ich den Sound eines mir wohlbekannten Mofas höre. Melina. Sie hält mit quietschenden Bremsen ein paar Meter entfernt, und ich weiß, dass sich in dieser Sekunde entscheiden wird, ob ich für den Rest meiner Schulzeit Sklave oder Herr sein werde.

Zum Glück habe ich sämtliche Folgen von *Kung Fu* mit David Carradine gesehen und mir einzelne Kampftechniken angeeignet. Statt Gerbers Schuhwerk zu pflegen, packe ich darum seinen Unterschenkel und setze den Shaolin-Kniehebel an. Gerber schreit auf, ich springe auf die Füße, schubse ihn gegen die parkenden Mofas und sage: »Wenn du noch einmal eine Zigarette von mir haben möchtest, Gerber, dann sagst du gefälligst *Bitte*. Haben wir uns verstanden?«

Ich drehe mich um, nehme Melina in den Arm und gebe ihr einen der besten Zungenküsse meines Lebens.

Was danach passierte, weiß ich nicht mehr so genau, weil ich zwei Wochen mit Gehirnerschütterung und Gedächtnisausfall im Krankenhaus lag. Als ich wieder zur Schule gehen konnte, war Gerber bereits irgendwo in Südeuropa untergetaucht, um dem Jugendknast zu entgehen. Ich habe das restliche Schuljahr dennoch mit dem Gefühl verbracht, als würde ich auf einem Expeditionsschiff auf dem Amazonas leben.

Und jetzt, zweiundzwanzig Jahre später, sehe ich Melina an und könnte auf der Stelle dort weitermachen, wo wir damals aufgehört haben – bei unserem Kuss.

Melina bemerkt meinen Blick, lächelt irritiert und sagt: »Warum kommst du nicht rein, Trauti? Wir setzen uns in die Küche und ich mache uns einen Kaffee.«

»Gerne. Ich freue mich echt total, dass wir uns nach so langer Zeit endlich mal wiedersehen.«

Wir setzen uns an ihren Ikea-Küchentisch und während die Kaffeemaschine vor sich hin röchelt, versuche ich bei ihr dieselben alten Gefühle zu wecken, die ich empfinde. »Erinnerst du dich noch an unseren Lieblingsplatz, Melina?«

»Du meinst hinten auf dem Schulhof, wo Jörg dir auf die Fresse gehauen hat?«

»Nein, ich meine die alte Ruine, wo wir uns unser Nest eingerichtet haben.«

Sie sieht mich kopfschüttelnd an. »Welche alte Ruine, Stefan? Muss ich total vergessen haben.«

Ich sehe sie überrascht an. Kann ein Mädchen so etwas wirklich aus ihrem Gedächtnis streichen? Dabei dachte ich immer, das erste Mal – und sie hat behauptet, dass es das für sie gewesen wäre – sei auf ewig in ihre Festplatte gebrannt. Von wegen, *the first cut is the deepest.*

Aber was soll's, ich bin nicht hier, um kleinlich zu sein. Ich rücke meinen Küchenstuhl ein wenig näher an sie heran, sehe ihr tief in die Augen (doch!) und sage: »Ich finde, wir sollten die letzten zwanzig Jahre einfach als eine Art Pause betrachten und da weitermachen, wo wir damals aufgehört haben.«

»Ach, Trauti«, sagt Melina seufzend.

»Heißt das, du bist einverstanden?« Ohne ihre Antwort abzuwarten, schließe ich die Augen, beuge mich nach vorne und will ihr einen Kuss auf die Lippen drücken. Melina lacht, stößt mich sanft zurück und sagt: »Eeeh … Stefan, sag mal … hast du eigentlich was an den Augen, oder so? Guck dich doch mal um.«

Ich öffne die Augen und komme ihrer Aufforderung nach. Und dann passiert etwas ziemlich Seltsames. Ungefähr so wie bei CSI – *Den Tätern auf der Spur*, wenn die Kamera eine Schussfahrt in die Nasenhöhle einer Leiche macht, nur umgekehrt. Die Kamera macht eine Schussfahrt zurück, und das Panorama, das ich sehe, wird immer größer. Angefangen von Melinas verführerischen Lippen sehe ich auf einmal ihr ganzes Gesicht, ihren Körper, den Tisch, an dem wir sitzen, die Essecke – und schließlich die ganze Küche. Und dann stelle ich fest, dass wir gar nicht alleine sind. Mit uns in der Küche ist ein ungefähr ein Jahr alter Säugling, der auf dem Boden herumkriecht und vor sich hin brabbelt. Im Nebenraum, zu dem die Tür offen steht, sitzt Melinas Ehemann vor dem Fernseher, und oben im ersten Stock höre ich ihre beiden älteren Kinder, die an der Playstation spielen. Außerdem läuft im Keller eine Waschmaschine mit Babysachen, während nebenan im Bügelraum Tonnen von anderer Kleidung sind, um die sich Melina kümmern muss, jetzt mal abgesehen von dem ganzen dreckigen Geschirr im Waschbecken. Weil sie zufällig eine verheiratete, dreifache Mutter ist, die außerdem wieder schwanger ist und auch sonst nicht weiß, wo ihr der Kopf steht.

Ich sehe Melina betroffen an. Sie zuckt mit den Schultern

und sagt: »Ich nehme es wirklich als Kompliment, dass du dich für mich interessierst.«

In diesem Augenblick wird die Küchentür aufgerissen und Melinas tätowierter Ehemann kommt herein. Ohne mich anzusehen, geht er an den Kühlschrank, holt sich eine Dose Bier heraus und fragt Melina: »Habe ich dir erlaubt, Besuch zu empfangen? Wer ist das überhaupt?«

»Kennst du nicht, Schatz. Und jetzt geh bloß wieder rüber.«

»Wie bitte?«, fragt der Mann und sieht mich nachdenklich an.

Melina gibt mir mit einer Handbewegung zu verstehen, dass ich lieber Leine ziehen sollte. Hätte ich auch so gemacht.

21. Tag: Freitag

7:25 Uhr: Einhundertzwei Kilo. Wird Fettabsaugen eigentlich von der Kasse bezahlt? Ist ja nicht so, dass Schönheits-OPs ein reines Frauenthema wären. Ich kenne ein paar Typen, die sich freiwillig unters Messer gelegt haben und zufrieden damit sind. Tom zum Beispiel, der Schwager von Bernd, hat sich die Halspartie machen lassen, was wir alle gut verstehen konnten. Der arme Kerl hatte vorher ein Vierfach-Kinn, und das ist nach dem Eingriff zu fünfzig Prozent korrigiert.

Oder Gregor, der in einem echten Old-School-Bodybuilding-Studio trainiert, in dem es nach Eisen, Schweiß und kleinen Hoden riecht. Die anderen Jungs haben sich immer über ihn lustig gemacht, weil er auch nach vier Jahren Training immer noch Waden wie Kate Moss und einen Gluteus Maximus – sprich Hintern – wie Gandhi hatte. Gregor redete mit einem Arzt, der eigentlich für Brustvergrößerungen bekannt ist, und der meinte, dass das kein Problem wäre. Gregor ließ es machen und trainiert seitdem stolz im Tanga. Dass die Jungs im Studio immer noch über ihn lachen und sich wünschen, er hätte am Bizeps Nippel und am Hintern ein Dekolleté, überhört er einfach.

Aber was mache ich mir eigentlich für blöde Gedanken? Ich bin zwar ein wenig zu schwer. Aber so schlimm ist es auch wieder nicht. Ein wenig Sport und ein wenig Diät, und ich kriege die Sache schon in den Griff. Aber eine OP wäre nun wirklich übertrieben.

9:47 Uhr: Gerade im Büro angekommen, verziehe ich mich erst einmal in die Küche, um einen Kaffee zu trinken. Treffe dort zu meiner Überraschung auf Gabriel, meinen Chef, der mich mit den Worten begrüßt: »Guten Tag, Herr Trautmann. Ich habe auf Sie gewartet.«

»Hier? In der Küche?«

»Man sagte mir, dass Sie hier am zuverlässigsten anzutreffen sind.«

»Na schön. Worum geht's?«

»Trinken Sie erst mal einen Kaffee. Und dann sprechen wir ein wenig über Ihre Zukunft in unserer Firma.« Er grinst dabei wie ein ausgehungerter Piranha, und mir ist klar, dass meine Zukunft hier eher eine Vergangenheit sein wird. Aber das ist mir egal. Wenn ich schon meine Freundin verloren habe, kann ich genauso gut auch meinen Job verlieren. Ich werde es überleben.

12:01 Uhr: Habe erstaunlicherweise immer noch meinen Job. Der Piranha hat nicht zugebissen. Ehrlichkeit zahlt sich eben doch aus. Als Gabriel vorhin dazu ansetzen wollte, mit mir Origami zu spielen, sprich mich nach allen Regeln der Kunst zusammenzufalten, habe ich ihm einfach von der Sache mit Katja erzählt. Und dass mein Leben seitdem so aussieht wie eine der Wohnungen, die er so gerne vermietet.

Meine Offenbarung hatte eine erstaunliche Wirkung. Gabriel entschuldigte sich kurz und kam kurz darauf mit einer Flasche Cognac zurück, die er in seinem Schreibtisch deponiert hatte. Er schloss die Küchentür ab, zog seine Krawatte auf Halbmast, schenkte uns beiden zwei Kaffeetassen mit Rémy Martin voll und sagte: »Das habe ich natürlich nicht gewusst, Trautmann. Tut mir leid zu hören.«

Ich winkte ab. »Halb so wild. Ich arbeite hart daran, die Dinge wieder geradezurücken. Und ich bin mir ganz sicher, dass mir das gelingen wird.«

»Ach ja? Und was genau haben Sie vor?«

Gabriels plötzliches Interesse an meinem Privatleben erstaunte mich natürlich. Genauso wie die Tatsache, dass er sich inzwischen den dritten Cognac eingeschenkt hatte und mir mit eindeutigen Gesten zu verstehen gab, dass ich mithalten sollte. Und das, obwohl es gerade erst Vormittag war. Dann lüftete er das Geheimnis und ich erfuhr, dass es meinem Chef genauso geht wie mir. Auch er ist gerade verlassen worden, allerdings nicht von seiner Ehefrau und auch nicht von seiner Freundin. Sondern von seiner Geliebten. Viel wollte er mir nicht über sie verraten, aber immerhin erfuhr ich, dass er seit fast zwei Jahren ein Verhältnis mit ihr gehabt hat und sie eine Kollegin von uns ist. Wer genau, wollte er mir nicht verraten. Aber es war mehr als deutlich, dass ihn die Geschichte reichlich mitnimmt. Am Ende sagte er zu mir: »Ich kann verdammt gut verstehen, was Sie gerade durchmachen, Trautmann. Kopf hoch. Und machen Sie sich keine Sorgen wegen Ihrer Abschlussquote. Das kriegen wir schon hin.«

Der Rest des Tages: Verbringe mehrere Stunden mit einer mathematischen Fragestellung. Es gibt vier Milliarden Frauen auf der Welt. Wie finde ich die eine, in die ich mich verlieben kann?

Gut, die große Zahl täuscht ein wenig. Ich muss noch die abziehen, die zu jung, zu alt oder zu weit weg sind. Oder die die falsche Haarfarbe haben. Aber dann bleiben immer noch genug übrig, bei denen es klappen könnte.

Das Problem ist bloß, dass ich einfach nicht genug Zeit habe, sie alle nacheinander auszuprobieren. Darum muss ich sie möglichst gleichzeitig treffen. Aber wie? Bespreche diesen Punkt mit Andy, und der meint, dass das kein Problem wäre. Er hätte da eine sehr gute Idee.

22. Tag: Samstag

11:45 Uhr: Liege noch im Bett, als das Telefon klingelt. »Ja? Trautmann?«

»Hallo, Stefan.«

Mein Puls beschleunigt von null auf zweihundert in einer Sekunde, meine Schweißdrüsen werden zu Geysiren und mein Unterbewusstsein macht sich bereit, im Falle einer Ohnmacht die wichtigsten Vitalfunktionen zu übernehmen. Katja. Ja, sie ist es wirklich. Kein Zweifel. Sie hat mich angerufen!

»Stefan? Alles in Ordnung?«

»Doch, doch … es ist nur … es ist verdammt schön, deine Stimme zu hören«, sage ich stammelnd. Die Tatsache, dass sie mich anruft, kann ja nur eines bedeuten: Sie hat es sich überlegt. Sie ist bereit, zu mir zurückzukehren! *Hier ist die deutsche Lotto-Gesellschaft. Wir rufen an, um Sie darüber zu informieren, dass Sie den Jackpot geknackt haben. Einer unserer Mitarbeiter wird Sie in den nächsten Tagen aufsuchen und die Details besprechen. Dennoch raten wir Ihnen dringend dazu, keine vorschnellen Entscheidungen zu treffen und zum Beispiel Ihre Arbeitsstelle zu kündigen, Ihre Frau zu verlassen oder mit Ihrem Telefonanschluss zur Telekom zurückzukehren.*

»… und darum möchte ich, dass du damit aufhörst«, beendet sie einen längeren Monolog, bei dem ich nicht wirklich zugehört habe.

»Was? Womit aufhören? Entschuldige, Katja, ich war gerade in Gedanken und hab's nicht so richtig mitbekommen.«

»Du sollst aufhören, in der Mittagspause drüben auf der anderen Straßenseite vor der Firma zu stehen. Glaub nicht, ich hätte dich nicht gesehen. Meine Kollegen tuscheln schon und einige wollen sogar schon die Polizei alarmieren.«

Gut nur, dass wir nicht skypen und sie mich womöglich auf einem Bildschirm sehen könnte. Denn dann wüsste sie, dass ich gerade eine Gesichtsfarbe wie ein sonnenverbrannter Mallorca-Tourist nach dem ersten Tag am Strand habe: rot. Sehr rot. Leuchtend rot. Weil sie leider Recht hat. Ich bin wirklich in der Nähe ihrer Firma gewesen und habe die Gelegenheit genutzt, um hinter einer Laterne stehend den Beginn ihrer Mittagspause abzuwarten. Und das nur, um sie einfach zu sehen. Aber es war doch mehr oder weniger Zufall! Nichts, wofür sie mir wirklich einen Vorwurf machen könnte. Schon gar nicht in einem Tonfall, als wäre ich ein gottverdammter Stalker. »Aber das war doch nur einmal, Katja. Und da bin ich wirklich nur zufällig vorbeigekommen und …«

»STEFAN! Es war nicht einmal. Du stehst mehr oder weniger jeden Tag dort drüben. Und das geht einfach nicht. Verstehen wir uns?« *Hier ist noch einmal die Lotto-Gesellschaft. Es ist uns leider ein kleiner Fehler unterlaufen. Sie sind leider doch nicht der Gewinner. Ach, Sie sind schon aus dem Fenster gesprungen? Das tut uns jetzt aber leid …* Natürlich hat sie Recht. Es war nicht nur einmal. Es war eigentlich immer. Jeden Tag. Wenn auch nicht ganz. Ab und zu war ich ja auch mal mit Birgit essen oder hatte einen Termin. Aber an den anderen Tagen habe ich hinter der Laterne gestanden und sie beobachtet. Und es hat mich jeden Tag förmlich zerrissen. Weil es nun einmal keinen schöneren Anblick gibt als sie. Sie und ein frisch gegrilltes Fünfhundert-Gramm-Steak mit saftigem Fettrand.

»Tut mir leid. Es kommt nicht wieder vor«, sage ich kleinlaut.

Eine Weile schweigen wir beide in den Hörer. Auf keiner Beerdigung könnte die Stimmung düsterer sein als in diesen Sekunden. »Also gut, Schwamm drüber«, sagt sie dann. »Sehen wir uns nächste Woche auf der Hochzeit?«

»Klar sehen wir uns. Ist ja fest vereinbart. Ich freu mich schon drauf.«

12:03 Uhr: Aaaaaaaaaargh!

17:43 Uhr: Habe den Tag mit Essen verbracht. Ich weiß, dass ich das nicht tun sollte, aber es ist seelische Notwehr.

19:42 Uhr: Andy holt mich zu Hause ab, um mir die Antwort auf die Vier-Milliarden-Frauen-Frage zu präsentieren. »Es ist alles eine Frage der Geschwindigkeit, Alter. Willst du viele Frauen treffen, kannst du dir für jede einzelne halt nicht so viel Zeit nehmen.«

»Speeddating?«, frage ich nur.

»Exakt.«

»Und du meinst, das funktioniert?«

»Klar. Vor allem, wenn man es eilig hat.«

Seine Zuversicht ist beeindruckend, auch weil sie total

unbegründet ist. Mich zum Speeddating zu schicken ist ungefähr so, als würde man eine Schildkröte beim Galopprennen antreten lassen. Andererseits: Man hat schon Pferde kotzen sehen.

Auf dem Weg erzähle ich ihm von dem Gespräch mit Katja, und dass sie nicht gerade nett war (wobei ich den Grund für ihre Vorwürfe verschweige). Andy macht eine wegwerfende Handbewegung. »Ist doch egal. Hauptsache, du lässt dich nicht irritieren.«

»Ich bin aber irritiert.«

»Du darfst jetzt nicht locker lassen, Alter! Du schwenkst gerade in die Zielgerade ein, hörst du?! Du musst jetzt am Ball bleiben.«

»Hast Recht, Andy.«

»Na siehst du.«

20:09 Uhr: Bis vor kurzem dachte ich bei *Speed* an den Film mit Keanu Reeves und Sandra Bullock, und bestimmt nicht an Rendezvous. Jetzt weiß ich, dass das ein Fehler war. Speeddating ist nämlich die praktischste Art, die richtige Frau kennenzulernen, wenn man eigentlich keine Zeit dazu hat.

Andy stellt den Wagen mitten im Parkverbot vor dem Lokal ab, in dem die Veranstaltung stattfinden soll. Angeblich hat er ausgerechnet, dass es wegen der hohen Benzinkosten billiger sei, gelegentlich ein Ticket zu bezahlen, als zu viel Sprit beim Parkplatzsuchen zu vergeuden. Das *Soho's* ist ein In-Lokal, das sich mit euroasiatischer Fusionsküche einen Namen gemacht hat. Als wir reingehen, ist es schon gut gefüllt. Die Männer tragen helle Anzüge oder Hemden mit Stehkragen, die Frauen stecken in luftigen Sommerkleidern und haben dezentes Make-up aufgetragen. Es riecht nach Parfum und nach exotischem Essen, die Gespräche klingen entspannt, die Laune ist bestens. Die ganze Szenerie kommt mir vor, als würde hier gerade ein Werbespot für Raffaello gedreht, dieser schokoladelosen Schokoladenpraline, die so leicht ist, dass sie einem glatt vom Teller fliegen könnte.

Eine Mitarbeiterin der Dating-Agentur, die Diana heißt, begrüßt uns mit Handschlag. Dann geht sie voran in einen Nebenraum des Lokals. Zwölf Leute sind schon da, sieben Frauen und fünf Männer. Das Licht ist gedämpft. Überall flackern Kerzen und in der Luft wabert ein Hauch Lavendelaroma, der wohl von einem verborgenen Duftbäumchen stammt.

Andy und ich setzen uns, und bevor es losgeht, erklärt Diana uns die Spielregeln. »Liebe Freunde, ihr seid jetzt komplett und mir bleibt nichts anderes, als euch einen wunderschönen Abend zu wünschen. Ihr habt jeweils sieben Minuten miteinander. Wenn ihr die Glocke hört, rutschen die Herren bitte einen Platz nach rechts, während die Damen sitzen bleiben. Zwischendurch habt ihr jeweils ein paar Minuten Zeit für den Bewertungsbogen. Also, viel Spaß. Und denkt dran: *Nur die Liebe zählt*!«

Andy und ich wechseln einen letzten Blick wie zwei Formel-1-Piloten, die gemeinsam vorne an der Poleposition stehen und ungeduldig ihr Gaspedal durchdrücken. Die nächsten zwei Stunden werden rasant. Bin gespannt, wer als Erster durch die Ziellinie rauschen wird.

1. Sie heißt Susanne, ist zweiunddreißig Jahre alt und ungefähr so amüsant wie die »Tagesschau«. Sie trägt eine cremefarbene Bluse mit einer Perlenkette darüber, und es überrascht mich überhaupt nicht, dass sie Bankerin ist. Sie sieht mich an, als wäre sie eine Kunstsachverständige und ich ein mit Wasserfarben und Kugelschreiber gefälschter Picasso. »Hast du ein Ernährungsproblem, oder so? Ich verstehe gar nicht, warum sie uns gematcht haben. Ich habe doch im Fragebogen ausdrücklich *sportlich* angekreuzt.«

»Und ich *charaktervoll* und *sensibel.*«

Statt zu antworten, guckt sie zur Seite. Ich genauso. Die Paare um uns herum plaudern angeregt miteinander und tauschen die üblichen Informationen über Hobbys, Reiseziele, Lieblingsbands und Lieblingsfernsehserien aus.

2. Martina ist eine hübsche Mittdreißigerin, deren Lächeln hinreißend ist. Ich nehme mir fest vor, mir dieses Mal mehr Mühe zu geben. Ich will gerade mit einem freundlichen Intro beginnen, als sie mir zuvorkommt: »Das ist das dritte Mal, dass ich bei so einer Veranstaltung mitmache. Bisher hatte ich immer Pech, aber heute spüre ich ganz deutlich, dass ich den richtigen Mann kennenlernen werde. Ich meine, kennst du das, wenn man so eine Vorahnung hat? Meine Mutter meint, dass ich das zweite Gesicht habe, weil ich ab und zu Dinge vorher weiß, die dann hinterher gar nicht passieren. Ich habe das beim letzten Dinner vor zwei Wochen einem Mann erzählt, der hieß Rainer. Ein total netter Typ, aber auch still. Seine Schwingungen waren echt irre. Das Wichtigste ist doch, dass man sich auf einer Astralebene versteht. Man muss zu dem anderen dieses Gefühl der Harmonie von Yin und Yang haben. Das ist chinesisch und total weise, finde ich. Bei dir habe ich ein gutes Gefühl, du, wirklich ein ganz gutes

Gefühl. Du kriegst auf jeden Fall ein *Ja* auf dem Bewertungszettel, weil ich es total schön fände, wenn wir uns wiedersehen. Wie heißt du nochmal?«

»Stefan.«

»Schön, Stefan. Sehr, sehr schön.«

3. Viola ist eine arbeitslose Schauspielerin, die sich mit einem Job in einem Callcenter über Wasser hält. »Ganz schön anstrengend, der Job. Aber gut bezahlt«, erklärt sie mir.

»Inbound oder Outbound?«, frage ich sie. »Ich meine, musst du was verkaufen? Oder sitzt du an so einer Infohotline, um blöde Fragen zu beantworten?«

»Inbound.«

»Ich stelle es mir ätzend vor, den ganzen Tag zu reden.«

»Muss ich ja nicht. Ab und zu kann ich auch stöhnen.«

Ich sehe sie fragend an. Sie lächelt verschmitzt.

»Meinen wir gerade dasselbe?« frage ich.

»Vermutlich schon. Vielleicht kennen wir uns ja vom Telefon?«

Ich muss lachen und weiß, dass sie mir gefällt. »Tut mir leid. Erstens kommt mir deine Stimme nicht bekannt vor. Und zweitens habe ich bei der Sorte Hotline noch nie angerufen.«

Das ist nicht gelogen. Ich sehe mir nachts zwar stundenlang die Werbung für die ganzen geilen Studentinnen, die scharfen Hausfrauen und die willigen Luder an, die am anderen Ende ihrer 0900-Nummer nur darauf warten, von mir beim Sex belauscht zu werden. Aber angerufen habe ich nie. »Ist das nicht total anstrengend, sich die ganze Zeit mit irgendwelchen notgeilen Idioten abzugeben?«, frage ich.

Sie schüttelt den Kopf. »Nein, gar nicht. Und es ist ein gutes Training für meine Schauspielerei. Ich trete ja nicht als ich selbst auf. Ich habe die verschiedensten Rollen für mich ausgearbeitet. Von der strengen Domina bis zur geilen Achtzigjährigen. Besonders gerne spiele ich die sexsüchtige, lispelnde Legasthenikerin, die es am liebsten mit zwei Typen gleichzeitig macht.«

»Und auf so was stehen Männer?«

»Es gibt nichts, worauf Männer nicht stehen. Willst du mal hören?«

»Was kostet denn die Minute?«

»Du bekommst sie gratis. Ist schließlich unser Kennenlernen.«

Ich bin einverstanden und tue pantomimisch so, als würde ich sie anrufen. Viola lehnt sich in ihrem Stuhl zurück. »Halloooo?«, fragt sie mit schwülstiger Stimme. »Wer spricht denn da?«

»Stefan.«

»Und hier ist die scharfe Gabi. Ich habe nichts an außer meiner knappen Spitzenunterwäsche. Ich habe Körbchengröße Doppel-D und rasiert bin ich auch.«

»Ich liebe dich, Gabi. Was machst du gerade?«

»Oh, mein starker Stefan. Ich sitze hier und habe meine Hand in meinem Höschen. Willst du deine Hand dazutun?«

»Ja, klar. Gerne.«

»Oh, das tut so gut, mein geiler Held. Und jetzt zieh mich aus, na komm, und besorg es mir, ja? Oh, ich will dich in den Mund nehmen, na komm schon, zeig mir dein Rohr. Oh Gott, du machst es mir so gut.«

Viola und ich lachen uns tot, und darum merken wir zuerst

gar nicht, dass es rund um uns herum total ruhig geworden ist. Während wir uns die Tränen aus den Augen wischen, starren uns sechs andere Paare ungläubig an.

4. Sie heißt Michaela und ist Accountmanagerin in einer Werbeagentur. »Ich bin froh, dass ich mich heute Abend frei machen konnte für das Dinner«, erklärt sie mir mit atemloser Stimme. »Eigentlich hätte ich noch ein Kundenmeeting gehabt. Seit meine Agentur für die Japaner arbeitet, komme ich mit meinem Sechzehn-Stunden-Tag einfach nicht mehr hin.«

»Ja, das merkt man.«

»Was machst du so?«

»Ich bin Makler. Ich versuche, mit einem Sechs-Stunden-Tag auszukommen, aber eigentlich ist mir das zu viel. Vier Stunden wären besser. Ich finde eine ausgewogene Work-Life-Balance sehr wichtig.«

»Ich auch. Darum bin ich kürzlich in ein Fitnessstudio gewechselt, das vierundzwanzig Stunden am Tag auf hat. Bewegung muss sein. Sonst fühle ich mich einfach nicht wohl. Wie ist das bei dir? Treibst du Sport?«

»Ich mache Couching.«

»Oh, das kenne ich noch gar nicht. Ich frage mal in meinem Studio, ob sie das anbieten.«

»Das kann man besser zu Hause. Die Ausrüstung ist unter Umständen recht teuer, aber es empfiehlt sich, auf Qualität zu achten. Ich bevorzuge Leder.«

»Danke für den Tipp.«

5. Yvonne ist schlank und sieht mich aus großen, melancholischen Augen an. Das Erste, was sie sagt, ist: »Meine Lieblingsjahreszeit ist Winter, meine Lieblingsfarbe ist Schwarz, mein Lieblingswetter ist Regen und mein Lieblingsfilm ist *Wenn die Gondeln Trauer tragen.*«

»Lass mich raten: Dein Lieblingsmann müsste von Beruf Leichenbestatter sein?«

»Nein. Gerichtsmediziner.«

»Friedhofsgärtner, würde das auch gehen?«

In ihren Augen erscheint ein schimmernder Tränenglanz. »Du nimmst mich nicht ernst, oder? Aber das macht nichts. Das passiert mir öfter.«

»Nein, nein. Ich finde dich sehr interessant, wirklich.«

6. Sie heißt Mareike, ist extrem attraktiv, hat aber ziemlich genaue Vorstellungen, wonach sie sucht. »Ich stehe auf dunkle Typen. Italiener. Spanier. So etwas. Hast du irgendwelche Vorfahren in der Richtung?«

»Jeder Kölner hat Vorfahren in der Richtung. Erst Römer, dann Franzosen.«

»Franzosen mag ich nicht. Sind auch keine Südländer, finde ich.«

»Nicht mal Südfranzosen?«

»Willst du mich verarschen?«

»Nein, eigentlich nicht.«

Wir plaudern weiter, aber meine Aufmerksamkeit gehört in Wahrheit dem Gespräch, das Viola drei Plätze weiter führt. Immer, wenn ich mich zurücklehne, kann ich hören, wie ein braungebrannter Typ sie mit Geschichten über seinen Tauchurlaub vollquatscht. Ich bekomme mit, wie sie bei einer seiner angeblichen Heldentaten die Augen aufreißt und ruft: »Und der Hai war wirklich vier Meter lang? Boaaa!«

Er macht eine beschwichtigende Handbewegung. »Vielleicht waren es auch nur dreieinhalb.«

»Ja, aber unter Wasser sieht ja alles kleiner aus, oder? Vielleicht war er in Wahrheit zehn Meter? Oder noch größer?«

»Nicht ganz, also … die Perspektive unter Wasser ist eigentlich … jedenfalls war es ein echtes Monstrum.«

»Wie dein Schwanz, oder? Der ist bestimmt auch soooo groß.«

»Was? Wie kommst du denn darauf?«

Viola wendet unmerklich ihren Kopf in meine Richtung und zwinkert mir zu.

7. Petra ist niedlich, erklärt mir aber als Erstes, dass sie einen Mann sucht, der ein Leben mit ihr als materielle Herausforderung begreift.

»Und was genau soll das heißen?«, frage ich sie.

»Er muss Kohle haben.«

»Hast du das in deinen Fragebogen reingeschrieben?«

»Nicht so direkt. Wäre ja ungeschickt.«

»Verstehe.«

»Wie sieht's denn bei dir in dieser Hinsicht aus?«

»Ich verkaufe Villen. Aber selbst kann ich mir keine leisten.«

»Und sonst? Irgendwelche Aussichten auf einen finanziellen Aufstieg?«

Ihre Direktheit beeindruckt mich und das sage ich ihr auch. Dann erzähle ich ihr, dass meine beruflichen Ambitionen mäßig sind, dass meine Erbschaft durch drei geteilt wird, weil ich noch einen Bruder und eine Schwester habe, und dass ich nicht einmal regelmäßig Lotto spiele. Petra nickt melancholisch: »Schade, weil eigentlich finde ich dich ja ganz nett. Aber so …«

Ich beruhige sie. »So schade ist es eigentlich gar nicht. Mir ist Geld zwar egal, aber du wärst auch nichts für mich, wenn du ein paar Millionen auf dem Konto hättest.«

»Oh.«

»Mmh.«

21:40 Uhr: Diana kehrt in den Raum zurück und sammelt die Bewertungsbögen ein. Haben beide Partner sich ein Ja gegeben, bekommt man noch heute die E-Mail-Adresse des anderen.

Ist mir zu kompliziert. Ich sehe fragend zu Viola hinüber. Sie lächelt und nickt – und dann knüllen wir beide im stillen Einvernehmen unsere Bewertungsbögen zusammen und werfen sie auf den Fußboden. Ich strecke ihr den Arm hin, sie hakt sich ein und gemeinsam verziehen wir uns nach vorne an die Bar des Lokals, wo wir uns endlich ohne Zeitlimit unterhalten können.

1:44 Uhr: Liege im Bett und blicke auf einen weiteren Fehlschlag zurück. Mist! Viola war nett, witzig, aufmerksam, hübsch. Und ich glaube, die Attribute, die sie mir verpassen würde, wären auch nicht ganz schlecht. Hatte zum ersten Mal das Gefühl, am Ziel zu sein. Und dann sagte sie: »Ich finde es so schade, dass ich morgen in Urlaub fahre, Stefan. Und dass wir uns erst in vier Wochen wiedersehen. Aber so schlimm ist das auch nicht, oder? Vier Wochen sind schließlich keine Ewigkeit!«

»Nein, keine Ewigkeit. Aber leider zu lang«, antwortete ich

in einem Tonfall, als hätte sie mir gerade gesagt, dass sie nur noch kurze Zeit zu leben hätte.

Viola schüttelte verständnislos den Kopf: »Ihr Typen von heute seid echt seltsam. Ihr haltet es monate- oder sogar jahrelang ohne Frau aus. Aber wenn dann mal eine kommt, mit der es klappen könnte, habt ihr nicht mal ein paar Tage Geduld. Verstehe ich einfach nicht.«

Ich senkte schuldbewusst den Kopf. »Ich könnte dir das erklären, Viola. Aber das würde es garantiert nicht besser machen. Darum hast du schon Recht: Wir Typen sind wirklich seltsam.«

23. Tag: Sonntag

Schaffe es den ganzen Tag nicht aufzustehen. Bin deprimiert. Wegen des Anrufs von Katja. Wegen der Sache mit Viola. Wegen allem.

Stelle fest, dass es einfach unfair ist, als Mann verlassen zu werden. Weil man nicht traurig sein darf. Ist nicht vorgesehen. Schließlich sind wir doch die coolen Typen, denen ihre Frauen sowieso nur auf die Nerven gehen und die ewig ihrer verlorenen Freiheit nachtrauern. Gäbe es eine Abwrackprämie für Frauen, wären wir die Ersten, die mit ihrem alten Modell am Schrottplatz Schlange stünden. Sollte also froh sein, dass Katja weg ist. Bin ich aber nicht!

Das Rumgehänge führt dazu, dass ich abends nicht müde bin. Hocke die ganze Nacht vor dem Fernseher und sehe mir auf einem durchgeknallten Spartenkanal ein schlecht animiertes Manga-Kaninchen an, das mit abgehackter Stimme eingegangene SMS vorliest, die man für einen überteuerten Tarif an den Sender schicken kann.

*Liebe Uschi. Du hast so *** Möpse! Ich will dich ***.*

Bei den interessantesten Vokabeln streikt der Hase. Die meisten Botschaften sind aber ohnehin harmlos und wir Zuschauer bekommen sie ganz zu hören.

Liebe Heidschnucke. Ich liebe dich über alles. Dein Löwenzahn.

Ich frage mich, wie mental derangiert ein Typ sein muss, wenn er glaubt, dass die Frau, an die er sich wendet, um diese Uhrzeit vor dem Fernseher hockt und sich diesen psychedelischen Langohr-Quatsch ansieht. Andererseits?! Ich hole mein Handy. Und tue es.

Liebe Katja-Maus. Komm zurück zu mir. Dein Stefan-Bär.

Das Kaninchen liest vor, ich kacke innerlich total ab. Wie tief bin ich gesunken? Ich muss die Scharte sofort auswetzen.

*Hallo, Katja. Bleib wo du bist. Du bist echt ***. Blöde ***. Denk bloß nicht, dass ich ***. Dein ****

Man versteht zwar kein Wort wegen dem ganzen Gepiepse. Aber ich fühle mich schon sehr viel besser.

Der 24. Tag: Montag

7:29 Uhr: Einhundertzwei Kilo Komma fünf. Das Frustfressen am Wochenende hat Spuren hinterlassen. Erinnere mich wieder an den Cluburlaub in der Türkei mit Katja. Am dritten Tag erklärte sie mir, dass es bestimmt kein schlechtes Wetter gibt, wenn man bei einem All-You-Can-Eat-Büfett nicht alles aufisst. Am nächsten Tag hat sie dann heimlich mein rotes Gummiarmband gegen ein gelbes getauscht, so dass wir ab dem Tag nur noch Übernachtung und Frühstück hatten.

Will sagen: Ich bräuchte zum Abnehmen so ein gelbes Gummiarmband als Dauer-Tattoo.

15:12 Uhr: Andy ruft mich in der Firma an und kündigt mir für den Abend wieder einmal das ultimative Mittel an, um eine Frau kennenzulernen. Diesmal wirklich eine todsichere Sache. Etwas, das gar nicht schiefgehen könne.

»Und was?«, frage ich ihn.

»Lass dich überraschen.«

18:14 Uhr: Bin zu Hause. Es klingelt an der Tür, aber als ich aufmache, ist niemand da. Oder doch, da ist etwas. Es ist ungefähr so groß wie ein Kaninchen, hat riesige Ohren, ein plattgedrücktes Gesicht und Augen wie Pingpongbälle. Wenn es grün wäre, würde ich sagen, Meister Joda ist zu Besuch gekommen.

»Komm her«, sage ich nur, und damit meine ich nicht das französische Bulldoggenbaby, das gerade auf meine Fußmatte pisst. Ich meine Andy. Er taucht grinsend aus seinem Versteck hinter der Treppe auf, tätschelt dem Vieh den Kopf und sagt gut gelaunt: »Das ist Adam. Das ist die versprochene Lösung deines Problems.«

»Und wie soll das gehen?«

»Adam wird dir dabei helfen, Eva kennenzulernen. Oder irgendein anderes attraktives Frauchen.«

Ich stelle mir vor, wie ich mit Andy und Adam zum Tierarzt komme und zum Doktor sage: »Es fällt mir wirklich schwer, aber könnten Sie ihn bitte einschläfern?«

»Wieso? Ist er krank?«, würde er mich fragen.

»Keine Ahnung. Fragen wir ihn doch einfach selber: Andy, bist du krank?«

Andererseits weiß ich, dass Andy Recht hat. Ein Hund ist eine Kontaktanzeige auf vier Pfoten. Besser als Internet, besser als Disco, besser als Fitnessstudio.

18:56 Uhr: Ich laufe mit einem schnaufenden und aufgeregt an der Leine zerrenden Adam durch den Stadtgarten, einem Park im Zentrum von Köln. Andy begleitet uns und sagt: »Achtung, Jack Russell auf elf Uhr. Und sieh dir das andere Ende der Leine an! Was für eine Rasse.«

Wieder einmal wird mir klar, dass Andy und ich einen höchst unterschiedlichen Geschmack in Sachen Frauen haben. Das heißt, er hat eigentlich keinen Geschmack. Er liebt sie alle.

Das, was am anderen Ende der Leine dahinwackelt, ist eine ungefähr ein Meter achtzig große Kunstblondine auf stelzenhohen High Heels, die die Leine kaum halten kann, weil ihre Fingernägel zehn Zentimeter lang sind und ihr IQ unter dem ihres Jack Russells liegt. Statt elf Uhr navigiere ich in Richtung fünfzehn Uhr, also genau in die andere Richtung.

»Was machst du, Stefan. Dreh um. Los! UMDREHEN!«, schreit Andy hinter mir her.

Das Problem ist: Selbst wenn ich wollte, könnte ich gar nicht umdrehen. Adam hat nämlich das Kommando übernommen. Obwohl er mir nicht einmal ans Knie reicht, verfügt er über beeindruckende Körperkräfte, vor allem wenn er Witterung aufgenommen hat.

Adam führt mich zielstrebig auf die große Hundefreifläche in der Nähe der Uni-Mensa. Es dauert keine fünf Minuten und ich bin umringt von einer Meute kläffender Pudel, quietschender Chihuahuas, mehrerer altersschwacher und nach Schimmelpilzen riechender Golden Retriever und einem glücklich dem Kochtopf entflohenen Faltenhund.

Wiederum fünf Minuten später weiß ich, dass ein Hund wirklich funktioniert. Ich komme mir vor wie der Typ aus der Axe-Werbung, der sich dank seines Pheromon-Deos vor Frauen nicht retten kann. Von allen Ecken und Enden der Wiese stürmen aufgeregte Frauchens auf mich zu und rufen dabei in einer Art Massenkanon *Pfui* und *Aus* und *Hör auf* und *Platz*. Als sie in Sprechweite sind, bestürmen sie mich außerdem mit allerlei Fragen, auf die ich keine Antwort habe.

»Ist das ein Rüde?«

»Warum halten Sie ihn denn nicht zurück?«

»Gott, ist der niedlich. Aber in der Schule war der noch nicht, oder?«

»Ist er geimpft? Ist er es? Zeigen Sie mir mal den Impfpass!«

Hilfe! Ich bin ein Hundehalter, holt mich hier raus!

Während sich die Hunde in einer seltsamen Mischung aus Kampf und Sex immer weiter ineinander verknäulen, versuche ich, Adam aus dem Wust herauszuziehen. Ich fange an, ihn anzuschreien, bis hinter mir eine Frauenstimme etwas bissig sagt: »Wirklich toll, wie Sie mit dem Hund umgehen!«

»Ja, ich weiß. Tiere liegen mir einfach.« Ich drehe mich um. Vor mir steht eine ansehnliche Mittdreißigerin in Joggingklamotten. Sie ist hübsch und sie ist schlank, was beides nicht für das Tier gilt, das neben ihr steht. Es sieht aus wie eine Kreuzung aus Pampahase und Hängebauchschwein, und es hat einen Blick wie ein Oberstudienrat.

»Wenn Sie Ihren Hund wirklich mögen, weiß ich nicht, warum Sie ihn gerade strangulieren«, erklärt die Joggerin lächelnd. »Sie haben nämlich keinen Bernhardiner, der fünfzig Kilo wiegt, sondern eine junge Bulldogge, die ungefähr so viel auf die Waage bringt wie ein Marmorkuchen.«

»Ja, allerdings ein Marmorkuchen mit dem Geschlechtstrieb von Heinrich dem Achten.«

Während wir plaudern, ist Adam dazu übergegangen, das Pampaschwein zu besteigen. Die Joggerin lächelt entspannt und sagt dann nur knapp: »Leo, aus!«

Der Hunde-Studienrat wackelt einmal mit dem Arsch, woraufhin Adam in hohem Bogen davonfliegt. Er jault auf und leckt sich dann beleidigt da, wo sich jeder menschliche Rüde auch gerne lecken können würde.

Ich zucke mit den Schultern und sage: »Es ist mein erster Tag mit dem Hund. Um ehrlich zu sein, habe ich nicht die geringste Ahnung, was ich mit ihm tun soll.«

»Wenn Sie wollen, gebe ich Ihnen ein paar Tipps.«

»Großartig! Können wir direkt damit anfangen? Vielleicht gehen wir spazieren und Sie geben mir Nachhilfe in Sachen artgerechter Haltung.« Aus den Augenwinkeln sehe ich, wie sich Andy diskret zurückzieht.

Die Joggerin sieht mich prüfend an, lächelt und sagt: »Von mir aus gerne. Aber ich muss erst einmal Leo fragen.«

Daraufhin beugt sie sich zu ihrem fehlgeschlagenen Genexperiment hinunter und sagt mit Babystimme: »Na, was meinst du, mein Süßer? Wollen wir ein Stück mit dem Onkel gehen? Oder wollen wir weiterjoggen?«

Das Pampaschwein legt den Kopf zur Seite. Seine Besitzerin sieht zu mir hoch und erklärt: »Leo überlegt noch. Er ist wählerisch, mit was für Menschen er sich einlässt.«

»Oh, das ist völlig in Ordnung.«

Dann nickt sie und erklärt strahlend: »Er ist einverstanden.«

19:45 Uhr: Ich finde, dass prinzipiell nichts dagegen spricht, sich in eine Frau zu verlieben, die in einer festen Beziehung steckt. Das Leben wäre ja auch viel zu einfach, wenn die Hormone immer nur bei Singles ins Schwingen geraten würden. Seit heute weiß ich allerdings, dass es eine Ausnahme gibt: eine Frau, die mit ihrem Hund liiert ist.

Ich gehe mit Daniela und Leo spazieren und finde nach und nach heraus, dass die beiden ein Paar sind. Jedenfalls so etwas Ähnliches. Während wir uns angeregt unterhalten, sagt sie nämlich kaum einen Satz, der nicht mit *Wenn Leo einverstanden ist* oder *Leo ist da ganz anderer Meinung* anfängt. Und dabei sprechen wir nicht über Dinge wie Gassi gehen oder Hundeschule, sondern über Karriere kontra Kinder, Straßenbahn oder Auto, Fernreisen oder Heimaturlaub. »Leo war einmal mit mir in Thailand, aber es hat ihm nicht gefallen. Es war zu warm. Und das Essen war ihm zu scharf. Außerdem durfte er nicht in den Hotelpool«, erklärt Daniela voller Empörung.

»Ist ja unverschämt.«

»Ich habe mich bei TUI beschwert, aber sie haben nicht darauf reagiert. Seitdem fahren wir lieber nach Husum.«

Ich wiege nachdenklich den Kopf und sage dann vorsichtig: »Leo scheint ja sehr wichtig für dich zu sein.«

»Wichtig? Er ist mein Ein und Alles.«

»Wie lange seid ihr denn schon zusammen?«

»Fast acht Jahre. Und es ist die schönste Zeit meines Lebens.«

»Toll. Ich hatte auch mal eine achtjährige Beziehung.«

»Du findest es komisch, oder?«

»Nein, gar nicht.«

Daniela sieht mir in die Augen und offenbar erkennt sie die Frage, die sehr intensiv darin leuchtet. Sie lacht und sagt: »Sex wird völlig überbewertet. Außerdem habe ich eine Siebzig-Stunden-Woche und gar keine Zeit dazu. Darum muss ich jetzt auch los. Ich fand es übrigens sehr nett, mit dir und Adam zu plaudern. Vielleicht sieht man sich ja mal wieder.«

»Ja, vielleicht«, sage ich.

»Sag auf Wiedersehen, Leo.«

Er bellt. Ich sage: »Tschüss, Leo. War nett mit dir.«

25. Tag: Dienstag

8:35 Uhr: Streit mit Andy am frühen Morgen. Er ruft an, um zu erfahren, wie es gelaufen ist.

»Sie wollte von mir wissen, ob ich bellen kann. Ich musste es ihr sogar vormachen«, erkläre ich ihm.

»Und? War sie zufrieden?«

»Spinnst du? Ich hab's nicht getan. Es war ein Fehlschlag. Als Nächstes hätte sie vermutlich von mir verlangt, Männchen zu machen!«

»Man muss die Leute nehmen, wie sie sind. Besonders Frauen.«

»Nicht, wenn ich mich dafür verbiegen muss.«

»Solltest du aber. Denn wenn du weiterhin so überkritisch bist, bleibst du bis ans Ende deiner Tage Single.«

»Ach, Quatsch«, antworte ich. »Ich schaff das schon. Glaub mir. Es wird klappen. Ich spüre das.«

»Deine Ruhe möchte ich haben.«

8:45 Uhr: »Braver Adam. Guter Hund. Sehr gut gemacht.«

Adam, den ich über Nacht im Bad eingesperrt habe, hat auf die Waage gekackt. Was bedeutet, dass die Waage im Müll landet, wo sie auch hingehört.

»Ich glaube, das ist der Beginn einer wunderbaren Freundschaft«, sage ich zu ihm, was er mit einem rührenden Winseln bestätigt.

8:49 Uhr: Habe Hunger, als hätte ich den Ärmelkanal durchschwommen. Wie jeden Morgen eigentlich. Aber heute werde ich mir seit langem mal wieder etwas Herzhaftes gönnen. Der restliche Darmflora-Joghurt, das Knäckebrot und der Magerquark, den ich in den vergangenen Tagen konsumiert habe, landen auch im Müll. Und der Schnittlauch darf einen sorglosen Tag auf der Fensterbank verbringen. Ich will so bleiben wie ich bin. Nämlich voller Appetit und guter Laune.

9:05 Uhr: Nur zur Erklärung: Ich habe nur noch vier Tage, bis Katja wieder da ist. Das heißt, ich habe nur noch vier Tage, um das zu tun, was ich will. Und zu essen, was ich will. Danach ist sie ja wieder da und macht mir Vorschriften. So ist sie nämlich.

Darum bereite ich mir ein Omelett mit ein paar speziellen Zutaten zu, unter anderem Käse, Salami, Bacon, Putenstreifen, einer Dose Mais, einer Dose Corned Beef und einer Dose Thunfisch. Da das schon wirklich reichlich ist, halte ich mich ansonsten zurück. Eine halbe Packung Toastbrot. Und den Kaffee, den spare ich mir ganz. Will ja mein Herz-Kreislauf-System schonen. Trinke stattdessen was Gesundes. Einen ganzen Liter frische Milch mit Nesquick.

Während ich dasitze und genüsslich reinhaue, merke ich, dass irgendetwas anders ist. Oder genauer gesagt: Ich bin anders. Weiß zuerst gar nicht, woran es genau liegt. Gut, ich habe keinen Bart mehr, esse wieder ohne schlechtes Gewissen und werde gleich in einen Porsche steigen, von dem ich immer noch nicht weiß, ob er eigentlich mir gehört oder nicht. Aber diese Äußerlichkeiten meine ich gar nicht. Irgendetwas *in mir* hat sich verändert. Oder mit mir. Keine Ahnung, wie ich es ausdrücken soll. Vermutlich liegt es an diesen ganzen Dates, die ich in den vergangenen drei Wochen hatte. Irgendetwas ist dadurch mit mir passiert.

Ich habe zum Beispiel gemerkt, dass es sehr wohl noch andere Frauen gibt als Katja. Nicht, dass ich das vorher nicht gewusst hätte. Aber da ich nun einmal nicht der Seitensprung-Typ bin, habe ich es in den zurückliegenden Jahren niemals darauf angelegt, eine näher kennenzulernen. Vielleicht hatte ich sogar so etwas wie Angst davor. Klingt zwar bescheuert, ist aber ehrlich. Ich hatte Angst davor, weil ich wusste, dass es mich in Schwierigkeiten gebracht hätte. Wenn man auf Diät ist, geht man ja auch nicht in ein Restaurant und sieht sich das Büfett an. Genauso ist es bei Frauen. Vielleicht ist es das, was anders geworden ist: Ich bin nicht mehr auf Diät. Weder beim Essen noch bei Frauen. Dass Katja dennoch meine Lieblingsspeise ist und ich hoffentlich bald wieder an ihr naschen kann, daran hat sich allerdings nichts geändert. Aber ich weiß jetzt halt, dass ich ohne sie nicht verhungern würde. Das ist neu. Das ist anders. Und es fühlt sich gut an.

10:37 Uhr: Routinetag im Büro. Kurzer Plausch mit Birgit, von der ich eigentlich dachte, dass ich sie heute dank meiner guten Stimmung endlich rumkriegen würde. Sie aber tut geschäftig und würdigt mich kaum eines Blickes. (Beobachte sie genau, als Gabriel in den Raum kommt. Auffällig, wie unauffällig sich die beiden benehmen.)

23:15 Uhr: Anders als geplant verbringe ich den Abend nicht mit der Suche nach einer Frau, sondern mit der Suche nach meinen Schuhen, meinen Hemden, meiner Jeans, meines Rasierpinsels und so ziemlich aller anderen Sachen, die ich besitze. Adam. Er fand's wohl nicht in Ordnung, dass ich ihn den ganzen Tag alleine in der Wohnung eingesperrt habe. Darum hat er sich die Zeit damit vertrieben, die Wohnung umzugestalten. Nach seinen Vorstellungen, das heißt, nach den Vorstellungen einer acht Monate alten französischen Bulldogge.

»Such's dir aus, Mistvieh: Entweder lasse ich dich morgen einschläfern oder du kommst mit ins Büro. Aber da benimmst du dich gefälligst«, erkläre ich ihm.

26. Tag: Mittwoch

10:25 Uhr: Als ich am späten Vormittag ins Büro komme, habe ich ungewöhnliches Gepäck dabei. Adam. Er lugt mit seinen Glupschaugen und seinen Fledermausohren aus meiner Aktentasche heraus. Mit seinen ganzen komischen Schnauf-, Sabber- und Schmatzgeräuschen erregt er natürlich augenblicklich die Aufmerksamkeit der ganzen Abteilung.

Michi und Peffekoven kommen mit ihren Stühlen angerollt und machen genauso große Glupschaugen wie Adam.

»Was ist das denn?«, fragt Peffe.

»Und vor allem: Wo hast du es her?«, will Michi wissen.

»Das ist Adam, meine vierfüßige Kontaktanzeige«, erkläre ich gut gelaunt.

»Und das funktioniert?«

»Stehen Frauen nicht mehr auf Katzen?«

Ich will den beiden gerade erklären, wie es läuft, als Birgit zu uns stößt. Sie sieht Adam an, macht ein paar Baby-Seufz-Quietsch-Geräusche und hebt ihn vom Boden hoch. Der Hund lässt sich bereitwillig an ihre prächtigen Brüste drücken. »Wer ist denn der kleine Racker? Der ist ja niedlich.«

»Ich habe ihn Adam genannt.«

»Gott, wie süß. Adam! Ein hübscher Name!«

»Ist mir zugelaufen. Ich glaube, ich behalte ihn. Ich habe ihn richtig liebgewonnen.«

Birgits Blick schmilzt wie ein Magnum-Eis in der Sonne. »Ach, Stefan. Ich entdecke ganz neue Seiten an dir. Toll! Ein Mann, der tierlieb ist, hat ein goldenes Herz.«

»Ganz bestimmt.«

Und dann sagt Birgit diesen Satz, der sich mir und allen anwesenden Kollegen bis ans Ende aller Zeiten ins Gedächtnis brennen wird: »Was machst du eigentlich morgen Abend, Stefan? Habt ihr, also Adam und du, Lust, zu mir zum Essen zu kommen? Ich würde mich echt total freuen!«

»Morgen Abend? Lass mal überlegen … Ja, das lässt sich einrichten.«

»Fein. Dann sagen wir um halb acht?«

»Ja, halb acht ist klasse.«

Birgit wackelt zu ihrem Schreibtisch rüber, ich drehe mich zu Michi und Peffekoven um. »Ihr wolltet wissen, ob das mit dem Hund funktioniert?«

Ich glaube nicht, dass die beiden mich verstehen. Sie hocken mumifiziert auf ihren Stühlen und haben ganz offensichtlich gerade eine Art anaphylaktischen Schock. Vermutlich eine allergische Reaktion auf die Tatsache, dass ich als erster Mann in der Geschichte von *Peters & Gabriel* bei Birgit Schäfer durchs Ziel schieße und ein Date bekomme.

10:37 Uhr: Ja! Ja! Ja! Ja! Ja!

18:03 Uhr: Männer beim Friseur sind entweder metro oder sie leiden. Nicht weil Haareschneiden wehtut, sondern weil Friseusen bei der Arbeit REDEN. Ohne Punkt und Komma, und wenn mich nicht alles täuscht, sogar ohne Luftholen. Zum Beispiel über Prinzessin Maximas Schwangerschaftsaussichten, Brustkrebs, Vorhautverengung, Aktienkurse, Mode. Es ist nicht wie beim Zahnarzt, wo man nichts sagen kann, weil man irgendwelche Geräte im Mund hat. Hier könnte man, will aber nicht. Und das ist schlimmer.

Die Friseuse, zu der ich gehe, heißt Janine. Sie kennt Katja und mich seit Jahren. Katja saß regelmäßig halbe Vormittage bei ihr und bezahlte Janine ein gefühltes Monatsgehalt dafür, dass sie für meine Begriffe hinterher genauso aussah wie vorher. Wenn ich sie dort abholte, sagte Janine zu ihr: »So, Katja, das war's. Geh doch schon mal zur Kasse. Ich fege noch schnell zusammen und mache den Stefan.«

Ich mache den Stefan bedeutete, dass sie mir den üblichen Einheitshaarschnitt verpasste, was keine fünf Minuten dauerte. Aber immerhin war ich nach diesen fünf Minuten über alle relevanten Entwicklungen im europäischen Hochadel informiert.

Heute überrasche ich Janine. Ich setze mich in den Frisierstuhl und sie fragt wie üblich: »Ohren frei? Koteletten ab, Nacken ausrasieren? Also alles wie immer?«

»Nein, Janine. Heute will ich mal was anderes.«

»Ach, nee.«

»Doch, wirklich. Denk dir was aus. Kostenpunkt ist egal.«

Janine lässt ihre Hände mit Schere und Kamm sinken und starrt mich über den Frisierspiegel hinweg an, während die Marlboro zwischen ihren Lippen runterkokelt. Dann sagt sie: »Ist was passiert? Haste Stress mit dat Katja? Wo ist die überhaupt? War am Samstag gar nicht da. Und die Woche vorher auch nicht.«

Jetzt muss ich mich entscheiden. Wenn ich ihr die Wahrheit sage, weiß innerhalb von drei Tagen ganz Köln, was Sache ist, weil Janine eine Art Einmann-Presseagentur ist, die mehr Kunden erreicht als das Internet. Besser also Klappe halten.

»Nee, Janine. Alles in Ordnung. Katja ist zu ihrer Cousine gefahren, weil der Sohn der Putzfrau ihrer Mutter Brustkrebs hat.«

Janine sieht mich misstrauisch an: »Was denn? Der Sohn hät Brustkrebs?«

»Ich meine Vorhautverengung. Ist ja auch egal.«

Janine sagt eine Weile gar nichts, was ich als Erfolg verbuche. Dann: »Ich mach stufig und oben kurz, und dann gel ich dir das hin, okay?«

»Super.«

18:35 Uhr: Mein unauffälliger Kurzhaarschnitt ist weg, und dafür habe ich jetzt eine hochgegelte Stachelfrisur à la Effe, als der frisch verknallt in die Strunz war. Gar nicht schlecht. Meine Ausstrahlung schwankt zwischen Karibik-Urlauber und Retro-Popper, und damit signalisiere ich jeder Frau, dass ich jederzeit für spontanen Sex zu haben bin. Katja hätte zu meinem neuen Look gesagt: »Das bist du nicht, Stefan.« Aber erstens kommt es darauf im Moment nicht an und zweitens finde ich, dass ich das sehr wohl bin.

23:05 Uhr: Verbringe den Abend damit, mich auf morgen zu freuen.

1:46 Uhr: Kann nicht schlafen. Liegt aber nicht daran, dass ich an Katja denken muss. Muss ich nicht. Dafür an Birgit.

27. Tag: Donnerstag

8:45 Uhr: Bevor ich aus dem Haus gehe, stelle ich mich im Bad auf die neue Waage. Einhunderteins Komma fünf Kilo. Immer noch zu viel. Macht aber nichts. Bin nämlich ein toller Typ, der von tollen Frauen gewollt wird. Außerdem werde ich die überflüssigen Pfunde heute noch los. Zum Beispiel durch Sex. Sex mit Birgit *Traumfrau* Schäfer.

9:32 Uhr: Im Büro. Als ich aus dem Fahrstuhl trete, denke ich, ich habe mich in der Etage geirrt. Im Raum herrscht ein ohrenbetäubendes Gekläffe und Gewinsel. Überall tollen Hunde herum, vom einfachen Mops bis zum Bill-Kaulitz-mäßig gestylten Edelpinscher. Ich bleibe kopfschüttelnd stehen und versuche mich zu entscheiden, an wessen Verstand ich zweifeln soll: an meinem oder dem meiner Kollegen?

Auf der anderen Seite der Etage öffnet sich die Tür zum Chefzimmer. Birgit kommt mit Unterlagen heraus und schreitet auf gewohnt grazile Art zwischen den Schreibtischen entlang. Auf dem Weg zu ihrem Arbeitsplatz sprechen sie die meisten der Kollegen mit betont sachlicher Stimme an. »Sieh mal, Birgit. Mein neuer Chihuahua. Was meinst du, wollen wir ihn mal zusammen Gassi führen?«

»Hallo Birgit, kennst du schon Louis, meinen Papillon? Ist der nicht niedlich? Allein diese Ohren! Willst du seine neue Hundemutti werden?«

»Guten Morgen, Birgit. Das ist Roger, mein Pitbull-Baby. Roger und ich wollten heute Abend italienisch essen gehen. Hast du Lust mitzukommen?«

Birgit ignoriert sie alle. Sie bleibt vor ihrem Schreibtisch stehen, dreht sich dann aber doch noch einmal um und sagt laut in den Raum: »Tut mir leid, Jungs. Aber mein Hundeherz ist leider schon besetzt. Adam hat es erobert. Also gebt eure Vierbeiner wieder zurück zu Rent-a-Dog oder wo immer ihr sie herhabt. Trotzdem, netter Versuch.«

Daraufhin setzt sie sich an ihren Schreibtisch und vertieft sich in ihre Unterlagen. Meine Kollegen starren ungläubig in meine Richtung und machen dann gehässige Bemerkungen über meine neue Frisur. Das ist allerdings nichts im Vergleich zu ihren Kötern, die die Zähne fletschen und mich anknurren, so als wenn sie genau wüssten, dass ich ihren Herrchen einen Strich durch die Rechnung gemacht habe. Ich bedaure fast, dass ich nicht einen von diesen unförmigen Vollgummi-Schutzanzügen trage, mit denen die Polizei ihren Einsatzhunden das Stellen flüchtiger Verbrecher beibringt.

14:45 Uhr: Kann eine gewisse Nervosität wegen heute Abend nicht verleugnen. Lenke mich mit mehreren Partien Solitaire ab, aber selbst darauf kann ich mich nicht konzentrieren. Mache früh Feierabend. So gegen drei Uhr. Zwischendurch Anruf von Andy, der wissen möchte, wie ich mich fühle.

»Wie ein Marathonläufer bei Kilometer dreiunddreißig«, antworte ich.

»Ist das gut oder schlecht?«

»Beides. Man ist fast am Ziel, aber man glaubt dennoch, keinen weiteren Schritt mehr machen zu können.«

»Woher weißt du das eigentlich, Alter? Du bist doch noch nie Marathon gelaufen.«

»Klar bin ich. Hab allerdings bei Kilometer drei aufgegeben, weil mein Schnürsenkel aufgegangen ist.«

»Egal. Wollte dir eigentlich auch nur noch einmal sagen, worauf du heute Abend bei Birgit achten musst. Also hör gut zu …«

Ich unterbreche Andy, noch bevor er mit seinem spontanen Flirtseminar loslegen kann. »Spar dir die Mühe. Ich weiß auch so, was ich zu tun habe: rein in die Wohnung, rein ins Flirten, rein in ihr Bett.«

»Bingo, Alter.«

18:25 Uhr: Stehe seit einer Stunde singend unter der Dusche. Katja hat nicht nur exzessiven Wasserverbrauch, sondern auch mein Trällern gehasst. Sie ist ins Bad gekommen und hat mit einem Ätz-Tonfall, als wäre sie Dieter Bohlen in der DSDS-Jury, gesagt: »Stefan, mit so einer Stimme kann man ja den Kalk aus den Wänden schütteln. Ich war mir nicht sicher, ob ich einen Tinnitus habe oder ob du singst.«

Katja konnte ganz schön austeilen, das hat sie mir oft genug bewiesen. Aber dafür mochte ich sie schließlich. Und sogar auf ihre Sticheleien freue ich mich, genau wie auf alles andere. Zum Beispiel sie wieder im Arm zu halten, mit ihr auf dem Sofa abzuhängen, im Bett zu liegen, meinetwegen sogar einkaufen zu gehen, ihre Eltern zu besuchen oder bei ihrer Freundin Nadja zu sitzen und mir stundenlange Gespräche über Mode, Showstars und Krankheiten von Freundinnen anzuhören.

Darum, nur darum, gebe ich mir besonders viel Mühe, als ich mich für den Abend style. Denn nur für Katja gehe ich zu Birgit und kriege sie rum. Fange etwas mit ihr an. Und präsentiere sie dann stolz auf der Hochzeit von Simon und Simone.

19:30 Uhr: Drücke pünktlich auf die Minute Birgits Klingel. Sie öffnet und ich bin überwältigt. Sie hat ihre Haare hochgesteckt und dezentes Make-up aufgetragen, sie riecht verführerisch nach Chanel, und sie trägt ein Kleid, das praktischerweise gleich zwei Ausschnitte hat – einen großzügigen vorne und einen noch großzügigeren hinten. »Wow! Du siehst bezaubernd aus.«

Birgit lächelt mich an, gibt mir einen Wangenkuss und beugt sich dann zu Adam runter, den sie auf eine Art begrüßt, bei der ich glatt eifersüchtig werden könnte. »Kommt doch herein, ihr zwei. Es ist alles vorbereitet.«

Fünf Minuten später sitzen wir auf ihrem großen und geschmackvoll dekorierten Balkon, trinken eisgekühlten Weißwein und unterhalten uns angeregt über unseren Job, die Kollegen, Traumwohnungen, Horrorwohnungen und noch alles Mögliche andere. Birgit ist bezaubernd. Vor allem macht sie keineswegs den Eindruck, als wäre sie unerreichbar.

Ich lenke das Thema sachte auf private Dinge, und zum ersten Mal weicht sie mir nicht aus. Ich erzähle ihr von Katja und unserer Trennung. Sie gesteht mir daraufhin, dass sie auch vor nicht allzu langer Zeit eine Trennung hinter sich gebracht hätte, die sie immer noch verarbeiten müsse.

»Ja, ich weiß«, sage ich.

»Du weißt es?«, fragt sie erstaunt. »Woher?«

»Na ja, man hört halt so dies und das.«

»Und was hast du gehört?«

»Du warst mit Gabriel zusammen, stimmt's? Klar, kann ich verstehen. Er ist ja auch ein toller Typ. Eigentlich. Und wenn er nicht gerade mein Chef wäre. Aber egal, das geht mich ja nichts an. Fest steht, dass ihr mich mit eurem Versteckspiel nicht an der Nase herumführen konntet. Ich wusste natürlich schon lange, was Sache ist.«

Bin natürlich gespannt, wie Birgit auf meine Eröffnung reagiert. Aber eigentlich reagiert sie gar nicht darauf. Sie sitzt einfach nur vor mir und sieht mich wortlos an.

Unentwegt. Noch immer. Sieht mich einfach nur an.

Vermutlich würde der Abend so zu Ende gehen, wenn ich nicht irgendwann die Hände heben und sagen würde: »Was ist los, Birgit? Hätte ich das nicht sagen dürfen?«

»Ach, Stefan«, sagt sie mit einem seltsamen Lächeln. »Du bist wirklich ein noch viel größerer Schluffi, als man auf den ersten Blick meinen könnte.«

Ups! Nicht gerade das, was man hören will, wenn der Abend eigentlich zwischen den Laken ihres Bettes enden soll. Dann habe ich eine Idee, was ich falsch gemacht haben könnte und sage: »Mach dir keine Sorgen, Birgit. Von mir erfährt keiner in der Firma etwas.«

»Stefan! Wie lange kennen wir uns schon?«

»Keine Ahnung. Vier Jahre?«

»Lange genug jedenfalls, dass du wissen solltest, dass ich einen Typen wie Gabriel nicht mal anfassen würde, wenn er mir danach seine Villa mit Rheinblick schenken würde.«

Nochmal Ups. Und dann bin ich derjenige, der nichts anderes tut, als sie anzustarren. Innerlich aber verhalte ich mich wie eine von diesen modernen Energiesparbirnen. Bei denen dauert es halt auch ziemlich lange, bis ein Licht aufgeht. »Dann ist es gar nicht Gabriel?«, frage ich schließlich leise.

»Nein, der Mann, um den es geht, heißt Matthias. Und er hat mir sehr viel bedeutet.«

»Willst du mir davon erzählen?«

»Klar. Sogar gerne.« Dann erzählt Birgit mir ausführlich von ihrer Beziehung zu diesem Matthias, der alles war, was sie sich immer gewünscht hat. Nur eines nicht: treu.

»Darum hast du Schluss gemacht?«, erkundige ich mich.

»Es ging nicht anders.«

»Bereust du es denn?«

»Nein. Es war die richtige Entscheidung. Ich konnte einfach nicht mehr. Aber traurig bin ich halt dennoch. Er hat mich ziemlich verletzt.«

Ich merke, dass die Stimmung des Abends gerade abzurutschen droht. Ich nehme ihre Hand, hebe mein Glas und sage: »Lass uns anstoßen, Birgit. Darauf, dass die Dinge immer anders kommen, als man denkt. Und darauf, dass sie vielleicht Teil eines Plans sind, den wir gar nicht kennen. Und der alles zu einem guten Ende führt.«

Sie sieht mich an und lächelt auf eine verletzliche Art, die ich bisher kaum von ihr kenne. Und die mich nicht gerade stolz macht, wenn ich an das denke, warum ich eigentlich hier bin.

Wir gehen hinein, wo Birgit einen perfekten Tisch für uns gedeckt hat. Sie zündet ein paar Kerzen an und serviert uns

Tagliatelle mit Shrimps-Kapern-Sauce. Dazu gibt es Salat, den ich für uns am Tisch anmache. Im Hintergrund sülzt Andrea Bocelli italienische Liebesarien vor sich hin. Alles ist perfekt, und sie beschwert sich nicht einmal darüber, dass ich akribisch den Rucola aussortiere, weil ich ihn nun einmal hasse.

Nach dem Essen machen wir es uns auf ihrer Sofaecke bequem. Andrea Bocelli wird von R. Kelly abgelöst, und während Birgit mal eben verschwindet, dimme ich das Licht herunter und werfe ein paar Pfefferminzdrops ein.

Birgit kommt zurück, sieht mich schmunzelnd an, sagt aber nichts. Sie streckt sich wie ein Playmate auf dem Sofa aus und gibt mir mit eindeutiger Miene zu verstehen, dass ich mich neben sie setzen soll. Dicht neben sie, auch wenn sie das vielleicht nicht ganz so eindeutig sagt. »Ich freue mich sehr, dass wir jetzt nicht mehr einfach nur Kollegen sind, Stefan«, sagt sie mit leiser Stimme. »Wir sind …«

»… mehr füreinander?«, vervollständige ich ihren Satz.

»Ich denke schon.«

Ihr zarter blonder Marzipanduft steigt mir in die Nase. Schlagartig ist es um mich geschehen. Ich verspüre eine klare, erfrischende, sehr direkte Lust. Auf Marzipan. Ich beuge mich zu ihr hinüber. Sie schließt die Augen. Ich schließe die Augen. Ich bewege meinen Mund auf ihren Mund zu. Dies ist der Moment, auf den ich fast vier Wochen hingearbeitet habe und der endlich in Erfüllung geht. Hier ist sie, die Frau, die mein Leben wieder in Ordnung bringt. Perfektes Timing.

Nur zum Kuss kommt es leider nicht. Weil da, wo gerade noch ihre Lippen waren, gar nichts ist, und deswegen falle ich vornüber und lande mit einem lauten Scheppern auf dem

Fußboden. Adam jault vor Schreck auf und verdrückt sich winselnd in die Ecke.

Birgit, die inzwischen in sicherer Distanz auf einem Sessel sitzt, beobachtet mich mit einem Gesichtsausdruck, als würde sie gerade ihre Lieblingsshow auf Comedy Central sehen. »Kann es sein, dass es ein kleines Missverständnis zwischen uns gibt?«, fragt sie mit glucksender Stimme, als ich wieder auftauche.

»Ich hoffe nicht. Sagtest du nicht gerade, dass wir jetzt mehr als Kollegen füreinander sind?«

»Ich dachte dabei an so etwas wie *Freunde.*«

»Oh, ich doch auch, Birgit«, sage ich hüstelnd.

»Und küsst du alle deine Freunde? Oder versuchst es jedenfalls?«

Mein Gesicht dürfte inzwischen die Farbe ihres Lippenstifts haben. Mir fällt gar nichts mehr ein. Ich sitze da und fühle mich wie ein Gartenschlauch, auf den jemand seinen Fuß gestellt hat. Platze gleich. Vor Scham, Enttäuschung, Peinlichkeit.

Birgit kommt zum Sofa und setzt sich wieder neben mich. Dicht neben mich. Sie sieht mir tief in die Augen und fast wäre es erneut um mich geschehen. Zum Glück fällt mir diesmal ein, dass ich ja eigentlich gar kein Marzipan mag.

»Ach, Stefan«, sagt sie seufzend. »Weißt du eigentlich, wie gerne ich dich mag?«

»Nein.«

»So gerne …«, sagt sie, hebt Adam vom Boden hoch und knuddelt ihn auf eine Art, die das blöde Vieh hoffentlich zu würdigen weiß. »Und weißt du auch, warum?«

»Nein.«

»Weil du all die Jahre der einzige Kollege in der Firma warst, der mich nicht blöd angegraben hat. Und ich finde, dass es auch so bleiben sollte.«

»Und das gerade eben?«

»Das vergessen wir einfach.«

Die Energiesparlampe hat inzwischen zu ihrer endgültigen Helligkeit gefunden. Und die steht der einer konventionellen Glühbirne gar nicht so sehr nach. Ich seufze, schüttle noch einmal den Kopf aus Verwunderung über mich selbst und sage: »Du hast Recht, Birgit. Ich bin wirklich ein Schluffi. Tut mir leid. Nur eines musst du mir glauben. Ich mag dich wirklich. Ungefähr so doll …« Ich nehme ihr Adam aus dem Arm und knuddle ihn nun meinerseits auf eine Art, die das blöde Vieh hoffentlich zu würdigen weiß.

Was folgt, ist der entspannteste und coolste Abend, den ich seit langem verbracht habe. Weil es einfach klasse ist, neben einer Superfrau wie Birgit zu sitzen und nichts von ihr zu wollen. Nichts außer einer wunderbaren Freundschaft, die hoffentlich noch lange anhält.

28. Tag: Freitag

8:35 Uhr: Im Laufe der Nacht (schlaflos) ist mir klar geworden, dass es überhaupt nicht cool ist, was ich getan habe. Ich bin einfach nur ein Volltrottel, der seine einzige Chance vergeben hat, die er hatte.

Um es deutlicher zu sagen: ich hab's versaut mit Birgit. Und was das bedeutet, ist klar. Es sind noch gute vierundzwanzig Stunden bis zu meinem Wiedersehen mit Katja. Und von einer neuen Frau an meiner Seite ist weit und breit nichts zu sehen!

Ich bin mir nicht sicher, ob die verbliebene Zeit genügt, um den Schaden wieder gutzumachen. Aber eines steht fest. Ich werde es versuchen.

10:35 Uhr: Was ist die erste und wichtigste Regel in so einer Situation? Ruhe bewahren! Rufe als Erstes bei Michi in der Firma an und sage ihm wieder einmal, dass ich krank bin. Dann: Frühstück. Dann: zurück ins Bett, ausschlafen.

16:32 Uhr: Bin endlich aufgestanden und habe erst mal meine ganzen Dating-Accounts nach etwas Brauchbarem durchforstet. Aber so richtig vielversprechend fand ich keine einzige der verbliebenen Kandidatinnen. Bin kuriert vom Internetflirten. Ziehe in Sachen Frauen doch die reale Welt vor.

Danach spiele ich erst einmal ein paar ausgiebige Partien Onlinepoker. Das hat Katja übrigens auch immer wahnsinnig gemacht. Nicht das Pokern, sondern die Tatsache, dass ich in Zeiten der größten Not ein Verhalten wie ein Faultier auf der Flucht zeige: einfach hängen bleiben und hoffen, dass sich die Dinge von selbst regeln.

17:15 Uhr: Sogar ein Faultier kann nervös werden. Sollte mir vielleicht doch mal etwas überlegen.

18:07 Uhr: Meine kleine Schwester Bea ruft an und fragt, ob ich nicht Lust hätte, sie auf eine Release-Party zu begleiten.

»Eine was?«, frage ich zurück.

Bea erklärt mir, dass ein namhaftes Plattenlabel den Erstverkaufstag einer neuen CD feiert. »Es gibt ein Wahnsinns-Rahmenprogramm und die Band wird ein paar Stücke live spielen. Die Karten zu der Party werden im Internet für Hunderte von Euro gehandelt.«

»Meinst du, da kommen ein paar Single-Frauen?«

Bea gluckst und sagt: »Hey, Brüderchen. Wir reden über Rockmusik. Da sind mehr tolle Frauen als bei einem Formel-1-Rennen. Und anders als bei Boxenludern brauchst du nicht mal einen Ferrari, um sie rumzukriegen. Es reicht, wenn du so tust, als seiest du ein Rockstar.«

»Wann kann ich dich abholen, Bea? Übrigens mit meinem Porsche. Ein schicker Wagen kann ja schließlich auch nicht schaden, oder?«

20:35 Uhr: Stapfe mit Bea über das Abbruchgelände einer alten, von tausend farbigen Scheinwerfern angestrahlten Fabrikhalle. Die Außenwände des Gebäudes sind mit allen möglichen Werbetransparenten und Fahnen geschmückt, allen voran denen einer berühmten Zigarettenmarke und einer noch berühmteren Whiskeymarke. Vor der Halle ist eine Cateringlandschaft aufgebaut und von drinnen dröhnt laute Musik. Bea begrüßt alle möglichen Leute mit Wangenküssen und großem Hallo. Sie kennt jeden und jeder kennt sie. Ich bin ziemlich beeindruckt. Meine kleine Schwester! Wer hätte das gedacht.

20:53 Uhr: Bea hat in Sachen Frauen wahrlich nicht übertrieben. Jede Menge hochklassige und hochhackige Supergirls da. Das Bussi-Getue stört mich überhaupt nicht, vor allem solange ich die Bussis abbekomme. Die meisten Frauen sind groß, schlank, stark geschminkt und haben Mähnen bis in die Kniekehlen. Außerdem tragen sie glitzernde Porno-Fummel, die mehr zeigen als verdecken. Bea stellt mich allen möglichen Stellas und Jennys und Tyras vor, und da sie gemocht wird, werde ich auch gemocht. Alle sind nett zu mir, und bald weiß ich auch, woran es liegt. Da niemand weiß, ob der, mit dem er gerade redet, nicht morgen schon ein Superstar ist, ist er einfach schon heute total freundlich zu ihm. Gefällt mir, die Einstellung.

Champagner trinkend plaudere ich mit Typen in Jeansanzügen und mit Frauen in Glitterkleidern, und da ich bei Themen wie Musik, Plattenlabels, Bühnenshows und Konzertmanagement nicht mithalten kann, rede ich einfach über andere Dinge. Aber selbst das scheint gut anzukommen.

Nach ein paar Minuten bin ich bei einer Spitzenblondine in stelzenhohen Stöckelschuhen angekommen, die ebenfalls Tyra heißt. »Bist du nicht der Drummer von *Silverfish*?«, fragt sie mich und steht mit so wenig Abstand neben mir, dass ich von ihrer Intimspray-Duftwolke fast ohnmächtig werde.

Bea hatte mir vorhin den Tipp gegeben, einfach immer mitzuspielen, ganz egal, was jemand sagt oder fragt. *There's no business like showbusiness.* »Ja, klar. Aber ich spiel den Bass. Wie fandst du unser letztes Album?«

»Heiß. Total heiß, Süßer.«

»Mit ein bisschen Glück bekommen wir Platin. Und die Konzerte in Japan sind schon restlos ausgebucht. Und nächstes Jahr nehmen wir ein Album mit Bob Marley auf.«

Tyra stößt ein hysterisches Lachen aus, als hätte ich einen besonders guten Witz gemacht. Ein paar Leute sehen neugierig zu uns hinüber. Sie schmiegt sich noch dichter an mich. »Hast du eigentlich was für die Stimmung dabei?«, fragt sie mich dann. Ich sehe Tyra an und merke, dass ihre Augen wie Metall strahlen und ihre Nasenlöcher so ausgefranst sind wie eine alte Strickjacke. Offenbar muss sie Stoff tanken, weil sie sonst leerläuft wie eine Aufziehpuppe.

»Wie wäre es mit einem Drink?«, schlage ich vor.

»Langweilig.«

»Tut mir leid. Mit etwas anderem kann ich dir nicht helfen«, sage ich, blicke mich aber suchend um, ob nicht zufällig ein Dealer in der Nähe ist, der mir aus der Klemme helfen könnte. Zu spät. Tyra ist enttäuscht und gibt sich keine Mühe, es zu verbergen. »Kennst du nicht wenigstens jemanden, der etwas hat? Wäre doch lustig. Du, warte mal kurz, ich sehe da jemanden …«

Sie löst sich von mir, zielt und torkelt los wie ein Flugzeug, dem das Kerosin ausgegangen ist und das jetzt im Segelflug den nächsten Flughafen ansteuert.

»Süß, die Kleine, oder? Aber leider total krank«, sagt jemand hinter mir.

»Und ich bin kein Arzt«, sage ich, drehe mich um und sehe in ein Gesicht, das mir bekannt vorkommt. Bin mir aber nicht ganz sicher, woher.

»Hallo, Stefan. Sag bloß, du erinnerst dich nicht an mich.«

Ich sehe sie an und nach und nach steigen immer größere Erinnerungsblasen aus den Tiefen meines von Wodka und Cachaca lädierten Gedächtnisses auf. »Natürlich. Du bist die Frau, die bei Albrecht Sonnenheim von ihrem Freund nach Hause geschleift wurde. Und das, obwohl wir uns gerade so nett unterhalten haben … Claudia, stimmt's?«

»Stimmt. Aber er hat mich nicht geschleift, sondern höchstens gezerrt.«

Ich sehe sie nachdenklich an, und dann fällt mir wieder ein, dass der Abend mit ihr eigentlich ziemlich klasse war. Und dass er an einer vielversprechenden Stelle unterbrochen wurde.

22:11 Uhr: Sitze mit Claudia auf einer Polsterlandschaft im Cateringbereich, betrinke mich mit Champagner und versuche, verlorenes Terrain wiedergutzumachen. Wir sind die einzigen Gäste, da alle anderen inzwischen in der Halle verschwunden sind, wo gerade Deutschlands berühmteste Hardrockband zu spielen beginnt, nachdem die Mitglieder ihre Rollatoren gegen die Instrumente eingetauscht haben.

Claudias Groll ist zum Glück komplett verflogen und jetzt

plaudern wir entspannt miteinander. »Wie kommst du eigentlich hierher, Stefan? Ich dachte, du bist Makler und nicht Musiker!«, fragt sie mich.

»Meine Schwester ist in der Branche«, erkläre ich ihr. »Ich bin nur Zuschauer. Aber es gefällt mir. Interessante Leute, spannend, vielseitig. Echt klasse.«

»Ja, echt irre. Und alle sind so unglaublich natürlich …«

»*The Show must go on.* Aber was ist mit dir? Bist du etwa Musikerin?«

»Quatsch. Ich habe mich von einem Freund überreden lassen, der meinte, ich sollte mal wieder unter Leute. Die letzte Zeit war nicht so lustig für mich. Vielleicht erinnerst du dich an meinen Freund?«

»Der alte Mann von der Party?«

»So alt war der gar nicht. Aber jedenfalls ist er nicht mehr mein Freund.«

»Ihr habt euch getrennt?«

»Ja, am Tag nach der Party.

»Oh«, sage ich. »Er oder du?«

»Ich.«

»Bereust du es?«

Sie lacht laut und ehrlich. »Sehe ich so aus?«

»Nein, nicht wirklich.«

»Was ist mit dir? Du hattest doch auch Beziehungsfrust.«

»Ich habe dir davon erzählt?«, frage ich verwundert. Habe mich ja eigentlich mit Infos in der Richtung zurückgehalten.

»Hast du. Und du klangst alles andere als glücklich. Aber ich hoffe, dass es dir inzwischen besser geht.«

Ich mache ein Gesicht wie die kleine Sanduhr auf einem Computerbildschirm, wenn der Prozessor mal wieder ein wenig länger braucht. Ich weiß nämlich auf einmal, dass das Zusammentreffen mit Claudia genau das Quäntchen Glück ist, das mir bisher gefehlt hat. Sie ist Single, sie sieht gut aus, sie ist sympathisch. Und damit ist sie die ideale Kandidatin, um bei mir das Rennen zu machen. Dafür muss ich nur ein paar Dinge geraderücken, von denen sie bisher einen falschen Eindruck hat.

Ich setze mein ehrlichstes und zugleich nachdenklichstes Gesicht auf, das ich habe, und sage: »Klar geht es mir inzwischen besser. Ich habe mich ja auch von meiner Freundin getrennt und inzwischen habe ich eingesehen, dass das genau die richtige Entscheidung war. Es war höchste Zeit, zu neuen Ufern aufzubrechen.«

»Wow! Das klingt gut. Und jetzt bist du auf der Suche nach was Neuem?«

»Nicht direkt auf der Suche … aber wer weiß schon, was der Zufall so für mich bereithält.«

00:36 Uhr: Das Gespräch mit Claudia läuft wie der Ball in einem flüssigen Kurzpassspiel. Hin und her, vor und wieder zurück, ohne einmal zu stocken und ohne dass ein Gegner oder irgendetwas anderes dazwischenfunken könnte. Ich erzähle Claudia, was ich so im Leben mag (Dr. House, Ferien, Grillpartys zu zweit) und was ich nicht mag (»Desperate Housewives«, Arbeit, nervige Kollegen). Sie wiederum gibt mir einen kleinen Überblick über ihre Präferenzen: Spielfilm statt Serien (Na ja …), Urlaub in den Bergen (Hilfe!), Grillparty zu zweit (Ja!!!). Aber natürlich hat auch sie Dinge, die sie nicht mag: im Stau stehen (klar), Männer, die alles besser wissen (ist halt so …), nervige Kollegen (Ja!!!!).

Wir wissen beide, dass wir eigentlich gar nicht über Fernsehserien oder Freizeittipps sprechen. Sondern über Mengenlehre. Wir wollen beide herausfinden, wie groß unsere Schnittmenge ist. Und nachdem wir uns noch so einiges voneinander erzählt haben, wissen wir – nein: spüren wir –, dass die Fläche, die wir gemeinsam abdecken, ziemlich groß ist.

Groß genug.

Darum ist es nur konsequent, dass wir nach einer weiteren Flasche Champagner (kostet ja nichts) genau da weitermachen, wo wir bei unserem letzten Treffen abbrechen mussten. Wir machen rum. Nur dass diesmal eben kein Smoking-Flitzer kommt, um uns auseinanderzuzerren. Im Gegenteil, diesmal kommen wir uns immer näher

01:14 Uhr: Ich habe ein paar One-Night-Stands in meinem Leben gehabt. Nicht allzu viele, aber genug, um Bescheid zu wissen. Fazit ist, dass solche Erlebnisse schlechter sind als ihr Ruf. Von wegen großartiger Sex mit einer Frau, die man den Rest seines Lebens nicht vergessen kann, weil man ihr vielleicht doch die richtige Telefonnummer hätte geben sollen. Unsinn. Meistens ist man viel zu betrunken, um allzu viel von der Nummer zu haben. Außerdem lauert die ganze Zeit die Gefahr, dass die Frau hinterher nichts mehr davon wissen möchte, dass sie vorher geschworen hat, ebenfalls an keiner Beziehung interessiert zu sein.

Aber diese ganzen Gedanken lege ich heute zur Seite. Schließlich geht es mir gar nicht um Sex. Und eigentlich geht es mir ja nicht mal um die Frau. Sie ist nur das Mittel zum Zweck. Auch wenn sie ein verdammt attraktives Mittel ist.

1:17 Uhr: Claudias Wohnung ist im dritten Stock und schon im Treppenhaus auf dem Weg nach oben tun wir Dinge, die nur Bill Clinton nicht als Sex bezeichnen würde. Wow!

Kurz darauf stehe ich halb angezogen vor ihrer Wohnungstür und beobachte fassungslos, wie sie fluchend ihre Taschen durchwühlt, weil sie ihren Wohnungsschlüssel nicht findet. Obwohl sie denselben Schlüssel noch vor drei Minuten in der Hand hatte, um unten die Haustür aufzuschließen.

Schließlich findet sie ihn (*»Komisch! Er ist da, wo er immer ist«*), und dann dauert es nur noch Bruchteile von Sekunden, bis wir uns von den restlichen Klamotten befreit haben.

Was folgt ist: Sex.

2:35 Uhr: Immer noch Sex.

3:27 Uhr: Schon wieder Sex.

4:36 Uhr: Noch mal Sex.

5:35 Uhr: »Nein, jetzt kann ich wirklich nicht mehr.«

»Bitte, Stefan. Einmal noch.«

»Also gut. Weil du es bist.«

5:59 Uhr: Liege neben Claudia im Bett und rauche zum dritten Mal in dieser Nacht die berühmte Zigarette danach (obwohl ich ja eigentlich wieder aufgehört habe zu rauchen). Weiß gar nicht, welchen meiner vielen Gedanken ich zuerst denken soll.

Vielleicht den hier: One-Night-Stands sind doch klasse und ich werde ihr die richtige Telefonnummer geben.

Oder den hier: Habe mich zum ersten Mal seit Wochen nicht wie ein übergewichtiger, unattraktiver Elefantenmensch gefühlt, der dringend ein Coaching bei *Das Modell und der Freak* nötig hätte. Sondern wie ein heiß begehrter Sex-Bär.

Oder auch: Ich bin total verknallt.

Und das führt mich zum krönenden Abschlussgedanken, bevor ich einschlafe: ICH HABE ES GESCHAFFT. ICH HABE DEN PLAN ERFÜLLT. ICH BIN IN EINE FRAU VERKNALLT, DIE IN MICH VERKNALLT IST. ALLES WAS ICH JETZT NOCH TUN MUSS, IST, SIE KATJA ZU PRÄSENTIEREN. ALLES WIRD GUT. JAAAAAAA!!!!!!!!

Der letzte Tag: Samstag

9:35 Uhr: Wo bin ich? Keine Ahnung. Weiß nur, dass etwas passiert ist, was mir verdammt gut gefällt.

9:38 Uhr: Claudias verschlafenes Gesicht taucht unter dem Deckenberg neben mir auf. Sie öffnet die Augen, sieht mich mit einem zerknautschten Lächeln an und gibt mir einen verdammt langen Guten-Morgen-Kuss. Okay, an so etwas muss ich mich erst wieder gewöhnen.

9:41 Uhr: Sex.

10:34 Uhr: Ich liege neben ihr im Bett und fühle mich so blöd und leer und zufrieden im Kopf, als würde mein Körper das Eiweiß, das er unten verballert, oben im Hirn abbauen. Falle zurück in einen zufriedenen, traumlosen Schlaf. Mann, geht's mir gut – warum kann es nicht einfach so bleiben?!

13:34 Uhr: Als ich das nächste Mal aufwache, steht Claudia in der Tür. Sie trägt einen Frotteebademantel, hat ihre Haare in ein Handtuch gewickelt und mustert mich so unverhohlen, dass ich sie am liebsten übers Knie legen würde. »Hey!

Hat man dir als kleines Mädchen nicht beigebracht, dass man Leuten nicht beim Schlafen zusehen soll?«

»Hat man. Gilt aber nicht für Jungs, die beim Schlafen aussehen wie Knut, der Eisbär. Außerdem schläfst du doch gar nicht mehr.«

»Stimmt. Wusstest du eigentlich, dass Knut jeden Tag eine ganze Palette Müsli, ein paar Steaks und dazu noch ein paar Kilo Fisch verdrückt?«

»Klingt so, als wollte der Bär gefüttert werden! Aber willst du wirklich Fisch zum Frühstück?«

»Das war bildlich gemeint. Aber über Eier mit Speck ließe sich reden.«

»Pech gehabt, Knut. Mein Kühlschrank ist leer. Wir könnten aber irgendwo hingehen. Nur mit dem Frühstück, das dürfte schwierig werden. Ist schon zu spät.«

»Wie spät ist es denn?«

»Geht auf zwei Uhr zu.«

»Und was für ein Tag?«

»Samstag.«

13:57 Uhr: Auf meinem Fernseher gibt es eine Taste, mit der man das Bild einfrieren kann – aus einem Spielfilm wird ein unbewegtes Foto. Irgendetwas drückt gerade in meinem Leben auf diese *Freeze*-Taste. Alles kommt für einen kurzen Moment zum Stillstand – Herzschlag, Atmung, sogar der Hunger, den ich gerade noch verspürt habe.

»Sams-tag?«, frage ich noch einmal.

»Genau«, sagt Claudia.

»Mist.«

»Komisch. So etwas sage ich immer zu Montagen.«

Ist halt nicht irgendein Samstag. Sondern der Tag von Simon und Simones Hochzeit. Wie konnte ich das nur vergessen? In einer Stunde soll mein neues Leben beginnen, das natürlich mein altes Leben ist. Meine Begegnung mit Katja, die Eifersuchtsszene, die Wiedervereinigung.

Eigentlich läuft doch alles perfekt. Denn der Plan hat ja bis jetzt hingehauen. Muss jetzt nur noch das große Finale einleiten.

»Sag mal, Claudia. Hättest du zufällig Lust, mich auf eine Hochzeit zu begleiten?«

»Ist das ein Antrag? Und das schon nach der ersten Nacht?«

»Einer auf Begleitung.«

»Warum nicht? Ja, ich komme mit. Ich muss vorher allerdings noch ein winziges Problem lösen. Ich muss erst einmal prüfen, ob ich was Geeignetes zum Anziehen habe. Ist ja immerhin ein festlicher Anlass.«

»Kann man so sagen. Dauert das denn lange? Wir haben nämlich nicht viel Zeit.«

»Nur fünf Minuten.«

15:39 Uhr: Natürlich dauern die fünf Minuten über eine Stunde, weshalb ich anschließend den Porsche auf verbotene hundert Stundenkilometer beschleunigen muss, und zwar mitten in der Stadt. Wir müssen ja erst noch einmal zu mir fahren. Schließlich will ich mich auch noch in Schale werfen. Für Simon und Simone. Und natürlich auch für mein Wiedersehen mit Katja.

16:05 Uhr: Simon und Simone haben für ihr Hochzeitsfest den *Stadtgarten* gemietet, eine Kölner Traditionskneipe, die groß genug ist, um ganze Heerscharen von Gästen unterzubringen. Das ist auch notwendig, denn die beiden haben ihre Einladung in der Art eines Kettenbriefes verschickt:

Ihr seid herzlich zu unserer Hochzeit eingeladen, und ihr könnt selbstverständlich noch Freunde mitbringen, die selbstverständlich noch Freunde mitbringen können. Da Ehen heutzutage sowieso nicht ewig halten, soll wenigstens unser Fest unvergesslich bleiben.

P. S.: Und wenn unsere Ehe doch ewig hält, habt ihr bestimmt auch nichts dagegen, oder?

Bevor wir das Lokal betreten, bleibt Claudia noch einmal stehen und sagt: »Warte mal kurz. Ich muss dir noch etwas sagen.«

»Was denn?«

Sie sieht mir so tief in die Augen, als würde sie demnächst bei *Uri Geller* als Mentalistin auftreten und sagt dann leise: »Das war verdammt schön, letzte Nacht. Fühlt sich zum ersten Mal nicht nach Suchen, sondern nach Finden an. Darum: Spiel nicht mit mir rum, Stefan. In Ordnung?«

Diesmal versuche ich, den Mentalisten zu machen, um herauszufinden, ob sie das einfach nur so sagt. Oder ob sie etwas ahnt. Dann aber verwandelt sich ihr gerade noch so ernstes Gesicht in ein Lächeln und sie drückt mir einen Kuss auf die Lippen: »Jetzt guck nicht so, als wenn ich dir gesagt hätte, dass ich von dir schwanger bin und dich außerdem noch mit irgendeiner fiesen Krankheit angesteckt hätte. War doch nur eine kleine Bitte.«

»Ja, klar. Tut mir leid«, sage ich. Und dann erwidere ich

ihren Kuss und zwar mit einer Leidenschaft, für die ich mich nicht mal sonderlich anstrengen muss. Passiert sozusagen ganz von selbst. Und die Tatsache, dass uns dabei allerlei Leute beobachten, ist mir nicht peinlich. Im Gegenteil. Kommt mir sehr entgegen. Die News, dass ich mit einer neuen Frau auftauche, wird nämlich binnen Minuten die Runde machen.

16:13 Uhr: Im Freigelände des *Stadtgartens* drängeln sich die Gäste, und auch im großen Saal ist es brechend voll. Ich begrüße eine Menge Leute und stelle ihnen Claudia vor, und zwar als meine Freundin und als die wunderbarste Frau, die ich jemals kennengelernt habe. Die Reaktionen lassen nichts zu wünschen übrig. Viele der Gäste kennen die Story von mir und Katja und sind mehr als irritiert über die neueste Entwicklung. Die meisten gratulieren mir zum neuen Glück, aber einige meinen auch, dass Timing wohl nicht gerade unsere Stärke sei.

Auf dem Weg zum Hochzeitspaar treffen wir Andy, dessen Blick seltsam zwischen Claudia und mir hin und her wandert. Ich ziehe ihn kurz zur Seite und sage: »Ich hab's geschafft, Andy! Alles läuft wie am Schnürchen, wie du siehst. Hast du Katja schon gesehen?«

»Ja, schon. Aber …«

»Aber was?«

»Na ja, ich … Warum hast du mich nicht nochmal angerufen, Alter?«

»Weil ich mit der Erfüllung des Plans beschäftigt war. Hat geklappt, wie du siehst.«

Andy hat offenbar einen schlechten Tag. Er hört mir kaum

zu, sondern sieht sich verzweifelt um, als rechne er damit, in der Menschenmenge einen Trupp Terroristen zu entdecken, die ihre Hände schon am Zünder ihrer Sprengstoffgürtel haben. Aber das ist mir egal. Ich habe nicht vor, mir von Andy oder sonst wem die Laune verderben zu lassen. Ich gebe ihm einen etwas überdosierten Schlag auf die Schulter und sage: »Das ist übrigens Claudia. Du weißt schon … Sobald ich alles erledigt habe, stoßen wir miteinander an. Also, bis später.«

»Warte, Alter. Ich muss dir noch was sagen. Hör zu …«

»Vergiss es. Das kann warten.«

16:28 Uhr: Simon und Simone sitzen in einem Nebenraum an einem höhergelegenen Tisch und empfangen ihre Gäste wie ein Königspaar das Defilee ihrer Untertanen. Wir müssen ziemlich lange Schlange stehen, bis auch wir die beiden herzlich in den Arm nehmen können.

Viel Zeit bleibt uns dafür natürlich nicht, denn hinter uns drängeln schon die nächsten Gratulanten. Claudia zieht mich mit sich fort und sagt: »Jetzt stürmen wir aber das Büffet. Ich habe inzwischen nämlich auch Hunger wie Knut.«

»Du willst sagen: wie Flocke.«

»Genau. Und ich freue mich schon drauf, später wieder Eisbärpaarung mit dir zu spielen.«

Wir drängeln zielstrebig in Richtung Büffet, das zehn Meter lang und einfach köstlich ist. Während ich meinen Teller mit Essen volllade, klopft mir jemand ungeduldig von hinten auf die Schulter. »Hey, Sie! Ich kann gar nichts sehen. Jetzt machen Sie sich mal nicht so breit …«

»Wenn Sie wollen, nehme ich Sie auf die Schultern«, sage ich, noch bevor ich mich umdrehe. Katja!

16:41 Uhr: Vier Wochen lang habe ich auf diesen Augenblick hingelebt. Vier Wochen lang hab ich daran gearbeitet, weil ich wusste, dass diese Sekunden über meine Zukunft entscheiden. Jetzt ist es also so weit.

»Hallo Katja, schön dich zu sehen.«

»Ja, das ist es. Du siehst anders aus … sehr anders.« Sie sieht mich seltsam irritiert an.

»Du meinst das hier?«, frage ich und tippe mir mit dem Zeigefinger auf mein blankrasiertes Kinn.

»Ja, auch. Aber ich meine eigentlich alles. Nicht nur das, was man sieht. Stimmt es, dass du mit einem Porsche gekommen bist?

»Ja, wieso?«

»Na ja, weil … wie gesagt: Es ist anders.«

»Gefällt's dir?«

»Ich weiß nicht. Ich muss mich erst dran gewöhnen, glaube ich. Aber ich finde es irre, wie man sich in wenigen Wochen verändern kann …«

Wir wissen beide, dass diese Worte mehr zu bedeuten haben, als dass ich ein neues Auto fahre und sie ein neues Parfum trägt. Denn das tut sie. Und wenn meine Nase mich nicht täuscht, ist es ziemlich teuer. Bestimmt ein Geschenk von diesem Raimund.

Ich mache einen großen Schritt und ziehe Claudia, die etwas entfernt am Büffet steht und uns mit seltsamen Blicken beobachtet, an mich heran. Zu Katja sage ich: »Das ist übrigens Claudia. Sie ist mit mir hier.«

Für einen kurzen Augenblick zerwabert Katjas Gesichtsausdruck. Sie starrt Claudia an und ringt um Fassung. Die beiden Frauen geben sich die Hand, und ich vermute, dass in der gleichen Sekunde ein paar Klimaexperten einen historisch einmaligen Temperaturabfall in der Innenstadt von Köln registrieren.

Ich dagegen bemühe mich darum, die Temperatur wieder über den Gefrierpunkt zu heben. Darum frage ich mit einem möglichst unbeschwerten Lächeln: »Wo ist eigentlich Raimund? Ich dachte, ich lerne ihn heute mal richtig kennen.«

»Raimund?«, fragt Katja leise zurück. Dann schüttelt sie sachte den Kopf und sagt: »Es gibt keinen Raimund mehr, Stefan. Jedenfalls nicht in meinem Leben.«

16:49 Uhr: Ungefähr dreiundzwanzig Dinge passieren in diesen Sekunden gleichzeitig. Und es ist ausnahmsweise nicht das Schlimmste, dass ich meinen Teller mit den ganzen Köstlichkeiten vom Büffet fallen lasse.

Ich bekomme zum Beispiel gerade einen Herzinfarkt. Fühlt sich jedenfalls so an. Weil sich alles, wirklich alles, was ein Arzt bei mir als Innerei bezeichnen würde, zusammenkrampft. Eben auch mein Herz.

Katja wiederum hat ein seltsames Lächeln auf dem Gesicht, eine Mischung aus Stolz, Freude, auch Verletzlichkeit. Ich habe das lange nicht mehr bei ihr gesehen, und ganz bestimmt nicht in den zurückliegenden Monaten. Ich bin mir nicht ganz sicher, was es bei mir auslöst, aber bevor ich darüber nachdenken kann, hakt sie sich bei mir unter und zieht mich ein Stück mit sich fort. Gleichzeitig sehe ich, wie Claudia mich aus eng zusammengekniffenen Augen ansieht und dann kopfschüttelnd aus dem Raum stürmt. Sie hat vermutlich die richtigen Schlüsse aus dem gezogen, was sie gerade mit ansehen musste.

Katja blickt ihr nach, will etwas sagen, schweigt dann aber doch. Ich bin ihr dafür dankbar. Weil ich gar nicht reagieren könnte. Ich fühle mich wie ein Flipperautomat, an dem ein Spieler zu stark gerüttelt hat. Tilt. Alle Sicherungen sind durchgebrannt. Nichts geht mehr. »Ich brauch 'nen Schnaps, Katja.«

»Gute Idee. Lass uns anstoßen. Auf uns zum Beispiel, Bär. Was meinst du?«

17:02 Uhr: Noch bevor wir die Bar mit den Spirituosen erreichen, kommt Andy auf uns zu. Er checkt die Situation ab, drückt Katja einen Begrüßungskuss auf die Wange und sagt: »Wie schön dich zu sehen, Katja. Ehrlich. Ich muss Stefan mal eben entführen, aber du bekommst ihn in ein paar Sekunden zurück.«

»Das will ich auch hoffen. Ist nämlich nur geliehen und nicht geschenkt, der Mann. Ich musste lang genug auf ihn verzichten.«

»Es war *deine* Entscheidung«, sage ich, denn ich kann es ihr nicht durchgehen lassen, dass sie jetzt schon, fünf Minuten nach unserem Wiedersehen, damit anfängt, die ganze Geschichte komplett umzudichten.

»Aber so ganz unschuldig warst du auch nicht daran«, sagt Katja sofort.

Bevor ich etwas sagen kann, packt Andy mich und zieht mich mit sich fort. »Ist besser so«, murmelt er. Ich kann ihm nicht widersprechen.

17:08 Uhr: Andy schubst mich unsanft durch die Klotür ins Männerpissoir. Dort gibt er mir erst einmal ein paar sanfte

Ohrfeigen, um mich aus meiner Trance zu wecken. »Wach auf, Alter. Du hast keine Zeit zum Träumen.«

»Andy! Sag mir, was hier gerade passiert.«

»Wenn du Vollpfosten dein Handy anmachen würdest, wüsstest du das längst. Habe dich in den zurückliegenden vierundzwanzig Stunden ungefähr dreitausendmal versucht anzurufen. Die News macht seit gestern Abend die Runde. Bernd wusste es als Erstes, und zwar von Ulrike, die es wiederum von Melanie weiß. Und die weiß es aus erster Hand von Katja. Es ist aus mit Raimund. Seit drei Tagen schon. Katja hat es in alle Welt posaunt, dass sie die Hochzeit nutzen will, um sich mit dir zu versöhnen. Und du wandelnde Flaschensammlung tauchst hier mit einer anderen Frau auf! Gott! Wie bescheuert bist du eigentlich, Alter?! Ich hoffe nur, dass sie es dir nicht so übelnimmt und gleich wieder Schluss macht.«

Ich rutsche an der Klowand zu Boden, als wäre ich angeschossen worden. In meinem Kopf herrscht ein totales Durcheinander. »Was soll ich tun?«, frage ich leise.

»Geh raus und nutz die Chance, Alter. Mach einen auf großes Herz. Tu so, als wenn du drüberstehst. Verzeih Katja, spiel die Sache mit Claudia runter – und werde endlich wieder der glückliche Typ, als den wir dich sehen wollen. Alles Roger?«

Ich nicke schwach. »Alles klar. Dann mache ich es so.«

»Geht das auch mit etwas mehr Begeisterung? Immerhin bekommst du gerade den Hauptgewinn, von dem du die ganze Zeit geträumt hast, Alter. Also los, mach schon.«

Andy zieht mich auf die Beine. Ich nicke und bemühe mich um ein zuversichtliches Lächeln. Aber wie ein Hauptgewinner fühle ich mich trotzdem nicht.

17:35 Uhr: Sitze mit Katja an einem Tisch in einem der kleinen Nebenräume des Lokals. Wir sind ganz alleine. Durch das Fenster hören wir den Lärm der Party, aber hier drinnen ist es seltsam still. Ich picke gelegentlich etwas von dem Teller, den ich noch schnell am Büffet ergattert habe. Katja beobachtet mich und lächelt mit zusammengepressten Lippen. Aber sie sagt nichts. Keine Ermahnung, keine Weisheiten in Sachen Ernährung. Nicht einmal einen Kommentar, von wegen dass sie in einer solchen Situation nicht einen Bissen runterkriegen würde. Worauf ich dann antworten würde, dass ich leider in jeder Situation einen Bissen runterbekomme.

Ich weiß natürlich, dass ihre Zurückhaltung kein Zufall ist. Uns ist beiden klar, was das hier bedeutet. Allein die Tatsache, dass wir jetzt hier voreinandersitzen, hätte sich keiner von uns noch vor einer Stunde auch nur vorstellen können.

Nach und nach findet Katja ihre Sprache wieder, und es kommt mir fast vor wie bei einem Staudamm, der birst. Erst tropfen nur einzelne Wörter aus ihr heraus, dann werden es ganze Sätze, schließlich lange Wortkaskaden, bis sich am Ende eine ganze Flutwelle an Erklärungen, Entschuldigungen, Beichten über mich ergießt.

Ausnahmsweise höre ich das alles ausgesprochen gerne. Insbesondere die Passagen, in denen Katja mir versichert, wie unendlich leid ihr alles tut. Und was für eine dumme Schlampe sie war. Dass sie wie von Sinnen war. Und dass sie am liebsten alles ungeschehen machen würde. Aber sie wisse halt, dass das nicht geht. Und dass sie es dafür aber wiedergutmachen würde, und zwar gleich zehnfach oder hundertfach oder tausendfach. Denn sie wünsche sich nur eine Sache wirklich von ganzem Herzen: dass ich ihr verzeihe. Und dass alles wieder gut wird.

»Aber was genau ist denn gut?«, frage ich vorsichtig.

»Gut ist, wenn es wieder so wird wie früher.«

»Wann früher?«

»Bevor das alles passiert ist. Bevor ich auf Raimund reingefallen bin. Bevor ich so dumm war zu gehen …«

Wir sehen uns in die Augen, und ich bin selbst überrascht, wie groß die Entfernung ist, die sich in den vergangenen vier Wochen zwischen uns aufgetan hat. Denn vorher, bevor Katja gegangen war, war sie für mich so selbstverständlich wie die Luft zum atmen. Und vermutlich auch genauso wichtig. Aber jetzt?

»Ich denke, wir werden eine Weile brauchen, bis es wieder so wird wie früher«, sage ich leise. Es überrascht mich selbst, aber ich meine es ehrlich. Ich will sie bestimmt nicht verletzen, und ich will es ihr nicht schwerer machen als nötig. Aber es ist nun einmal nicht so einfach, wie wir es uns wünschen. Für sie nicht. Für mich nicht. Für uns beide nicht.

»Ja, ich weiß. Aber wir schaffen es, oder? Glaubst du, dass wir es schaffen?«

Ich nicke und immer noch kann ich nicht aufhören, sie anzusehen. Natürlich weil ich froh bin, dass sie hier vor mir sitzt. Aber auch, weil irgendetwas anders ist. Weil irgendetwas nicht stimmt. Aber was? »Was ist eigentlich passiert, Katja?«

»Ich habe es dir gesagt, Bär. Ich habe einen schrecklichen Fehler gemacht.«

»Ich meine mit Raimund. Wie kommt es, dass ihr … na ja, dass es so plötzlich vorbei ist?«

Sie wischt sich ein paar Tränen aus den Augen. »Ist das denn nicht ganz egal, Bär? Lass uns in die Zukunft blicken, nicht in die Vergangenheit. Und da spielt Raimund doch gar keine Rolle. Im Gegenteil. Ich will nichts mehr von ihm hören.«

Ich muss lachen, als Katja das sagt. Ihre Worte gefallen mir, schließlich habe ich es mir die ganze Zeit gewünscht. Und doch, irgendetwas macht mich misstrauisch. »Und was genau hat bei dir zu dieser neuen Erkenntnis geführt, Süße?«, frage ich.

»Das ist doch egal.«

»Mich interessiert es aber.«

»Glaube ich nicht.«

»Doch, wirklich. Nach allem, was passiert ist, kann mich sowieso nichts mehr schocken.«

»Ach, Bär«, sagt sie weich. »Ich bin so froh, dass ich dich wieder zurückhabe.«

Ich nehme ihre Hand in meine und hauche einen Kuss darauf. »Ich auch. Ich habe es mir sehr gewünscht. Die ganze Zeit.«

»Corinna«, sagt sie daraufhin einfach nur.

»Wie, Corinna? Verstehe ich nicht.«

»Na ja, du wolltest doch wissen, was passiert ist.«

»Ja, klar. Aber was hat Corinna damit zu tun?«

»Sie ist … sie wird … sie hat …«

In mir erwacht gerade ein ungutes Gefühl. Ein SEHR ungutes Gefühl. Ich komme mir vor, als säße ich beim Optiker, der mir bisher immer nur die falschen Prüfgläser in dieses altmodische Gestell vor meinen Augen geschoben hat. Und jetzt auf einmal hat er eben doch die richtigen erwischt, wodurch ich die Dinge ganz plötzlich klar und deutlich erkennen kann.

»Corinna hat ihn dir ausgespannt?! Ist es so? Ist sie jetzt mit Raimund zusammen?«

Katja blickt zu Boden. »Ja, hm, so kann man es wohl ausdrücken, schätze ich mal. Aber wie gesagt, Bär, das ist doch total egal. Wichtig ist doch nur, dass wir jetzt wieder zusammen sind. Und dieser kleine Ausrutscher wegen dieser Claudia-Bitch, da brauchen wir von mir aus überhaupt keine Worte drüber zu verlieren. Wirklich! Das interessiert mich gar nicht, ganz egal, was zwischen euch passiert ist. Und jetzt lass uns nicht weiter drüber sprechen, in Ordnung?«

Ich bin baff. Ich glaube, es ist noch nie vorgekommen, dass ich reden möchte und Katja nicht. Normalerweise ist es umgekehrt, und zwar ganz egal, wo wir sind, was wir gerade machen oder wie spät es ist.

Aber genau wie sie sonst, bin ich diesmal nicht bereit klein beizugeben. »Nicht so hastig, Katja. Wenn ich es richtig verstehe, heißt das doch, dass du gar nicht freiwillig zu mir zurückkehrst, oder? Sondern weil er dich abgeschossen hat. Und das bedeutet doch …«

Katja legt mir einen Finger auf die Lippen und macht ein Psssst-Geräusch. »Bitte, Bär. Sei nicht so … Ich weiß, dass ich einen schrecklichen Fehler begangen habe. Und dass es immer noch alles ganz schrecklich ist. Ich will es wiedergutmachen. Aber dazu muss ich eines wissen: Willst du mich wieder zurückhaben? Willst du? Ich bitte dich darum.«

17:54 Uhr: Wieder drückt jemand die Freeze-Taste in meinem Leben und wieder kommt alles zum Stillstand. Katja, meine Katja, fragt mich, ob alles wieder so sein soll wie früher. Vier Wochen lang habe ich mir nichts sehnlicher gewünscht, als dass genau das passiert. Und jetzt, jetzt zögere ich, ein einfaches *Ja* auszusprechen.

Was bedeutet das?

Vermutlich, dass ich Zeit brauche. Zeit, um das alles zu verarbeiten. Zeit, um wieder klar denken zu können. Zeit, um zu überlegen, was ich ihr antworten soll. Weil das nächste Wort, das ich von mir gebe, über mein gesamtes zukünftiges Leben entscheiden wird.

17:57 Uhr: Stelle in aller Eile so eine Art Szenario-Hochrechnung an, wie man sie von der Wetterkarte in der »Tagesschau« kennt, wenn Jörg Kachelmann die Wolkenbewegung der nächsten vierundzwanzig Stunden simuliert. Nur, dass es bei mir eher um die nächsten vierundzwanzig Jahre geht.

Möglichkeit Nr. 1: Ich sage *Ja!*

Katja und ich verloben uns noch heute und werden glücklich bis ans Ende unserer Tage. Gelegentlich denke ich mit leichter Melancholie an die zurückliegenden vier Wochen, die doch irgendwie die irrsten und spannendsten Tage meines Lebens waren.

Möglichkeit Nr. 2: Ich sage *Nein!*

Katja macht mir eine Riesenszene und bewirft mich mit den Köstlichkeiten vom Büffet. Ich werde von der Party rausgeschmissen und beschließe, erst einmal alleine zu bleiben. Nach ein paar Wochen treffe ich zum Beispiel Viola vom Speeddating wieder und heirate sie. Gelegentlich denke ich mit leichter Melancholie an die zurückliegenden vier Wochen, die doch irgendwie die irrsten und spannendsten Tage meines Lebens waren.

18:03 Uhr: Gibt es noch eine dritte Möglichkeit? Ich weiß es nicht. Ich weiß nur, dass ich in diesen vier Wochen (die doch irgendwie die irrsten … usw.) ein anderer Mensch geworden bin. Damit meine ich nicht nur, dass ich keinen Bart und keine Bauchkomplexe mehr habe, dafür aber einen Hund, einen Porsche und vor allem wieder den Glauben an mich selbst.

Damit meine ich, dass ich etwas gelernt habe. Zum Beispiel, dass ich mir vorstellen kann, OHNE SIE ZU LEBEN. Das war vorher undenkbar. Unmöglich. Der reinste Horror …

18:05 Uhr: Weiß jetzt, was die dritte Möglichkeit ist. Ich sage weder Ja noch Nein. Ich sage überhaupt nichts.

18:06 Uhr: Und so tue ich es dann auch. Ich stehe auf, drücke Katja einen vorsichtigen Kuss auf die Wange. Und gehe.

»Stefan?«, ruft sie hinter mir her. »Stefan! Was soll das heißen? Wohin gehst du? Wieso sagst du denn nichts? Stefan, komm zurück! Stefan, bitte!«

Das Ende vom Ende

Seit der Hochzeit sind weitere vier Wochen vergangen und mir geht es einfach gut. Ich hatte Sex. Und zwar so viel davon, dass sich mein Schwanz anfühlt wie der Tankrüssel an einer Zapfsäule, an der das Benzin umsonst ist. Mit Claudia läuft es gut. Sie bedeutet mir eine Menge. Viel mehr, als ich erwartet habe.

Okay, nach der Sache auf der Hochzeit war es nicht ganz einfach zwischen uns. Ich musste ihr eine ganze Menge erklären, und mir war klar, dass ich nicht gerade eine gute Figur dabei gemacht habe. Aber am Ende hat sie mir verziehen. Mehr als das: Am Ende haben wir uns etwas versprochen. Wir wollen es miteinander versuchen. Und wir wollen es besser machen. Besser als das, was wir beide in den zurückliegenden Wochen hinter uns gelassen haben.

Mir ist in der Zwischenzeit vieles klargeworden. Über mich, über Katja, und darüber, was man im Leben richtig und was man falsch machen kann.

Die Quintessenz ist recht simpel: Ab und zu musst du die Dinge einfach in die Hand nehmen. Du musst Entscheidungen treffen, auch wenn sie schmerzen. Weil die Zeit für Veränderungen gekommen ist. Der größte Fehler, den du begehen kannst, besteht darin, an Dingen festzuhalten, deren Zeit abgelaufen ist.

Das Ganze habe ich übrigens auch im Job beherzigt. Ich habe ein paar Wohnungen verkauft und werde es mit ein wenig Glück sogar zum Mitarbeiter des Monats schaffen. Nicht, dass ich wirklich Wert darauf lege. Aber es zahlt sich nun einmal aus. Und darauf lege ich Wert. Weil ich schließlich die Leasingraten für den Porsche wuchten muss. Habe ihn nämlich doch gekauft. Er erinnert mich an das, was in dieser ganzen Zeit passiert ist.

Bernd hat es mir übrigens vor kurzem nachgemacht. Das mit dem Mut zur Entscheidung. Und zum Ausbruch. Vor ein paar Tagen lud er Andy und mich ein, weil er uns etwas zeigen wollte. Etwas, das uns garantiert von den Socken hauen würde, weil es so unglaublich cool wäre, dass sogar mein Porsche nicht dagegen ankäme. Wir mussten die Augen zumachen und versprechen, bestimmt nicht zu blinzeln. Dann führte er uns hinter sein Haus. »Und jetzt dürft ihr gucken«, sagte er mit einer Stimme, die vor Stolz glühte. Vor dem Carport stand ein nigelnagelneues Karmann-Wohnmobil, Modell Colorado, mit Chemieklo, Klappbett und eingebautem TomTom-Navi. »Na, was sagt ihr? Ist das der Hammer, oder was? Wenn ihr wollt, können wir direkt eine kleine Spritztour machen!« Seine Frau Ulrike und seine beiden Kinder standen daneben und freuten sich so für ihren Bernd, dass Andy und ich es nicht übers Herz brachten, ihn zu enttäuschen. Wir gratulierten ihm von Herzen. Zum Ausbruch.

Ich verdrückte mich dann ziemlich schnell mit Andy, und wir gingen in unsere neue Stammkneipe, den *Zapfhahn*, wo uns Hannes, der Wirt, begrüßte wie alte Freunde. Ohne zu fragen bediente er uns mit zwei Herrengedecken: Kölsch und Korn und nach ein paar Minuten gleich noch einmal: Kölsch und Korn.

»Du siehst gut aus, Alter«, sagte Andy und grinste wie ein Schrebergärtner, der beim Umgraben im Radieschenbeet überraschend auf Öl stößt. »Scheint gut zu laufen, mit der Rothaarigen, was?«

»Ziemlich gut.«

»Und Katja?«

Ich zuckte mit den Schultern. »Ich denke viel an sie. Und wenn ich ehrlich bin, habe ich sogar so etwas wie Sehnsucht nach ihr. Aber ich glaube, das ist normal. Nach einer so langen Zeit ist man vermutlich niemals wirklich getrennt. Irgendeine Verbindung bleibt immer.«

»Denke, dass du Recht hast, Alter«, sagte Andy mit einer für seine Verhältnisse ungewöhnlichen Nachdenklichkeit. »Katja war schon in Ordnung. Aber wenn du meine ehrliche Meinung wissen willst …«

»Will ich nicht.«

»… dann hast du dich verbessert. Claudia ist richtig. Passt besser zu dir.«

»Ich hoffe, dass du Recht hast.«

»Im Übrigen haben wir etwas Wichtigeres zu besprechen. Deine Kollegin Birgit. Das war echt nett von dir, dass du uns vorgestellt hast. Aber sie sagt immer noch nein, Alter. Ein paar Dates, aber kein Sex. Da wollte ich einfach mal fragen: Hast du nicht irgendeinen Tipp, wie ich die Kleine heißmachen kann?«

Ich griff in Andys Hemdtasche, zog seine Sonnenbrille daraus hervor und setzte sie mir auf die Nase. »Kein Problem«, sagte ich. »Du musst dir nur die Natur der Frauen vor Augen führen. Hat die eine etwas, was die andere nicht hat, wird diese andere alles dran setzen, um es auch zu bekommen. Wenn du Birgit also rumkriegen willst, musst du ihr das Gefühl geben, dass eine andere das hat, was sie nicht hat. Logisch, oder?«

»Total logisch. Und wie soll das funktionieren?«

»Das werden wir uns jetzt überlegen, Alter.«

Ich winkte Hannes und hob zwei Finger in die Höhe. Kurz darauf standen zwei weitere Herrengedecke vor uns. Noch ein paar davon, und wir würden für Andy einen wunderbaren Plan entwickelt haben.